中國學術思想 研究輯刊

五 編
林 慶 彰 主編

第20冊

靜觀詩學論文集

李 霖 生 著

花木蘭文化出版社

國家圖書館出版品預行編目資料

靜觀詩學論文集／李霖生 著 — 初版 — 台北縣永和市：花木
蘭文化出版社，2009〔民 98〕
序 8+ 目 2+162 面；19×26 公分
（中國學術思想研究輯刊 五編：第 20 冊）
ISBN：978-986-254-049-7（精裝）
1. 中國詩 2. 詩學 3. 文集
821.8807 98014960

ISBN - 978-986-2540-49-7

9 789862 540497

中國學術思想研究輯刊
五 編 第二十冊 ISBN：978-986-254-049-7

靜觀詩學論文集

作 者 李霖生
主 編 林慶彰
總 編 輯 杜潔祥
出 版 花木蘭文化出版社
發 行 所 花木蘭文化出版社
發 行 人 高小娟
聯絡地址 台北縣永和市中正路五九五號七樓之三
電話：02-2923-1455／傳眞：02-2923-1452
網 址 http://www.huamulan.tw 信箱 sut81518@ms59.hinet.net
印 刷 普羅文化出版廣告事業
封面設計 劉開工作室
初 版 2009 年 9 月
定 價 五編 20 冊（精裝）新台幣 33,000 元

靜觀詩學論文集

李霖生　著

作者簡介

　　李霖生，一九七七年第一志願入國立臺灣大學哲學系就學，一九九六年春，獲國立臺灣大學哲學系文學博士學位。歷任長庚大學通識中心兼任講師、靜宜大學通識中心兼任副教授、輔仁大學哲學系兼任副教授、玄奘大學中研所專任副教授、玄奘大學中文系專任教授、玄奘大學中文系所主任、玄奘大學師資培育中心主任。

　　多年來僕皆相信「由小學入經學者，其經學可信。由經學入史學者，其史學可信。由經學史學入理學者，其理學可信。以經學史學兼詞章者，其詞章有用。以經學史學兼經濟者，其經濟成就遠大。」雖不能，心嚮往之。

目次

自 序

　　《靜觀詩學論文集》僕任教玄奘大學十年應卯之作，雖欲棄諸記憶之荒城，恐違乘物遊心之旨，乃奉長者之命，以此自市於紅塵。靜觀者，出於《老子》：「致虛極、守靜篤。萬物並作，吾以觀復。夫物芸芸，各復歸其根。歸根曰靜，是謂復命；復命曰常，知常曰明。」詩學者，即俗稱文學理論。據文學理念組織成系統性論述，敷衍爲完備之理論者即爲詩學。或謂，就一作者、一作品，探索其技藝而成文者。以此觀之，任何文本皆可有其詩學，不必作者有意命之詩學方得稱之爲詩學也。

　　僕自幼嚮慕神學，寄身於修道院，反覆辯證於神明。弱冠始讀尼采書，乍聞上帝已死，遂由形上學轉趨詩學之途。白忖思路循形上學已死，人類學轉向而語言學轉向，如今傾心詩學，並非一時激情所致。此中心路縷述於十年文集矣。不揣淺陋，唯就正於方家。

　　觀人之初，中國人如何產生原始的自我意識？「我」這個字的甲骨文字形，象一上有三鋒的長兵器。Karl Marx 主張「不是意識決定人的生活，而是人的生活決定人的意識。」〔註1〕古人似乎由他手中的生產工具產生了他的自我意識。當然這不是所謂專家學者認可的說法，因爲資本主義的學術體制是以「佔有」與「宰制」爲最高指導原則，詩意的表現將會使專家學者更無法「佔有」與「宰制」原本就充滿「歧異性」（ambiguity）的語言。

〔註 1〕Nicht das Bewußtsein bestimmt das Leben, sondern das Leben bestimmt das Bewußtsein. In der ersten Betrachtungsweise geht man von dem Bewußtsein als dem lebendigen Individuum aus. In der zweiten, dem wirklichen Leben entsprechenden, von den wirklichen lebendigen Individuen selbst und betrachtet das Bewußtsein nur als *ihr* Bewußtsein.─Karl Marx / Friedrich Engels, *Die deutsche Ideologie*.

資本主義對人的價值判準基於他所擁有的傢伙，而非基於他是誰。所以一個謹慎的學者應該抓緊他就手的傢伙，本分的佔好他既有的地位。張之洞說：「由小學入經學者，其經學可信。由經學入史學者，其史學可信。由經學史學入理學者，其理學可信。以經學史學兼詞章者，其詞章有用。以經學史學兼經濟者，其經濟成就遠大。」朱維錚笑他迂闊。〔註 2〕或許朱維錚誤解了張氏的本意，小學、經學、史學、理學、詞章、經濟者不是分列的專業，而是讀書人的一輩子。實在該從開始鑽研小學就有了「登車攬轡，慨然澄清天下之志。」

雖然我在研讀甲骨文字的時候頗得趣，卻不被多數專業之士所許可。但是由文化密碼本裡解出某字的本義與修詞格，我也顧不得同儕團體的壓力，所幸宗教裁判只是隱隱的雷聲，得到師長的知遇升等為教授，巧扮黑暗之子肆意演說學術異端，只是有時候識得幾個甲骨文的晚輩還是會暗地裡詬厲。其實這個議題無關乎個人的興趣與主觀的愛好，而是一個根本的方法論的爭議。一般研究中國哲學的學者似乎不太著意於小學，愚意深不以為然。但是因為沒有證書加持（identification），我對小學的堅持又不被業界認同。每回講到《孟子》盡心上篇的時候，我都會追問究竟如何盡心？

《論語》曰：「詩三百，一言以蔽之，曰思無邪。」如何得以思無邪呢？《老子》章十六曰：「致虛極、守靜篤。萬物並作，吾以觀復。夫物芸芸，各復歸其根。歸根曰靜，是謂復命；復命曰常，知常曰明。」何以致虛極呢？《莊子》人間世曰：「若一志，無聽之以耳而聽之以心，無聽之以心而聽之以氣！聽止於耳，心止於符。氣也者，虛而待物者也。唯道集虛。虛者，心齋也。」又是如何虛而待物呢？

Immanuel Kant 說物自體不可知，學者始不敢妄議形上學。Edmund Husserl 追求嚴格的科學，卻返歸意識本質之學。研究中國古典義理的學者，與研究詩學的學者都必須先疏通。以《孟子》告子上篇的人性議論為例，如果以邏輯推理為原理，《孟子》似乎缺乏合理的論證。但是孟子並不認同以邏輯推理遂行對於人自身的議論。《孟子》明確指出所謂「人性」不是根據經驗法則歸納既存的事實而來，《孟子》離婁下篇曰：「天下之言性也，則故而已矣。故者，以利為本。所惡於智者，為其鑿也。如智者，若禹之行水也，則無惡於智矣。禹之行水也，行其所無事也。如智者亦行其所無事，則智亦大矣。天

〔註 2〕朱維錚《書目答問二種─導言》（香港：三聯書店，1998 年 7 月一版一刷）頁17。

之高也，星辰之遠也，苟求其故，千歲之日至，可坐而致也。」

　　人生的特質在於他是拋向未來的企畫（project），不是人的過去決定人生的意義，而是他的未來決定了人生的意義。有人說「活在當下」，其實所謂「當下」已是過去。「現在」是一指向未來的記號，乃時間不絕的綻放。我常說生命的意義湧現於時間的地平線（horizon），時間的意義具現於時間的度量，時間的度量依計時器之不同而有差異，計時器則因其材質不同而相異。我們手腕上的手錶其實是資本主義帝國統治者賞給奴工的手銬。正如 Albert Einstein 所說每一個人都帶著自己獨有的時鐘（clocks）。〔註3〕

　　向未來投射的企畫是詩，是畫，絕不是可以歸納推證的既存事實（given facts）。此一方法論的議題《莊子》齊物論曰：「六合之外，聖人存而不論。」六合即所謂宇宙，宇宙外事曰「宇宙的起源與歸宿」，此乃形上學之主要帝題。何謂「存而不論」？「存」非儲存之存，《周易》繫辭上傳曰：「成性存存，道義之門。」「存」乃存恤之存，是體恤、體會、體貼之意。

　　意識之學或心學返歸意識之初，即所謂「致虛極」「聽止於耳，心止於符。」是「思無邪」之道，也是「盡心」之道。前賢於此多傾向養氣與冥觀之途。其實「思無邪」之言說盡在於「神話」矣。Claude Lévi-Strauss 以星雲喻神話，神話邏輯（Mythologiques）〔註4〕放諸四海皆準之意識學也。因此以《周易》為本，融合《孟子》盡心之學，《老子》《莊子》之唯名論（Nominalism）〔註5〕，兼攝經學與詩學，則中國固有之經典，非關西方近代自然科學，足以證成嚴格之意識學。卻不能符應當今學術分科，蓋因必須貫通語言學與傳統小學、經學與思想、近現代文學、古典文學之封限也。

　　世人耽於辨認分類名目，「知效一官，行比一鄉，德合一君，而徵一國」〔註6〕以求安身，然無關乎聖賢之教也。當今審查學術積效的效標恰可斲喪人

〔註3〕Albert Einstein *Relativity*（London and New York：Routledge 2008）pp.98-9.

〔註4〕Claude Lévi-Strauss *Coffret les Mythologiques 4 Volumes*（Librairie Plon, 2009）他用的書名是 *Mythologiques*，而非 *Mythologie*。

〔註5〕《老子》：「道可道，非常道。名可名，非常名。無名天地之始，有名萬物之母。故常無欲以觀其妙，常有欲以觀其徼。此兩者同出而異名……」《莊子》：「天地一指也，萬物一馬也。」凡「天地……，萬物……」應該是宇宙論之語句，《老》《莊》皆歸諸名，姑命之為唯名論。

〔註6〕語出《莊子》逍遙遊，由此漸論及於聖人無名，神人無功，至人無己，此乃《莊子》之現象學，此一構想受 Edmund Husserl 經典之作 *Ideen zu einer reinen Phänomenologie und Phänomenologischen Philosophie: Zweites Buch:*

文學術的生命。生長於資本主義帝國體制下的臣民固然無知，次殖民之島民更無知矣。少年耽讀 Karl Marx 的經典，醉心於社會革命。如今年已半百，每日在資本主義官僚淫虐下乞食，無可如何矣。因此花木蘭出版社竟然願意出版如此不中繩墨的論文集，令人感激莫名。

不文何以載道？劉申叔於其〈論文雜記〉有云：「君子之學，繼往開來，舍文何達？若夫廢修詞之功，崇淺質之文，則文與道分，安望其文載道哉？」引述劉氏讜論於自敘，實有感於當今學風之令人詫異。學術論文不僅不應以樸拙無文自矜，反而宜其富於文采，啓發驚才絕豔之想也。以下略述各篇旨趣。

1. 《周易・觀卦》：論古典之存在與注視

時興的記號蘊涵時代的集體意向與激情，而記號承載的隱喻亟待正當的詮釋。詮釋的呼喚引發生命的緊張，超度這生命緊張的神學可將記號啓動的被壓抑的痛苦，超昇到神祕的宗教象限。以上是《周易・觀卦》在周禮範疇內，啓發的詮釋學。

2. 《周易》宇宙詩學

本文首先確立修辭學取代形上學的哲學轉向，其次將「爻實體」的意象轉變為「爻事件」，然後以原子式的時空事件演繹新的「易序」。大海浮漚或許可以比擬《周易》空間史詩隱涵的蒙太奇手法，但引進量子力學的世界觀可以豁開我們想像力枯竭的脆薄腦殼。

3. 《孟子》天命述考

孟子言人性乃透視未來以貞定生命當下之意義，當下之不忍即預示未來之企向，未來之自我期許實乃當下生命力之意志也。人生反顧進而默存生命真理，並非僅囿於一己之私，而是透過倫理網絡，照見應然而未然之我，以此啓發生命再生之願行。生命投射出之模範雖非生命全幅，卻依然反映其倫理脈絡與肌理，所謂：「萬物皆備於我矣。反身而誠，樂莫大焉。強恕而行，求仁莫近焉。」（孟子・盡心上）以及「悅親有道，反身不誠，不悅於親矣。」（孟子・離婁上）天命在其中矣。

4. 《孟子》天命述考續篇

由盡心而知性，知性以知天，關鍵在於盡心之知非向外求客觀之知，而

是返回生命原點之知。這是人類返回天命之道,返回生命的形上學原點,重新找回人的自覺,那人性源自莫之爲而爲,莫之致而致的天命。然而切莫以爲此乃唯心主觀之知,世人誤解多由不明於盡心之道。盡心之道首在於不必憂食憂貧,返回生命原點的心路艱難,一般人專心慕道必先無生事之憂。先解決養生送死之憂,方得以盡其心。故有續篇之作。

5. 《莊子》的身體哲學

本文所議論的「身體」是一個四維的思考對象,所謂思考的四維即:顯象、隱喻、死亡、眷視。「顯象」指謂身體形象(body-image),「隱喻」即視身體爲生命之隱喻也,而作爲思想對象的身體是以「死亡」的姿態爲推理的原點,眷視則是復活(resurrection)的起點,因此也含有默存之義。

顯象意即呈現於視域(horizon),湧現於視覺想像世界可見之形象(visible image)。所以我們並不試圖自命爲「唯實論者」,卻也不標舉「唯名論」。我們並不議論宇宙萬物的實有性(reality)。顯象乃相對於「默存」,「存」並非儲蓄之意,實「存恤」之存也。因此默存近於「存而不論」之義,於是類於天主教義之「默想 commune with oneself」,其義遂連於眷視(regard)。

6. 《金剛般若波羅蜜多經》玄義疏論

宗教的定義在於教,是人類終極關懷精神向度的表現。(Tillich 1964:7)宗教墮落之路:宗教如何墮入流俗所謂制度化宗教模型,或出於個人悲情的宗教風貌?宗教的墮落源自人類現世生活(existence)與性命(true being)的悲劇性異化(tragic estrangement)。(Tillich 1964:8-9)

《金剛般若波羅蜜多經》的議題可以說就是針對上述宗教的墮落而來,試覘宗教哲學的目的:基本以存有學(ontological)方法,超度上述異化爲基礎,再輔以宇宙論(cosmological)方法,藉增益新知以尋找存有的根源。(Tillich 1964:10)

終極關懷貞定人生的歸宿,終極的覺悟安頓生命的懸疑,超度存有的焦慮,意義的焦慮,以及道德的焦慮(anxiety)。(Tillich 191-201)此經的價值即所謂:「何況有人盡能受持讀誦,須菩提,當知是人成就最上第一希有之法。」(金剛般若波羅蜜多經集註,頁 116-7)

《金剛般若波羅蜜多經》的旨趣不僅關乎「實相」,毋寧更切於「解經」與「傳經」。例如「若善男子善女人於此經中,乃至受持四句偈等,爲他人說,

而此福德勝前（布施）福德。」（金剛般若波羅蜜多經集註，頁 112）「解經」與「傳經」的福德竟然遠勝於布施所得福德，可見「解經」與「傳經」的價值。

下述議題是本經之大宗：「云何爲人演說？不取於相，如如不動。」（《金剛般若波羅蜜多經集註》284）雖云不取於相，但卻不斷的提到「我相人相眾生相壽者相」「如來有三十二相」，本經對於「相」是很講究的。

7. 《金剛經》的夢幻詩學

《金剛經》：「一切有爲法，如夢幻泡影，如露亦如電，應作如是觀。」如何「不可以三十二相見如來」？如何「若見諸相非相，則見如來。」「三十二相」代表了一種神話的思維、神話的邏輯，這一組神話的隱喻和轉喻，以遮詮如來。三十二相就是人藉以自我認知的身體形象，這些身體形象以隱喻/轉喻啓示生命的眞理，超度困頓窮窘的人生。

能常保覺醒的人必是生命力極強的人，只有極強的生命力可以確保終極的悲願。生命力逐級顯現，源源不絕。覺醒的生命力就是「聞是章句，乃至一念生淨信者，須菩提，如來悉知悉見，是諸眾生得如是無量福德。」而無相爲體正說明了三十二相的神話，只有作爲無處不在的永恆意志凝視無限時空的唯一例證時，化爲鮮明可感的眞理。（Nietzsche Werke I:112）

8. 《金剛經》隱喻學

章學誠《文史通義》易教下篇曰：「佛氏之學……其所謂心性理道，名目有殊，推其義指，初不異於聖人之言。……至於丈六金身，莊嚴色相，以至天堂清明，地獄陰慘，天女散花，夜叉披髮，種種詭幻，非人所見儒者斥之爲妄，不知彼以象教，不啻《易》之龍血玄黃，張弧載鬼。是以閻摩變相，皆即人心營構之象而言，非彼造作誑誣以惑世也。」章氏以爲《易》之象與《詩》之興，變化而不可方物，深切於隱喻之旨也。

隱喻意謂其衍義與本義共享同一意義範疇，以及連續存在之存有物的接續關係，則指萬物流轉先後相繼的歷時性。因於歷時性的隱喻則從參與同一意義結構，始得成就其意義之轉輸。

轉喻則建立在較具空間意義的並存關係網中，且將讀者引往事件與情境的歷史世界，Roman Jacobson 於是因建構語言的兩軸，即同時存在之存有物的並存關係，指當下萬物競流所呈現的共時性，因於共時性的轉喻基於特定

文本演繹出的聯想，成就其意義之轉輸。

故曰「如來所得法，此法無實無虛。」（《金剛般若波羅蜜經集註》160）因為「虛」「實」無非假名，所謂假名意謂可假借之名也。如此就可呼應上述 Umberto Eco 的名言（If something cannot be used to tell a lie, conversely it cannot be used to tell the truth: it cannot in fact be used 'to tell' at all.）。（Eco1976：7）

9. 「靈山」：文學虛無的歸宿

語言若是存有（Sein）的居所，文學似乎必須還生命一個歸宿。詩學的原理如果在於：「以語言為媒介形構意象，以意象表現生命的理解。」那麼文學作品理應成為我們生命意義寄頓之所。雖然語言終究是社會契約的虛構，但託不得已以養中，誰云不可？因此，文類（genre）豈不決定了我們生命的風格，足以彰顯生命的意境。我們對生命的理解固然經由文學而得以表現（representation），生命理解的高下其實也決定於文學表現的成就，我們真實存活於其中的宇宙是我們差能論述的宇宙。

《靈山》一直透露著作者對文類的省思，而其作品也表現著出入各種文類的嘗試，所以本文先由小說與史詩的分類嘗試，展開我們對《靈山》的推理與玩味。但是最終我們要回到寄頓生命理解的文學歸宿，藉此為《靈山》找尋文學評論上的定位。

本文之所以選擇黑格爾（G. W. F. Hegel）與尼采（Friedrich Nietzsche）的詩學為理論的框架，當然基於個人對西方詩學與所評論的文本《靈山》的認知。

其次，《靈山》明顯提示的文類（genre）意識，引導我們在其駁雜的敘事脈絡之間，拾起一條理論的線索。而 M. M. Bakhtin 在文類與小說研究上的貢獻，以及他在黑格爾與尼采的 Symposium 中的傑出表現，說明了本文為何藉 M. M. Bakhtin 的理論地圖以展開我們的評析。

基於以上兩點前提，本文乃有以下三層布局：首先參考《靈山》啟示的文類梗概（generic skeleton）切入文本，亦即回到理解的分類學基線，而以「小說」為分類的起點。前文已聲明這個決定乃根據文本《靈山》的啟示，如此遂得以 M. M. Bakhtin 綿密的小說理論與文類學，鋪張開本文評論的基準線。但是逡巡各種小說類型之餘，雖然本文選擇了最切近《靈山》的文類，卻廢然而返。

因為《靈山》複雜的表現，無論支持或反對其小說屬性，我們都必須釐

清其間小說與非小說的特徵。因此提出了另一層分析，亦即以小說與史詩爲分類參考。此時我們不僅參照 M. M. Bakhtin 關於「史詩」的定義，更進而將詩學的評論布置於黑格爾（G. W. F. Hegel）知識的饗宴裡。

黑格爾的定義更切近詩學的首要課題，亦即表現（representation）。我們藉著他的界定，遂能將議論的焦點對準了能指（signifier, signans）與所指（signified, signatum）繫起的意義軸線。

《靈山》虛無的論述使我們無法將它留在上述的文類之中，因此啓發了另一種可能，亦即是否它歸屬於那虛無主義陶成的悲劇？虛無主義陶成的悲劇，這是尼采開示的議題，所以本文的第三重布局在於尼采的詩學，尤其在於其悲劇的論述。

10. 萬商帝君之流亡

生命之弱勢在於無法說出自身存在之正當性。陳映眞小說《萬商帝君》，以世紀末臺灣殖民主義現象爲本事，批判資本主義於人性之異化（alienation）。上帝是基督教徒終極之價值判準，資本主義興起，價值判準迥異昔日，然而信徒仍然相信積聚財富是爲了榮耀上帝。陳映眞《萬商帝君》由一殖民地之弱者顛倒衣裳，強扮海盜帝君，以出言不遜爭生存權，荒唐中見眞情，流亡間有生機。

陳映眞也啓示了以語言與言語救贖之道。那就是繼續言語，繼續說出整個宇宙，你也再生了宇宙。浪費時間，休葺空間理念，修飾空間印象，足以擴充言詮時間，閱讀時間，以及故事時間的關係，此即再生之餘裕。敘事節奏明快乃敘事學之常軌。敘事學固然以明快爲常軌，卻不意謂喪失悠然自得之敘事規範。需要讀者自己動起來。任何敘事作品都必然且致命的快轉，因爲建構一個由無數事物組成的世界，你無法縷述此世界中的一切事物。所以你並非複製世界，而是在虛構與閱讀中，以你的形象創生了你的宇宙。

最應感謝花木蘭出版社高明寬厚之風範，於當今臺灣學術官僚橫行，文化市儈囂張，鄉愿粗鄙無聊如瘟疫漫延之際，竟不辭辛勞出版此一荒野蒼狼之聲。

李霖生 己丑年立夏書於靜庵

《周易‧觀卦》：論古典之存在與注視

第一節　緒　論

　　《周易‧賁卦》傳曰「觀乎人文以化成天下。」注視預設觀者於所視物之評價，注視不僅是感性被動接外物之形象，其實爲觀者豐富之言語。值此文化淪喪，天下陸沉際，勾抉《周易‧觀卦》所蘊古典文化之存在與注視大義，不亦宜乎。《周易》關乎存在與注視大義者又不僅「觀卦」，無論「艮卦」「睽卦」「豐卦」皆有豐富的注視活動。本文將以《周易‧觀卦》爲本，參以相關文獻，一探古典文化之存在與注視大義。爲什麼關於一隻鳥的意象？注視的三個條件：光，時間，距離。當鳥飛出我們的視閾，飛向幽暗的未來，光不再啓蒙，千里之遙的距離造成想像與認知的障蔽，一隻不在眼前的鳥反而啓發更多的想像。

　　時間是注視的第三個條件，因爲時間的界限也就是宇宙的界限。我們的視線沿著一隻隱形的時間之箭射向未來，那是我們度量存在的界限，也是想像力的界線。

　　記號是一個載體，它以它的間接性建構生命的迴路，形成視網膜上殘餘的影像，當生命已逝，它卻似乎爲生命營構了一種抽象的不朽。其實當下的生活只是溫暖的膚觸與飽足的口腹。

　　超越我個體生命之上有一神聖的注視，祂不需要我，更不需要任何人事物。祂以超越萬有的生命凝視著萬物，但不是以眼睛。祂的生命超出了我們的視閾，因此也超乎我們的想像，所以想像起來不近人情，說起來更是沒邊了。

他的超卓獨立不在物理學層面，而是形上學的隱喻。祂絕對完美的生命不與我們相對，祂超乎我們以己度人的想像，卻又迴光返照這缺陷的相對論世界，祂立於此世完美憧憬的域外。

第二節　觀之祭

為了建立《周易》「觀」卦的新詮釋，我們借助《周易》革卦九五爻的爻辭，說明「觀之祭」的內容，並且證明其合理性。此即觀之祭的人類學與宗教性。革卦九五爻辭曰：「大人虎變，未占有孚。」「虞」字金文如「❉」「❉」，〔註1〕「虎」字金文如「❉」「❉」，〔註2〕虞字或許由「❉」「❉」「❉」三個元素構成，亦即虎頭、人身、禮器。

《詩經·騶虞》曰：「彼茁者葭，壹發五豝，于嗟乎騶虞。彼茁者蓬，壹發五豵，于嗟乎騶虞。」一般學者多以騶虞為掌天子囿之官，〔註3〕《孟子·萬章下》：「齊景公招虞人以旌，不至，將殺之。志士不忘在溝壑，勇士不忘喪其元。孔子奚取焉？取其招不往也。曰：敢問招虞人何以？曰：以皮冠。庶人以旃，士以旂，大夫以旌。以大夫之招招虞人，虞人死不敢往。以士之招招庶人，庶人豈敢往哉。」由此可知虞人的社會地位，以及虞人是戴皮冠的士。

《詩經·魯頌，閟宮》：「后稷之孫，實為大王，居岐之陽，實始翦商。至于文武，纘大王之緒，致天之屆。于牧之野，無貳無虞，上帝臨汝。敦商之旅，克咸厥功。」高本漢引《左傳》宣公十五年：「我無爾詐，爾無我虞。」朱駿聲的詮釋，將虞釋為「欺瞞」，而一般人釋之曰「提防」。另據《毛傳》釋此虞借為誤，作欺騙解。〔註4〕但是我們如果從祭禮本身的流程來看，武王伐紂而誓于牧野，需要天命的保證以確認革命的正當性。身為擁有最高權力者，必須能壟斷詮釋天意的權威。因此他受命典禮的過程中，必然有一段屏絕眾人獨對上帝的處境。「貳」「虞」可能是典禮中王的輔祭，當天地通，神人會之際，只允許王一人親謁上帝，連助理的巫師輔祭也須屏退。如此「虞」應是王在田獵或戰爭祭祀時貼身的輔祭，他的特徵或即在於執虎頭面具而

〔註1〕　陳初生《金文常用字典》（高雄：復文圖書，1992年），頁526。
〔註2〕　《金文常用字典》，頁530。
〔註3〕　王靜芝《詩經通釋》（臺北：輔仁大學文學院，1995年3月十四版），頁76。
〔註4〕　高本漢《高本漢詩經注釋》，頁1094。

舞。〔註 5〕

《尚書‧呂刑》：「皇帝哀矜庶戮之不辜，報虐以威，遏絕苗民，無世在下。乃命重黎，絕地天通，罔有降格。」人因為在地上暴虐的惡行，受到上帝的懲罰，也就是斷絕了天地間的通道。隔絕了天人間的溝通，統治者的地位就突顯了出來：「三后成功，惟殷于民。士制百姓于刑中，以教祗德。……敬忌，罔有擇言在身。惟克天德，自作元命，配享在下。」（尚書‧呂刑）統治者擔任上帝與人民之間的使者，伸張上帝的天命。張光直由甲骨卜辭確認：商王是巫的首領，而巫是能以舞降神的人。〔註 6〕

根據青銅器上的紋飾，人與獸並存的主題未必是指涉獸食人，或以人為犧牲。「張開的獸口可能是把彼岸（如死者的世界）同此岸（如生者的世界）分隔開的最初象徵。」「張開的獸口……它也可以表示動物張口噓氣；當時的人相信風便起源於此。風是另一個在天地交通的基本工具。」〔註 7〕人在獸頭之下或之前，表述的是親近，而非敵對。獸張口噓氣是要助巫師升天之力。中國青銅器上人獸並存紋飾中，獸皆為虎，所以虎紋或許不僅是巫師的代表，而且還是商王或他某位近親的代表。〔註 8〕

楊寬據《左傳》論斷先秦的田獵禮「人蒐」：有武裝的民眾大會，整頓兵制，甄補人才制頒法令，統計人口，教示禮儀。田獵不僅是田獵，而且是軍事訓練。〔註 9〕但是田獵或軍事訓練都不能忽略其禮儀的因素，正如張光直所言，依據中國古代史的資料，我們觀察政治權力集中到某個統治集團，約有幾個條件：〔註 10〕

一、血親系譜學階層結構中的位置。

二、掌握主要資源互相影響的城國網絡。

三、軍事裝備。

四、證實天命的聖王明德。

〔註 5〕 這一段議論首見於數年前拙著《周易神話與哲學》（臺北：臺灣學生書局，2002年），頁 261。當時並未堤示參考的文本，或許如此的類比太局限於個人的心得，缺乏足以說服他人的考察，參考文本即《聖經‧新約》路加福音第九章第 28～36 節。

〔註 6〕 張光直《美術‧神話與祭祀》（臺北：稻香出版社，1995 年），頁 40～41。

〔註 7〕 張光直，同上，頁 68。

〔註 8〕 張光直，同上，頁 70～71。

〔註 9〕 楊寬《西周史》（臺北：商務印書館，1999 年），頁 670。

〔註 10〕 張光直，同上，頁 113～4。

五、掌握語言文字系統的創作、翻譯與詮釋權力。

六、以巫術儀式，如樂舞、紋飾、禮器與建築，強化其詮釋天命的正當性。

七、累積與炫耀財富。

所以行田獵與軍訓之禮時，以樂節奏，奏的是《詩經・召南・騶虞》。〔註11〕虞人在作巫師長的君王身側，具體的工作或許就是持著虎頭面具，以舞請神，強化君王的權威。依據前述的推理，大人虎變者，意謂貴族或君王穿著所獵之虎的皮革所製衣冠，尚未占問但有所俘獲，可以說意外之喜。

「觀」字甲骨文如「」，象隹戴毛角之形，是鳥名，也是祭名，也有注視之義。〔註12〕「雚」乃其原形，雚鳥是何鳥呢？參考「鳳」字甲骨文「」，象頭上有叢毛冠之鳥，鳳鳥殷人以為知時之神鳥。〔註13〕故知雚鳥應非一般的飛鳥，因為它的華麗外觀可以滿足人類對於神聖事物的憧憬。

《尚書・酒誥》曰：「庶士，有正，越庶伯君子，其爾典聽朕教，爾大克羞耇惟君，爾乃飲食醉飽。丕惟曰，爾克永觀省，作稽中德。爾尚克羞饋祀，爾乃自介用逸。」其中凡曰爾大克，爾克永，爾尚克，應該都指涉祭祀禮儀。所以屈萬里獨將「爾克永觀省」之觀省譯為自我觀察與反省，於上下文義似有未安。〔註14〕

又《尚書・召誥》曰：「若翼日乙卯，周公朝至于洛，則達觀于新邑。越三日丁巳，用牲于郊，牛二。越翼日戊午，乃社于新邑，牛一，羊一，豕一。」同樣這裡的觀亦非單純觀察之義，而是周公營建新邑禮儀中的一個環節。

在《尚書・洛誥》裡，周公的祝辭裡也有類似的語意：「伻來毖殷，乃命寧予，以秬鬯二卣，曰：明禋，拜手稽首休享。予不敢宿，則禋于文王武王。惠篤敘，無有遘自疾，萬年厭于乃德，殷乃引考。王伻殷乃承敘，萬年其永觀朕子懷德。」據上引文所示繁複的禮節與祭儀，可知「觀」涉及神聖的宗教祭典。此處屈萬里註觀曰「示」，〔註15〕就上下文語意觀之，或許以二卣秬鬯，作冊祝辭即觀禮的環節。

〔註11〕楊寬，《古史新探》（中華書局，1965年），頁328。

〔註12〕于省吾主編《甲骨文字詁林》（北京：中華書局，1999年12月二刷），頁1688～91。

〔註13〕《甲骨文字詁林》，。1769。

〔註14〕屈萬里，《尚書今註今譯》（臺北：臺灣商務印書館，1988年），頁108。

〔註15〕屈萬里，同上，頁129。

此外《尚書・無逸》曰：「周公曰：嗚呼，繼自今嗣王，則其無淫于觀，于逸，于遊，于田，以萬民惟正之供。」屈萬里註曰：「觀，臺榭之樂。」〔註16〕臺築於城內，與王宮相對，具有內外警戒與儲備軍器財貨的功能，〔註17〕《史記・殷本紀》曰：「紂走入，登鹿臺，衣其寶玉衣，赴火而死。」臺觀恐非單純的遊樂之所。

又《春秋左傳》宣公十二年曰：「君盍築武軍，而收晉尸以爲京觀。」竹添光鴻箋曰：「京，高丘也。此京蓋象其崇積之狀而名。大誅罪人，積首級令崇以觀示四方，而懲兇慝。故謂之京觀。猶後世髑髏臺之意。」臺觀既屬軍事征服的活動，其禮儀的屬性不容忽視。《春秋左傳》襄公十一年：「諸侯會于北林，師于向，右還次于瑣，圍鄭觀兵于南門，西濟于濟隧。」箋曰觀者，示也。「示」具有宗教意義，所以「觀」原始的意義應本於與雚鳥圖騰有關的宗教祭祀。

「觀」卦曰：「盥而不薦，有孚顒若。」張立文曰：「盥，便是祭祀時洗手灌酒於地以迎神。」「祭祀時，在洗手以酒灌地後，進獻各種祭品，稱獻薦。」〔註18〕從其所注，恰可印證上述「觀」義之推論，突顯其宗教祭祀之意義。

「孚」字甲骨文如「」，〔註19〕卜辭用作俘，「俘」字甲骨文如「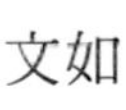」，象以手逮人之形，意謂在戰爭擄掠人口，或戰爭中擄掠的人口。〔註20〕高亨曰：「卦辭言：祭者灌酒而不獻牲，因有俘虜顒若，殺之以當牲也。」顒若，身材高大貌。〔註21〕據高亨對於卦辭的注釋，更坐實了觀的禮義。舉行觀禮，洗手灌酒於地以迎神，不獻牲，因有身材高大的俘虜，殺之可以當犧牲也。

「觀」卦所指涉的祭祀，表現「觀」的兩重意義，聖界的洞見與人間的通觀。生活於視線所不及之處，即得大自在。前者固然不出現於視域，後者因其廣而超出視域，人無能注視焉。

意象屬於視覺的國度，想像則屬於存有的國度，人生在世的居所是心與形的共構。想像的眞實勝於意象的擬眞。我們活在他人的注視之下，但是如果沒有我的凝視一切他物並不存在。在這所有的眼光之後或許有一個終極的

〔註16〕屈萬里，同上，頁139。
〔註17〕杜正勝《古代社會與國家》(臺北：允晨文化，1992年)，頁628～31
〔註18〕張立文《周易帛書今注今譯》(臺北：臺灣學生書局，1991年)，頁687～8。
〔註19〕《甲骨文字詁林》，°0584。
〔註20〕《甲骨文字詁林》，°0584。
〔註21〕高亨《周易大傳今注》(濟南：齊魯書社，1987年)，頁213。

光源，因爲我們無法注視它，所以它是否存在並無任何明確的證據。萬物因爲它而有了形貌，而它自身卻無任何形象，因爲它是萬物得以存在的光源。我們有限的形骸卻證明它必然存在，有形的我們證明了它無形的存在，光源也存在我們自身。上古神話曾說到「古者十日並出，萬物皆照」，我們在黑夜裡反而發出熠熠寒光。

我們活在他人的注視之下，但是如果沒有我的凝視一切他物並不存在。究竟誰才是眞正的光源？如果沒有我，光源又能照耀著誰的身體。就算我們眞的找到了光源，誰又能判斷它的眞假？

我們活在他人的注視之下，於是沾沾自喜這一身的皮相，不能遺忘自身於無邊的黑夜，因此在摩肩擦踵的潮流裡迷失了歸途，在萬物相映的流轉裡尋找自身完美的身影，卻永遠無法留住刹那的美景，只有表象無盡的流轉。那永恆的身影就是永生不死麼？而無止境的流轉，迴旋往復的倒影又有什麼意義？當意象無端流逝，想像卻早已枯竭，永生又有什麼意義。

第三節　瞳與窺

《周易》「觀」卦初六爻曰：「童觀，小人無咎，君子吝。」「童」字金文字形如「⚇」，〔註22〕據于省吾云，古文字於人物頂上加▽等形，在人爲頭飾，在物爲冠角。〔註23〕陳初生言童字形之中，東爲聲符，土旁他文或可省去。如此會冠飾其首者瞠目而對之形，並據毛公鼎銘文，推敲其義爲驚懼。驚懼而觀，於小人無可究責，於行禮之貴族則不宜行矣。

上文已述及當時的「大蒐禮」，具有軍事檢閱、軍事演習和軍事部署的性質。〔註24〕周禮大司馬所載「大蒐禮」，是按四季分述的，每季又分前後兩個部分，前半部是教練和檢閱之禮，後半部是借用田獵演習之禮。

仲春的教練之禮叫「振旅」，由「司馬以旗致民」，著重於「辨鼓鐸鐲鐃之用」，「以教坐作進退疾徐疏數之節」；仲春的借用田獵演習之禮叫「蒐田」，要「表貉」（立表而祭祀）、「誓民」，然後鳴鼓用火圍攻。仲夏的教練之禮叫「教茇舍」（軍舍），著重於夜間訓練，由群吏選數車徒，著重於「辨名號之用」，「以

〔註22〕《金文常用字典》，頁270。
〔註23〕《金文常用字典》，頁271。
〔註24〕楊寬《西周史》，頁661。

辨軍之夜事」；仲夏的借用田獵演習之禮叫「苗田」，用車圍攻。仲秋的教練之禮叫「教治兵」，著重於「辨旗物之用」；仲秋的借用田獵演習之禮叫「獮田」，用羅網獵取。仲冬的教練之禮叫「教大閱」，車徒有比較完備的訓練；仲冬的借用田獵演習之禮叫「狩田」，有比較完備的圍獵方式。〔註25〕

《爾雅·釋天》說：「春獵爲蒐，夏獵爲苗，秋獵爲獮，冬獵爲狩。」《左傳》隱公五年載臧僖伯說：「春蒐，夏苗，秋獮，冬狩，皆于農隙以講事也。」所謂「講事」，「講」的是軍事。《國語·齊語》也說：「春以蒐（一作狩）振旅，秋以獮治兵。」《國語·周語上》載仲山父又說：「王治農于籍，蒐於農隙，耨穫亦于籍，獮于既烝，狩于畢時，是皆習民數也。」「獮于既烝」，是說「獮」在秋季新穀登場之後舉行；「狩于畢時」，是說「狩」在冬季農務完畢之後舉行；同樣把「獮」作爲秋季田獵的名稱，「狩」作爲冬季田獵的名稱。《公羊傳》桓公四年說：「春曰苗，秋曰蒐，冬曰狩。」而《穀梁傳》桓公四年又說：「春曰田，夏曰苗，秋曰蒐，冬曰狩。」看來，當《公羊傳》和《穀梁傳》在漢初寫定時，對四季田獵的名稱已經不很清楚了。〔註26〕

原始部落以狩獵作爲其生產手段的時候，大規模的集體狩獵是按季節來進行。他們按照長期累積的經驗，適應當時各個季節野獸生長和活動的規律，分別安排不同的狩獵地區、狩獵對象，和採取不同的狩獵方式。〔註27〕

《穀梁傳》昭公八年說：「因蒐獵以習用武事，禮之大者也。」《禮記·仲尼燕居》也說：「以之田獵有禮，故戎事閑也。」〔註28〕軍事民主制時期，是原始社會末期、國家形成之前的一個社會發展階段。這時「軍事首長、議事會及人民大會構成了由氏族制度中發展起來的民主主義底各機關。所以稱爲軍事民主主義者，因爲戰爭及進行站中的組織現在成了人民生活底正常的職能了」在歐洲歷史上，荷馬時代的希臘、王政時代的羅馬以及古日耳曼人等，都屬時這個階段。

「人民大會」，就是當時作爲「人民生活底正常的職能」的「進行戰爭的組織」，其組織是按照軍隊組織編制的，會議往往在廣場上舉行，在議決重大問題的同時，還具有軍事檢閱的性質。〔註29〕

〔註25〕楊寬《西周史》，頁661～2。
〔註26〕楊寬《西周史》，頁665。
〔註27〕楊寬《西周史》，頁666。
〔註28〕楊寬《西周史》，頁667。
〔註29〕楊寬《西周史》，頁671。

　　我國古代的「大蒐禮」，具有軍事檢閱、軍事演習和軍事部署性質，同樣是由軍事民主制時期的武裝「人民大會」演變來的。〔註30〕（楊寬，頁672）

　　「大蒐禮」就其本身禮節來看，即所謂閱兵式和軍事演習，其具有練習戰爭的作用是很顯然的。「大蒐」也或稱為「治兵」、「振旅」、「大閱」等，《公羊傳》和《穀梁傳》在莊公八年，解釋「治兵」和「振旅」都說是「習戰也」。其具有檢閱軍事實力的作用，也是很顯然的。《左傳》和《公羊傳》在桓公六年，解釋「大閱」，都說是「簡車徒也」。其具有耀武揚威的作用，又是很顯然的。〔註31〕

　　《左傳》襄公二十四年載：「齊侯既伐晉而懼，將欲見楚子，楚子使蘧啓疆如齊聘，且請期，齊社蒐軍實，使客觀之。」所謂「社蒐軍實」，就是在社神面前舉行「大蒐禮」，以檢閱軍事實力。所謂「使客觀之」，就是使楚國使者參與閱兵式，以誇耀其軍事力量。〔註32〕

　　「大蒐禮」是按照一定制度，徵調士卒前來集合參加的，它除了直接為練習戰爭和準備戰爭以外，也還可以借此來統計壯丁人數。前引《國語・周語上》所載仲山父的話，曾說：「蒐」、「獮」、「狩」，是皆習民數者也。同時，更具有訓練「禮」的作用。〔註33〕

　　因為春秋時代各國的軍隊，是以貴族成員作為骨幹的，三軍的甲士就是按貴族和「國人」的組織情況編織而成的，在「大蒐禮」中，各級指揮都有一定的車服、旌旗和鼓鐸鐲鐃，其陣勢和行列也必須按照貴賤、少長來排列。〔註34〕童觀所謂的武士盛裝至此也有了著落。

　　六二爻曰：「闚觀，利女貞。」「闚」字意謂窺見，從狹小空隙窺視也。觀既然需高臺曠觀，與闚義相左也。貞得此爻，利於女子也。

　　為了隱藏豐茂的草原，我們在草原中開一條通往異域的絲路。光域總是圈住有限的繁華，讓黑暗淹沒無邊的聲浪。所謂是非，只是彼此搜尋他人眼中自身的倒影。我們在彼此的眼波中誕生，生死交迭只在瞬息之間。

　　如果沒有我的凝視一切他物並不存在。如果沒有陰影的溝壑，就沒有光的軌道。光與影共生的世界是方生方死，方死方生的世界。在光與影的核心，

〔註30〕楊寬《西周史》，頁672。
〔註31〕楊寬《西周史》，頁679。
〔註32〕楊寬《西周史》，頁679。
〔註33〕楊寬《西周史》，頁680。
〔註34〕楊寬《西周史》，頁680。

光與影共舞的殘餘，無形的手指輕輕撥動不息的迴旋魔舞。光與影迴旋狐步的邊緣之外是無限的光芒，徹底的光明，沒有陰影的光域。我們布置黑暗，為了勾勒無形的光明。

我們由光的深井裡汲取智慧，誰知所有的知識都背負著黑暗，唯有陰影可以說明知識的價值。於是我們將光注入黑暗的深淵，希望增加智慧，但是光愈強，陰影愈深沉。原來智慧不是絕對的強光，而是若隱若現卻永不熄滅的曖曖暗涵光。我們在陰影的殘像裡尋找光的痕跡，而智慧不在我們的視線裡，在無邊的黑夜裡，而黑夜是沉默的。

然而名字就是陰影，語言就是刻度。語言是黑暗海洋的噪音，是粼粼的波光，未說出的言語比說出來多太多。或許光不是世界的創造者，沉默的黑海洋才是。儘管我們不停注入川流的光，緘默的海洋還是淵淵的黑暗。

視域之外的黑暗世界使我們畏縮，未知的將來壓縮我們的生活，光照不到的宇宙是自我意識的根源，是我們的原罪，也是我們的救贖。原本以為活著就是活在光裡，活在他人的眼光裡。因為我們看不見光源，所以人生的目的在於尋覓歸鄉之途，結束光陰之間的漂泊。然而負陰抱陽的逆旅終究還是一條不歸路。唯有光與景不再流轉，絕對的光明也是絕對的黑暗，如是生死只是光景變幻。

有人的夢境只有聲音，有的夢境只有黯淡矇矓的陰影，大多數的夢境充斥形影的流變，檢證真實的儀器其實不可信賴，夢覺之間未必等於真假之判，夢中的生或許是一種死亡，是許多其他死者的夢囈，是黑夜裡黯淡的啟蒙。當光影流轉的速度改變，我們再也無法追躡迷失的節奏，失速的快樂轉為無聲的啜泣，我們對於他人眼光的畏懼甚至超過對死亡的焦慮，這是漂泊於表象之海上最深的悲哀。

第四節　觀我生

六三爻曰：「觀我生，進退。」「我」字甲骨文字形「」，象兵器形，器身作 ，左象其內，右象三銛鋒形，借為複數第一人稱代名詞。〔註35〕「生」字甲骨文字形「」，象草木初生於地上。〔註36〕

〔註35〕《甲骨文字詁林》，2449。
〔註36〕《甲骨文字詁林》，1381。

　　張立文據伯吉父盤，謂百生爲百姓。又據《詩經・小雅，天保》：「群黎百姓，遍爲爾德。」毛傳謂百姓爲百官也。〔註37〕就我的本義與借義綜觀之，我生應指涉同屬合法持有武器的統治階層而言。觀于我族生生之機，藉以作爲進用或黜降的依據。〔註38〕《尙書・盤庚》：「汝萬民乃不生生，……自上其罰汝，……往哉生生，今予將試以汝遷，永建乃家。……敢恭生生，鞠人，謀人之保居，叙欽。」恰爲觀我生，進退，最佳的詮釋。

　　時間向上下四方延伸，空間是變幻的棋局，城市由玉石模樣的浮雲構築，人面在高倍顯微鏡下四散開去。我們找不到測量的原點，因爲合理的座標莫測一如氣象學。永遠無法對焦的焦慮迫使我們以彎曲的雲紋度量認知的距離，或許稍等一等就能調校正確的誤差值。最困難的關口在於我們還不是以自己的眼睛測量，一切都依賴光的折射，然後鋪在他人的視網膜上。語言、光線與距離，三者之間應該遵循畢氏定理，但透過三稜鏡之後，有著翻譯如何可能的疑雲。我要停在無邊的邊境上，我要住下來，住在無邊的邊境上，這裡將是最後的救贖。

　　我們不喜歡他人背轉身去，太多背影將會遮蔽我的生命，當我變成完全的陰影，我的生死將只是他人腳邊清晨逐漸在背後縮短的影子，或者黃昏在前面漸漸拉長的黑影。如果說影子是蟬蛻，而影子代表死亡，那麼蟬蛻的影子又是什麼。如果沒有影子，活著有如界定？

　　因爲有光所以有了生命跡象，但是光餘下的影子加快節奏就變成了歷史，或只是歷使落下的影子，表示刻度與評價。我們來不及辨識他人眼瞳的顏色就已死去，更看不清他們眼底我的落寞與孤絕。

　　觀卦六四爻辭曰：「觀國之光，利用賓于王。」「光」字象光芒盛於人首，〔註39〕國者，以城口爲基本場所，國之光應爲國中人之光也。一般農民居住與耕作於城外郊野之中，國人如前述之「我生」。

　　城垣內，國中的主建築爲「廟寢」「社壇」「庫臺」：廟以接神，寢藏衣冠。古代宗廟亦爲國君或貴族起居與會見貴族之所，故廟寢一體連言。社壇爲城內平壙之地，壘土植樹，與國人祭祀之地。出陣先在祖廟卜聲明授兵，所謂廟聲明是也。其次於社壇祭祀，分食祭肉。班師則於社壇刑罰，於祖廟嘉賞。

〔註37〕　張立文，同上，頁691。
〔註38〕　張立文，同上，頁691。
〔註39〕　《甲骨文字詁林》，0315。

〔註40〕故知此爻所謂賓于王之地乃在宗廟。陳觀國人之光明盛事，故利于以
賓禮禮于王之前。

　　如果不想迷失於光影的宮闕，只有成爲絕對的他，像絕對的他一樣觀看。
神不以眼睛觀看，所以不會迷失於光與影的密謀裡。神至少不以一雙眼睛觀看，
祂以完全與徹底的膚觸觀看與知覺。只有膚觸而沒有淤青或撕裂傷，必須和著
生命的節奏與旋律，神是萬物最佳的舞伴，祂絕不獨舞，而且必定同時與萬物
起舞。這神的定義：盲目但是長袖善舞。所以神與人沒有間隙，卻能各自自由
的呼吸。神必定是音樂之神，因爲音樂不僅貼緊生命，同時又能解放生命。

　　天帝從生命的根源之處解放了自己，從此他成爲隱形的生命，或者說生
命本身自來都是隱形的存有物。如同隱形的罪犯，罪行已經昭然，犧牲者已
然僵臥血泊，卻無目擊證人可以說出犯罪者的長相。最糟的這還是連續殺人
事件。

　　日月之光現於當下又倏然擦身而過，或許現在與過去的時光都只是當下
現身於將來的時光。〔註41〕而將來的時光盡已蘊涵於過去。如果所有的時光
永恆顯影於當下，則所有的時光皆已無法挽回。早該存在的時光止是一種抽
象的時光，止是思辨的時空裡保持著一種常態的可能性。早該發生的時光與
已經存在的時光，指向一個常存於當下的終點。回憶中的跫音迴盪在我們未
曾開啓的通往我們未曾前往的玫瑰園的門戶。因此我的話音迴響在你心間，
但我卻不明白爲什麼要攪起一碗玫瑰葉上的灰塵。其他的回音則居住在花園
裡。我們應否追躡，角落裡飄渺的雜音。

　　或許是鳥鳴回應著藏在松林裡的，無法聽見的樂音。而無人瞥見的視線
錯綜交纏，因爲玫瑰園裡的花兒顯現一種遭人審視的姿態。於是鑲著光的輪
廓，我們以一種世故的方式飄過空寂的巷道，行經街道的迴路，俯瞰乾涸的
水池。抽乾水池，而池中充滿光的海洋，荷花靜謐的升起，荷葉閃動著光的
根源。一陣風吹來了雲，池中的瀲灩轉瞬成空。

　　顫慄的血管在虯結的疤痕下一再歌唱，耽溺於年代湮遠遭人遺忘的戰
爭。循著動脈舞動，淋巴腺裡的周行不殆，全都顯現於星星的漂流之間，在
樹身裡湧出夏天，我們在移動的樹之上移動，在繁富華麗葉脈的流光裡移動，
在流轉的世間靜止的那一點上移動，既非血肉之軀也非無血無肉，既非將來

〔註40〕杜正勝，同上，頁 619～31。
〔註41〕以下關於時光的論述，得自 T. S. Eliot Four Quartets 啓發甚多。

也非過去，在恆定的那一點賞上移動著，在那裡舞動，但是既非停歇也非移動。而不要稱之為恆定，那過去與未來會聚之地。既不是從將來來，也不是向過去去，既無升騰亦無沉淪，若不是這靜止的點，將無任何舞蹈，而唯有這舞蹈，我們可以說我們存在過，但是卻無發說出在那裡。而且我們無法說出時間多久，因為它深植於時間之中。

能常保覺醒的人必是生命力極強的人，只有極強的生命力可以確保終極的悲願。生命力逐級顯現，源源不絕。覺醒的生命力就是神話，作為無處不在的永恆意志凝視無限時空的唯一例證時，化為鮮明可感的真理。

第五節　觀其生

觀卦九五爻辭曰：「觀我生，君子無咎。」九五爻辭與六三爻辭皆曰「觀我生」，六三爻啟示領導管理的原則，九五爻則可以解釋為另一種原則啟示：陳觀禮于我族之前，統治者應可免於咎責。

免於現實欲望的內在的自由，免於行動與磨難，免於內外交征，唯有感覺的一絲恩寵懸吊著我們。浸在不死不生的光之海洋裡，毋須蠢動的上升，毋須離心的向心，然而過去與未來鎖在遷流的身體裡那不變的虛弱之中，使人免於天國永福與地獄永罰的誘導，因為那是血肉之軀無法承擔的引誘。

時間過去與乎時間未來僅允許一絲意識，因為意識不存在於時間之中，然而唯有在時間之中，允許「一去紫塞連朔漠，獨留青塚向黃昏」〔註42〕的瞬間，允許「此情可待成追憶，只是當時已惘然」〔註43〕的瞬間，允許「可堪孤館閉春寒，杜鵑聲裡斜陽暮」〔註44〕的瞬間，允許「一臥滄江驚歲晚」〔註45〕的瞬間，允許「初燈殘夢正當樓」〔註46〕的瞬間……

觀卦上九爻辭曰：「觀其生，君子無咎。」「其生」與「我生」相對，指謂他國之統治階層。既能陳觀于我國人，又能陳觀于他國，統治者應可免於咎責。「其生」與「我生」之異，在於觀其生突顯了觀之祭的超越面向，中國文化裡何時開始不談論天帝對天地萬物永恆的凝視呢？還是止有一群短視的

〔註42〕杜甫〈詠懷古跡〉五首之一。
〔註43〕李商隱〈錦瑟〉。
〔註44〕秦觀〈踏莎行〉。
〔註45〕杜甫〈秋興〉八首之一。
〔註46〕袁寒雲題扇句。

理性主義者避談絕對的他對我們永恆的凝視呢？自古「天監在下，有命既集」
（詩‧大雅大明）就屬於信仰的一部分。

這懸於一線的意識，這幽微的漠然，在時間開始之前或時間停止之後，
在一幽冥之光裡。這幽光既非日光，也非暗夜。日光為形貌增添澄澈的寂靜，
將陰影轉變成無常的美景，以徐徐的遷流暗示長永恆。暗夜淨化靈魂，以剝
落肉感掏空色慾，洗淨紅塵裡的溫情，既無繁華亦無虛空。唯有歷劫的衰顏
上一抹微光，寂寞無為的徬徨。神光離合而莫名其妙，無所用心以致龐然的
冷漠。「吳絲蜀桐張高秋，空山凝雲頹不流。」〔註47〕在時間之前與乎時間之
後，無邊的黑夜，，不是我們所處的黑暗，在這絮絮叨叨的世界裡的黑暗。

往地獄的更下層，直到那永遠孤絕的世界裡，說世界卻並無世界，因為
那黑暗不是外延的黑夜，而是向內潰縮的黑暗，剝除了所有可能的內涵。斷
滅一切感官的世界，傾盡一切想像的世界，麻痺一切精神的世界。任何道路
都一樣，沒有任何運動的環節，禁止任何運動的環節。唯一的運動就是「骨
弱筋柔而握固，未知牝牡之合而朘作」。〔註48〕

光自眼球表面反射回去，仿佛眼睛還有視覺。耳鼓雖然澎澎震動，卻未
破解任何密碼。心止有脈搏的迴響，已經沒有傾聽的怦然心動。當一切陷入
挖空的闇黑之中，止剩大氣裡微幅的膚觸，以間不如髮的波動，或者應該說
曾不能以一瞬的間距，敲響了天地萬物。我們在無間隙的耳鳴裡，瞬間瀰漫
了六合之內。至於六合之外，不用說了。

天帝，絕對的祂，這時穿越無間的噪音，即使只是微幅的震盪，卻是不
歇的騷動，祂穿越這一切，雖然並不趕時間，竟遺忘了這一切隱隱的喧囂，
祂止是震盪的一部分，不確定是那一部分，但一定是必不可缺的部分。

即使止是微幅的震盪，那不歇的波動竟盪開了無限的虛空，因為無邊的
虛無產生了完全的昏迷，我們在純白的昏迷中止透過無間的膚觸聽見了生命
的節奏太鼓的節奏。耳器所聽不到的巨響，令我們喪失自我意識，卻聽到見
了大地沉穩的呼吸，數著絕對的他的脈搏。

觀兵之際，豈如肢體形骸駭怪驚奇之人陣列其間？軍容壯觀不免殺傷與覆
亡，肢體形骸駭怪驚奇之人，形體支離破碎之人反而優遊鋒鏑刀槍之間。形體
支離破碎之人在他人的眼中支離破碎不成人形，反而成全了他完足的人生。

〔註47〕李賀〈李憑箜篌引〉
〔註48〕《老子》章五十五。

　　時興的記號蘊涵時代的集體意向與激情，而記號承載的隱喻亟待正當的詮釋。詮釋的呼喚引發生命的緊張，超度這生命緊張的神學可將記號啓動的被壓抑的痛苦，超昇到神祕的宗教象限。以上是《周易・觀卦》在周禮範疇內，啓發的詮釋學。

《周易》宇宙詩學

【摘要】

　　縱觀近二千年易學史，始終不明白爲何後學定要效漢代學者，將「爻位」與「爻變」套上簡陋的排列組合框架，匆匆以線性的時間意象導向狹隘宇宙史詩之旅。當世界頂尖天文物理學家都說：「我們的生存方式決定了我們的宇宙具有何等樣態。」不能不令人介懷：「我們對於自身所處的世界，是否作出了正確的結論？」

　　本文首先確立修辭學取代形上學的哲學轉向，其次將「爻實體」的意象轉變爲「爻事件」，然後以原子式的時空事件演繹新的「易序」。大海浮漚或許可以比擬《周易》空間史詩隱涵的蒙太奇手法，但引進量子力學的世界觀可以豁開我們想像力枯竭的脆薄腦殼。

　　本文充滿數學與量子物理學術語與意象的空間史詩，並不企圖建立新的物質世界秩序，那是天文物理學家的任務。其實《周易》的「爻位」與「爻變」一直給予我們遼闊的詮釋與想像的餘裕，本文只是爲了未來的宇宙行吟詩人，聚集了新的意象類型，提點新的隱喻學，期望開啓理解《周易》的新途徑。

　　關鍵詞：《周易》、「爻位」與「爻變」、修辭學、原子式時空體、量子物理學

一、前　言

　　何謂詩？詩乃以語言爲媒介形構意象，以意象表現生命之理念者也。此

一定義由三組議論構成，即語言的特質，意象的類型與表現的風格。此定義最終的歸依在於生命境界蘊涵之終極關懷殊異。

何謂詩學？詩學即文學理論之別號也。其定義有二：凡文學理念有系統之議論，即所謂詩學也。凡就專家專書之文學表現技藝，條理鋪陳者，亦所謂詩學也。本文〈周易宇宙詩學〉即屬於後者，探究《周易》以語言為媒介形構意象，以意象表現宇宙觀之技藝特質也。

所謂「宇宙詩學」（cosmopoeic）乃針對形上學之宇宙論（cosmology）〔註1〕而言。一般學者傾向議論《周易》之宇宙論，西學東漸之後，此實乃中規中矩之議題，惜哲學世代已交替矣。試覘世界頂尖天文物理學家已建議採用達爾文的自然選擇原理（principle of natural selection）詮釋世界觀的形構原理曰：只因有些個體對世界作出正確的結論，所以這些個體更適宜存活於此世。又依所謂人性的原則（anthropic principle），意即我們以我們存在的方式觀看我們存在的宇宙。許多不同的宇宙，以及宇宙裡許多不同的區域，都存在其自身的原始完型。換言之，我們生存其中的「時空事件」（亦曰宇宙事件）就是我們的生存方式，而此生存方式決定了我們的宇宙具有何等樣態。〔註2〕

「我們的生存方式決定了我們的宇宙具有何等樣態。」此言一出，古典宇宙論之絕對客觀性於焉崩潰矣。「我們對於自身所處的世界，是否作出了正確的結論？」既然我們以語言生產的這一套意義，塑造了宇宙萬物的真實性（reality）。而語言才是概念化的經緯，修辭學形構了價值的系統，我們經由語言體驗所謂實在性。〔註3〕（McLaughlin 86）似乎今後預設宇宙萬物真實性的宇宙論不具學術正當性，講究修辭風格的宇宙詩學將大行其道。

本文原擬題名曰「周易餘論」，因為研究《周易》固然應以還原經典原義為綱領，因此有一派學者力主「以經解經，以傳解傳」，〔註4〕注意經傳思想

〔註1〕 Cosmology 以通稱的自然界為研究對象，探討自然客觀世界的終極奧祕為務，也包含研究世界起源與變化原理的宇宙發生學 cosmogony，是應用形上學的一枝。

〔註2〕 Stephen W. Hawking A Brief History of Time, Batman Books, export edition, 1989. pp130-1.

〔註3〕 McLaughlin, Thomas. 1995. "Figurative Language." In Critical Terms for Literary Study, edited by Frank Lentricchia and Thomas McLaughlin. The University of Chicago Press. P.86.

〔註4〕 高亨《周易大傳今注》（濟南：齊魯書社，1987年一版四刷）自序，頁2。

的分際，不輕易藉「易傳」解讀《周易》。易傳並非不能解釋《周易》，只是我們並不以「易傳」爲《周易》的唯一詮釋，同時因爲「易傳」具有濃厚的時代色彩，無法保有哲學思想超越時代的永恆價值，所以亦非最具學術價值的詮釋。然而從學術思想的永恆價值觀之，「易傳」之中有些觀念超越了現實政治的需求，表現出了《周易》的部分核心理念，此所以本文謂之「餘論」也。

思想有「餘」，不僅不是累贅，反而意謂思想超越現實需求的永恆價值。歷來學者前賢多以爲「易傳」的哲學價值較高，引申出超越現實政治的的宇宙論，乃至於形上學。相對而言，《周易》總是被視爲卜筮書而已，僅具有些許史料價值，不足以觀乎哲學之先天理念。反之，在下卻向來主張《周易》的哲學價值絕不低於「易傳」，相對於歷史現實的需要，《周易》反而比「易傳」更具超越性。

但是在本文裡，在下對於一向的主張將有所補充。在下雖不否定《周易》的哲學價值絕不低於「易傳」，相對於歷史現實的需要，《周易》反而比「易傳」更具超越性。但是本文很願意針對「易傳」之於《周易》的詮釋，重作條理，藉以彰顯《周易》雖然隱約但實精關的哲學佳構。本文較之於在下昔日有關《周易》之研究，亦可謂之餘矣。

雖然謂之餘論，卻絕非散漫之論，論旨將繫於在下昔日著力甚多的「爻變」與「爻位」蘊含的宇宙論。以「爻變」與「爻位」爲等式的中心，其左方以數學語言表述之，可能有 $n \rightarrow 64$ 種結論，而 $n \leqq 64$。等式右方以籤詩的形式，標示吉、利、無咎、吝、厲、悔、凶。如能以數學語言重構等式兩端的關係，就可重現《周易》的命運方程式。

六爻絕非「110011」或「陽陽陰陰陽陽」或「初二三四五上」這些簡單符號的吉凶表現。[註5] 但是本文並不斷然宣稱已經發現某種解碼的理論。因爲一卦之卦爻辭，並不遵循簡約之敘事法則相續或並存。本文試圖揭露隱藏於神話時間之後的多元宇宙學論述，逆推各爻間複雜難知的綜觀涵攝（synthetic prehension）結構。（李霖生，2002：頁 20）藉此表現《周易》所建構的宇宙觀（Weltanschauung）。

何謂諸爻之間的綜觀涵攝？爲何研討諸爻之間的綜觀涵攝？諸爻之間的綜觀涵攝如何可能？以上問題就是本文的主要議題

〔註5〕 李霖生《周易神話與哲學》（臺北：臺灣學生書局，2002 年），頁 18～19。

二、修辭立其誠

> 君子所居而安者，易之序也。所樂而玩者，爻之辭也。是故，君子
> 居則觀其象，而玩其辭；動則觀其變，而玩其占。（周易・繫辭上傳）
>
> 爻者，言乎變者也。（周易・繫辭上傳）

所謂諸爻之間的綜觀涵攝就是「爻變」與「爻位」蘊含的宇宙論，「爻變」與「爻位」蘊涵的宇宙論蘊涵於「易序」之中。我們執著於「爻變」與「爻位」，因為抽象的「爻變」與「爻位」超越經驗世界的變遷，傳承著永恆與普遍的信息。但是僅憑抽象的「爻變」與「爻位」，能指與所指之間可參考的密碼系統相當多元，因此符號與意義之間的連繫十分有彈性。符號與意義之間的模糊的連繫啟發了許多誤讀，提供了思想原創之機。但是如果後世因年代湮遠，將某種誤讀勉強專斷為惟一真理，勢必造成思想的衰頹與智慧的墮落。

拯救思想墮落的方法就是回到抽象的「爻變」與「爻位」，以「爻變」與「爻位」為推理的前提。這就是君子「觀象」「觀變」與「玩辭」「玩占」之意。因為爻的陰陽之變，以及六爻的序位，原本允許多重的推理。

人類的言語事件（speech event），如今可以六個變數表現言語事件中語言的超時間向度：〔註6〕

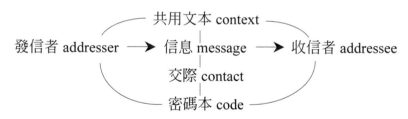

發信者（addresser）與收信者（addressee）之間的媒介（media）是信息（message），人際的信息結構是「signans/signatum」。

《莊子・齊物論》所謂：「以指喻指之非指，不若以非指喻指之非指也；以馬喻馬之非馬，不若以非馬喻馬之非馬也。天地一指也，萬物一馬也。」「指」是「所指」，則「非指」是「能指」，單純以「所指」無法說明「能指」所承載的意義。「能指/所指：符號/意義」形構的對應機制能夠運作，其實基於「Signifier'：Signifier"」間的約定「Signifier'＝非指：Signifier"＝指之非指」。〔註7〕

〔註6〕 Jakobson, Roman On Language,（Harvard University Press. 1995.）72～75.

〔註7〕 參見：李霖生〈金剛經的夢幻詩學〉（玄奘人文社會學院：第二屆「佛學與文學研討會」，2004年5月）

「能指'」與「能指"」的關係乃相因而生，所謂「是非」原本是「彼此」的對立。一般所謂「能指 as/and 所指」（Signifiers/Signified）其實是「Signifier'=非指：Signifier"=指之非指」間的約定，可以簡化為「Signifier'：Signifier"」能指之間的約定關係，這就是所謂「語言的民間社會」。概念就是比喻，比喻就是概念（concepts are tropes and tropes concepts）。（McLaughlin 87）從修辭學的層面推敲，上述引文說明「詞與理念」之間並無先天（a priori）的關聯，反之它們的關係建立在任意性上。

因為語意與理念間這種任意性，理性所思考的領域只剩下主體交互影響與運作的界面，亦即社會契約。正如尼采所言：言語全然是修辭藝術的產物。言語並不企圖傳授真理，卻專注於主體的意欲與趣味傳與他人。〔註8〕社會契約界定能指之間的關係，嚴格說起來一切語意皆是衍義（figures），並無本義（meaning）存在，所有言語不過是一套修辭學體系。（McLaughlin 85～86）「是非」不僅是一組存有學的概念，也是一組法律學概念。存有學概念之「是非」即「存亡」，法律學概念之「是非」即「對錯」的價值判斷。

> 子曰：「夫易，彰往而察來，而微顯闡幽，開而當名，辨物正言，斷辭則備矣。其稱名也小，其取類也大，其旨遠，其辭文，其言曲而中，其事肆而隱，因貳以濟民行，以明失得之報。」（周易‧繫辭下傳）

如果思想的各個層面都是衍義，則知覺與了解的力量其實深植於語言中。言語者並不感知事實，而是體察一時的刺激。他不傳遞感覺，卻只呈現感覺的倒影。感覺因心靈的衝擊而綻放，但不固執於事物自身。（Nietzsche's Werke Band XVIII 249）我們所開展出的意象預告了一個被動的世界，而我們透過語言將形貌賦予此世界。

語言的任意性與社會契約性，說明語言此一能指系統純然是因緣和合所生。關鍵問題在於心靈活動如何透過聲音形象表現出來？（Nietzsche's Werke Band XVIII 249）語言不是獨立自主的存有物（entity），它是社會與政治生活的部分組織。它塑造我們的知覺，但也受到我們社會脈絡的塑造。（McLaughlin 87）所以一向常識所謂的實在，並不存在於能指系統的另一端，而存在於能指這一端，所謂實在還是因緣和合所生。並非事物移入意識，而是形象移入意識。意識所對之形象，是人工精心說服之計謀（πιθανόν）。（Nietzsche's Werke

---

〔註8〕 Nietzsche, Friedrich. Nietzsche's Werke Leipzig：Alfred Kröner Verlag, 1912 Band XVIII 249.

Band XVIII 249）

　　語言不是命名既存的（preexisted）客觀對象與情境，而是我們透過語言符號將意義的體系賦予世界。因此我們以語言生產的這一套意義，塑造了六合之內萬物的眞實性（reality）。語言才是概念化的經緯，修辭學形構了價值的系統，我們經由語言體驗所謂實在性。（McLaughlin 86）〔註9〕事物之絕對本質不可知，我們於事物僅知其諸多方位。語言即修辭，它傳達的是意見，而非知識。（Nietzsche's Werke Band XVIII 249）

> 易之爲書也，廣大悉備，有天道焉，有人道焉，有地道焉。兼三才
> 而兩之，故六；六者非它也，三才之道也。道有變動，故曰爻；爻
> 有等，故曰物；物相雜，故曰文；文不當，故吉凶生焉。（周易‧繫
> 辭下傳）

這是《周易繫辭》對於《周易》性質的議論，關鍵在於「爻」的意義。「爻有等，故曰物」似乎將爻視爲事件，所以六爻變化造成易序如「物相雜，故曰文」易序錯雜形成「能指系統」，所以屬於宇宙論的形上學議題轉化爲修辭學的議題。隨著我們天文物理學知識的增長，我們的能指系統有了更新之機。所以精確的說法應該是我們將產生一套新的宇宙神話，它由許多革命性的隱喻或轉喻構成，表現嶄新或更有說服力的史詩風格。《周易》開啓的宇宙論其實是開啓心靈無垠宇宙的史詩，所以我們不以爲這是科學知識的是非，而是宇宙史詩的感動與謬思。

　　數年前因爲高估學術界的共識，未能詳述此一宇宙史詩的企畫，於是招致俗見之誤解，還以爲這是古典物理學爲基準的傳統宇宙論研究，遂生許多閒氣。學術界終究還是人的世界，受西學薰染的學者不免有時自以爲躋身諸神世界，有時或許只是腦力衰竭時最後一縷青煙惡戲的幻象。

> （乾……文言曰……九三）君子進德修業，忠信所以進德也。修辭
> 立其誠，所以居業也。

「修辭立其誠」可以說是修辭學的最高綱領，如今是《周易文言》詮釋《周易》乾卦九三爻「朝乾夕惕」的傳注，「易教」進德修業之綱領明矣。既然相對於意義而言，所有語詞本身就是比喻（tropes）。（Nietzsche's Werke Band XVIII 249）我們閱讀《周易》應以修辭學的觀點，藉修辭策略之分析，分辨卦爻辭

〔註9〕　主要參考李霖生〈金剛經的夢幻詩學〉（玄奘人文社會學院：第二屆「佛學與
　　　　文學研討會」，2004年5月），頁14。

之提喻、隱喻或轉喻。

所謂「提喻」（synecdoche）乃以部分的感知替代了整體的直觀。其所指相同，但能指不同。（Nietzsche's Werke Band XVIII 250）

所謂「隱喻」（metaphor）則是能指相同，所指不同。（Nietzsche's Werke Band XVIII 250）隱喻（metaphor）意謂其衍義與本義共享同一意義的範疇（category of meaning）。因此隱喻可以說是意義壓縮後的類比（compressed analogy）。所謂明喻（simile）是詞的直接比對，隱喻則須讀者建構範疇與類比的邏輯。因此明喻少有啓發讀者想像的餘裕，明喻比隱喻少了分文學的風流蘊藉。（McLaughlin 83）

所謂「轉喻」（metonymy）則是因果兩項的置換。（Nietzsche's Werke Band XVIII 250）轉喻（metonymy）建立在較具空間性意義脈絡的並存關係網中，而不似隱喻講究意義結構的分享。轉喻將讀者引往事件與情境的歷史世界，隱喻則將關係建立在詞的一切用義爲基地的深層邏輯上。（McLaughlin 83～84）

修辭學研討「衍義」（figures），也研究「說服」（persuasion）。（McLaughlin 83）如尼采所言，依舊生活於神話想像中，而未涉及歷史精確性之絕對需要的人，需要修辭學。因爲他們寧願被說服，而不願接受教導。（Nietzsche's Werke Band XVIII 239）神話是精巧的兒戲，修辭則是純粹爲了娛樂之戲。（Nietzsche's Werke Band XVIII 242）同時修辭學是共和政體的藝術，因爲人們必須容忍最詭異的意見與觀念。（Nietzsche's Werke Band XVIII 239）

西方古代教育以修辭學爲最終的教程，這是一個受過良好教育的政治人最高尚的精神活動。（Nietzsche's Werke Band XVIII 239）古希臘文化的特質在於將一切活動都視爲遊戲。（Nietzsche's Werke Band XVIII 240）修辭學乃說服之造化。（Nietzsche's Werke Band XVIII 241）

尼采引康德的《判斷力批判》曰，雄辯術乃治理知性之嚴肅活動，猶如知性是想像力的自由活動。詩藝管理想像力的自由活動，猶如想像力是知性之嚴肅活動。〔註10〕（Nietzsche's Werke Band XVIII 239～240）亞里士多德說修辭既不是知識（epistēmē），也不是技藝（technē），而是修持（dynamis）。（Nietzsche's Werke Band XVIII 243）因此我們以文學的啓發爲判準，而非以科學的是非判準，重新審視《周易》的意義。《周易》開啓的宇宙論其實是開

〔註10〕Immanuel Kants Werke（Verlegt Bei Bruno Cassirer,Berlin !922）Band V. S.203

啓心靈無垠宇宙的史詩。宇宙史詩的感動與謬思其實是心性修養的媒介，心性論的前奏。

三、時乘六龍以御天

所有的學術對於自身處理的事實所做的終極分析（ultimate analysis），都必須始於某些假設。這些假設之所以具有正當性，部分是由於我們直接意識到的遭遇，部分由於它成功的用一定程度的普遍性，而非特別設定的前提，表現了被觀察到的事實。A. N. Whitehead 在 Science and the Modern World 概述的原始體振動的一般理論只是舉例說明原子式時空體對物理科學提供了何種可能。重要的是，這理論在單純的空間運動之外，還增加了機體解消形式表象的可能。光波即是機體解消形式表象的重要例證。（Whitehead 135）

不論任何時期的學術假設，若表現出托勒密天文學（Ptolemaic/epicyclic astronomy）的症候，都將站不住腳。（Whitehead 135）今天臺灣的學術風氣，就呈現出這種托勒密天文學的症候。

量子論所提出的不連續概念要求物理學概念做一次修改以便能配合它。尤其現在已經指出：我們需要一種解釋「不連續存在」的理論。我們所要求於這一理論者，是電子的軌道可以被視為一系列中分立的位置，而不是一條連續的線。（Whitehead 135）

根據「易」字的象形，它指涉日出地上時，波流弟靡，霞光萬道。（另一種象形，表現交易的活動。）《周易》的數學表述在於以數學語言表現時間之箭，時間之箭則表現生命意義。基於智性生命的運作需要一種強勢的熱力學之箭，亦即無秩序樣態與時俱增的向度。人類在理解宇宙方面的進展，意謂建築一角的秩序於日漸蔓延的無秩序之中。

Aristotle 主張有一個具有優位性 priority 的靜止狀態，物理時間乃指稱每一事物與事件本身固有的具體的持續，此即 Aristotle 絕對空間與絕對時間的信仰，作為客觀化的運動之時間基準。

Galileo 與 Newton 卻主張絕對靜態不存在，所以一事件在空間裡無法賦予絕對位置（絕對空間）。但 Galileo，Newton 與 Aristotle 卻都相信絕對時間，這種常識僅可處理相當緩慢的旅行。相對論主張每人攜帶自己的時鐘以計算時間，而且彼此不必一致。空間與時間都是動力量（dynamic quantities）。時間與空間不能完全分開，所以最好組合成一「空時」對象，而命之為「事件」。

Stephen W. Hawking 建議採用達爾文的自然選擇原理 principle of natural selection：證明有些個體對世界作出正確的結論，所以更適宜存活。所謂人性的原則（anthropic principle），意即我們以我們存在的方式觀看我們存在的宇宙。許多不同的宇宙，以及宇宙裡許多不同的區域，都存在其自身的原始完型。換言之，我們生存其中的「時空事件」就是我們的生存方式，而此生存方式決定了我們的宇宙具有何等樣態。〔註11〕

Kant 關於想像時間的名言：時間（與空間）是感性的先驗形式。於是時間議題遂先於（a priori）任何主體性與客觀對象性的觀照而存在，因為時間是使「先於」成為可能的條件。如此時間超越了主觀性的局限，但並未墮入客觀對象化的疏離感，所以人可以透過時間性，掌握與詮釋他在世界中的存在意義。

上文既謂《周易》開啓的宇宙論其實是開啓心靈無垠宇宙的史詩，所以我們不以為這是科學知識的是非，而是宇宙史詩的感動與謬思。宇宙史詩的感動與謬思其實是心性修養的媒介，雖然心性論的反思需要一種強勢的熱力學之箭，亦即在無秩序樣態與時俱增的向度裡，建築一渺小角落的秩序。但此一秩序未必僅僅按照「初→二→三→四→五→上」的序列，毋須以連續性事物的屬性解釋萬物的存有。〔註12〕

「大哉乾元，萬物資始，乃統天。雲行雨施，品物流形。大明始終，六位時成，時乘六龍以御天。乾道變化，各正性命，保合大和，乃利貞。首出庶物，萬國咸寧。」（周易·乾卦彖傳）「至哉坤元，萬物資生，乃順承天。坤厚載物，德合無疆。含弘光大，品物咸亨。」（周易·坤卦彖傳）

「乾元」具有宇宙論之形上實體義，是宇宙生成的根源。「大明始終，六位時成」講的是時間，「坤厚載物，德合無疆。」則是空間性表現。古典物理學習慣的基本預設認為空間具有一種單一的意義，時間也具有一種單一的意義。這也是傳統宇宙論影響下學者心中的「爻」，將爻視為一種存有物，甚至一種形上學的實體，或組成形上學實體的元素，而以「卦」為形上學實體。例如：

> 乾坤其易之門邪？乾陽物也，坤陰物也。陰陽合德，而剛柔有體，
> 以體天地之撰，以通神明之德。其稱名也，雜而不越。於稽其類，

〔註11〕Stephen W. Hawking A Brief History of Time, Batman Books, export edition, 1989. pp130-1.
〔註12〕李霖生《周易神話與哲學》（臺北：臺灣學生書局，2002年），頁19。

其衰世之意邪？（周易·繫辭下傳）

學者對於「陽物」「陰物」的理解與詮釋，因爲「陽物」「陰物」都是具有位格的意象形構，遂以爲「爻」以「陽物」「陰物」的形態存在於此世，因此，我們不論對地球上的儀器的空間性具有什麼意義，彗星上及在以太中靜止的儀器也須具有同樣的意義。

　　然而相對論否定了這一點。因此，計算事件的相對次序，以及度量事件之間的時間間隔時，會隨著地球上、彗星上與以太中靜止的儀器而有所不同。由於地球與彗星的環境條件不同，時間空間對兩個星體便具有不同意義；因此，速度對兩個星體也具有不同意義。（Whitehead 117～8）於是我們開始以「相對事件」來形容「爻」的意義，而不是如傳統將「爻」視爲「實體」（substance）。

　　所謂「實體」即古典科學唯物論預設有一確定當下呈現的瞬間，一切物質在當下呈現的瞬間中都同樣眞實。現代物理學則沒有這種獨特的當下呈現的瞬間。你在整個自然界都可以爲同時瞬間這一觀念找到意義。但對各種不同的時間性觀念來說，瞬間則具有不同的意義。因爲相對於觀察者的身體，而非他的心靈，作爲一個極常見的儀器以利於度量時間。（Whitehead 118）「爻」在一「卦」之中，乃至六十四卦之中，都是一相對發生的事件，同時是相對的計時器。

　　相對論將時間與空間空前緊密的結合起來。它假定時間與空間在具體事物上的分割可以通過可以相互替代的抽象模型來達成，同時也可以得出可以相互替代的意義。但每種抽象模型都是把注意導向自然界中的某種東西，因此便是將它分離出來以供思考。（Whitehead 118）此「爻」在空間中以動態的事件展開並擔當相對的計時器，攝受了其它卦爻事件。

　　新的修辭風格，因爲將時間與空間空前緊密的結合起來，所以不以實體爲主格，而以「事件」爲主詞形構判斷，因此由宇宙論轉變爲宇宙史詩可能更具啓發性。「事件」就是攝入一包涵諸方位的模式統一體的活動（An event is grasping into unity of a pattern of aspects）。一個事件超越自身的有效性，在於它自身之諸方位參與形成其他事件的攝受統一體（prehended unities）。（Whitehead 119）這就是「爻」與一卦諸爻的關係，也是一「卦」與六十四卦的關係性質，更是一爻在三百八十四爻之中的意義。

　　如果被反映的模式只是附屬於一事件之整體，那麼除了幾何形狀的系統方位之外，這種有效性是微不足道的。若模式在事件的相繼各部分中承擔下

來，並在全體顯示出自己，以致使事件成為它的生命史，那麼，事件便由於
這承擔的模式而獲得了外在的有效性。原因是它本身的有效性被相繼各部分
的類似方位加強了。這事件形成一種模式化的價值，具有本身各部分內在的
承擔性。正由於這種內在的承擔性（endurance），該事件對其環境之緩衝修飾
（modification）才顯的重要。（Whitehead 119）《周易‧繫辭上傳》曰：「君子
所居而安者，易之序也。所樂而玩者，爻之辭也。」君子居易俟命要進德修
業，所以居而安，樂而玩，此即爻事件對其環境之緩衝修飾也。

正是由於這種模式的承擔性，時間才從空間裡分化出來。這模式在空間中
表現為「現在」；這種時間上的決定便構成了它對各部分事件的關係。因為它在
本身生命過程的這些空間部分的時間連續上被重複的產生出來。我的意思是
說：時間次序的這種特殊作用，容許模式在其本身歷史的每一時段重複的產生
出來。小即是說：每一承擔中之客觀之物在自然中發現，並要求自然給予一個
原則，將空間與時間加以區分。撇開承擔模式的事實，這一原則也可能存在，
但卻是潛在而無足輕重的。因此，時間相對於空間的意義與空間相對於時間的
意義，由於承擔者的發展而發展起來。承擔的客觀對象表示空間在組成事件的
模式上與時間發生了分化。反之，空間在組成事件的模式上與時間發生了分化，
就表示事件對承擔客觀對象的「社群共存的容忍」（the patience of community）。
社群沒有客觀對象可以存在，但承擔中之客觀之物如果沒有對它們具有特殊容
忍性的社群，就不可能存在。（Whitehead 119）從實體意象轉變為到事件意象，
我們將萬物的關係從因果律中解放出來。爻與爻，爻與卦，都不再是兩實體間
的因果關係，而轉變為大海與浮漚的振幅關係。〔註13〕

承擔性（endurance）的意思是：一模式如果表現在一事件的涵攝體
（prehension）中，便同時表現在該事件按一定法則分開的各部分的涵攝體中。
整個爻事件的任一部分卻並不像整體一樣，產生出同樣的模式來。我們不妨
看看人體在一分鐘的生命過程所表現的整個身體模式。例如，某一大拇指在
這一分鐘必然是整個身體事件的一部分。但這一部分的模式是大拇指的模式
而不是整個身體的模式。因此，承擔活動便要求有一定的法則來取得各部分。
在此例中，我們立即可以看出這法則是什麼。在這一分鐘的任何一部分中（如
一秒或十分之一秒），我們都必須從整個身體的生命上著眼。換句話說，承擔

〔註13〕參考熊十力，《熊十力全集》（武漢：湖北教育出版社，2001）第七卷，頁15，
此卷多為易學論文。

性的意義包含著時空連續區中一段時間的意義。（Whitehead 119～120）這個人體模式的例子也可以說明「爻」與一卦諸爻的關係，一「卦」與六十四卦的關係性質，一爻在三百八十四爻之中的意義。

這裡產生一個問題：是否所有的承擔性之客觀對象，從時間上分化出空間時（differentiation of space from time），〔註14〕都具有同一原則？或者說，同一客觀對象在本身生命史上的不同階段中，分化時－空關係的原則是否完全一樣？以前，人們都毫不猶疑的假定：可能找到的只有這樣一個原則。因此，從時間相對於某一客觀對象的綿延性來看，就將與相對另一客觀對象的綿延性具有同一意義。同時，空間關係也就必然僅僅具有一種意義。如今看來卻不然；客觀對象被觀察到的有效性只能這樣解釋，即做相對運動的客觀對象，在其承擔性上所運用的時間空間之意義，是隨客觀對象而異的。每一承擔客觀對象都被認為是停留在本身應有的空間中，它運動時所通過的任何空間都不是其特殊承擔性所固有的空間。若兩個客觀對象彼此相對的都處在靜止狀態，則它們在表現其承擔性時便運用著同一意義的時間與空間。但若彼此做相對運動，則其時間空間即各不相同。因此，當我們看到一客觀對象在其生命史的某一階段是在相對於其生命史的另一階段做運動時，則這客觀對象在這兩種不同階段中便運用了不同的空間意義，而時間的意義也相對的有所不同。（Whitehead 120）因此本文特別強調，以往被簡單定位的幾何意象類比的卦爻關係，亦即時空中簡單的直線序列與因果關係，必須徹底改變。卦爻與宇宙整體生命流行的關係，恍若浮漚與大海的關係，因果法則被振動法則代替，「爻」與一卦諸爻，一「卦」與六十四卦，以及一爻在三百八十四爻之中的因果關係，全都超出原本擬議的「若 P 則 Q」，而複雜到必須至少運用微分與積分才能計算。

一爻事件有其同輩爻事件（contemporaries），在新的假設下，是否可以不修改對某一確定時空的看法而繼續這麼說呢？在「某一」時間體系下兩個爻事件同時發生，這是可以辦得到的。至於在另一時間體系下，這兩個同時發生的爻事件雖然可能部分重複，但卻不會是同時的。假如在「每一」時間體系下，某爻事件經常處在另一爻事件前面，那麼它就可以無條件的處在前面。假設我們從某一既定爻事件 A 出發，一般說來，其他爻事件就分成兩類：一

〔註14〕以數學語言重說一遍：從時間裡微分空間的歷程。Differentiate 同時也具有微分的意義。

類是無條件的與 A 同時，另一類是在 A 之前或在 A 之後。但此外還有一類，就是把以上兩類連接起來的爻事件。在此出現一種臨界狀況（critical case）。我們還有一臨界速度必須加以說明，即光在「真空」中的理論速度。（不是光在重力場或在分子量子所組成的介質中的速度。）同時運用不同的時－空體系就意味著客觀對象的相對運動。（Whitehead 121）《周易》的宇宙論因為相對論的啟發，終於可以想像何以「雲行雨施，品物流形。」「乾道變化，各正性命，保合大和」（周易·乾卦象傳）又何以「德合無疆，含弘光大，品物咸亨。」（周易·坤卦象傳）《周易》講究一「周」字，也有周延、周全之義。

一般人往往普遍的認為時－空關係是外在的。這裡所否定的正是這種觀念。（Whitehead 122～3）相對於一爻，六十四卦的記號結構就是一爻之「永恆的客觀所對（eternal objects）」。至於爻事件間的關係，我們現在所得出的理論首先是根據一種原理，認為爻事件的關聯性在一事件本身而言完全是內在關係，但是在其他關係對象則不盡如此。

譬如說，其中牽涉的「永恆的客觀對象（eternal objects）」便只與爻事件具有外在關聯。這種內在關聯性說明了何以一爻事件只能在它本身所在的地方，並且它只能處於一套固定的關係中。由於每一種關係都參與到爻事件的本質裡，所以離開這種關係，爻事件甚至就不能成為其本身了。內在關係這一概念的意義正是如此。

內在關聯的概念需要把一個爻事件分成兩個因素：一是個體化的潛存實體活動，一是被個體化活動所統一諸方位的叢結。換句話說，內在關聯的概念需要將「實體」看成是：把關係綜結到自身的乍現的面目中去的行動。爻事件所以能成為事件，就是因為它把各種關係綜結到自身之中去了。這種相互關係的普遍性骨架輪廓是一種抽象概念，它假定每一爻事件都是一個獨立的實體。然後再問這種構成關係還有哪些剩餘部分，以外顯其關係的方式存留下來。（Whitehead 123）我們接受上述的說法，旨在加強天文物理學的泰斗 Hawking 建議我們在界定宇宙，或形構我們的宇宙論時，採用所謂人性的原則（anthropic principle），意即我們以我們存在的方式觀看我們存在的宇宙。我們生存其中的「時空事件」就是我們的生存方式，而此生存方式決定了我們的宇宙具有何等樣態。而語言系統向來具有兩個向度：歷時性與共時性兩大軸。

這樣全面的表現出來的關係骨架輪廓，變成爻事件綜合體的骨架輪廓，其中具有各種不同的關係：有些是整個與部分的關係，有些是各部分在一整

體中聯合起來的關係。即使在此,內在關係還是迫使我們非注意不可。因爲部分是組成全體的因素。同時,一交事件如果在所有的交事件綜合體中失去了地位,而成爲孤立交事件,那麼它就被本身的性質所排斥而不再成爲事件了。因此很顯然,整體對於各部分具有組成作用。而關係的內在性也確實透過這全面的抽象外在關係骨架輪廓才表現出來。(Whitehead 123)誰能釐清語言歷時性與共時性兩大軸心的融通機制?

當實際宇宙展現爲廣延與可以分割的宇宙,就拋開時間與空間的區別了。事實上有拋開體現的過程了;這過程就是各種交事件借以體現其自身的綜結活動之調整。因此這種調整便是潛存活動實體的調整,這些實體由於這種調整而表現出個體化、或斯賓諾莎唯一實體的模樣。同時,時間過程也是由這種調整引起的。(Whitehead 123~4)「實體」也只是一個名義,利於進行推理。

因此,就某種意義看,時間在卦之綜合體現過程中的調整性質上,超越了自然的時－空連續區範圍。在這種意義下,時間過程並不一定由一條單線式的連續過程組成。因此,爲了滿足現代科學假設的要求,我們將提出一個形上學假設,說明時間不是這樣組成的。我們根據直接觀察,假定體現的時間過程可以分析成一群線狀的過程。每一個線狀過程都是一個時－空體系。爲了支持這種確定線狀過程的假設,我們將援引以下事實:①我們體外有廣延的宇宙,透過感官直接呈現在我們面前,並與我們「同時」存在;②對於感性認識領域以外「現在直接發生」什麼現象的問題具有理性上的理解;③乍現的客觀對象的「承擔性」中包含了內容的分析。客觀對象的這種承擔性中包含了現在所體現的模式之展示。這展示是事件固有模式的展示,也是使永恆客觀對象對象獲得方位的自然界時段的展示。同時也可以說是永恆客觀對象對象使事件獲得方位。模式進入一事件的本質後,就爲這事件的利益而在整個時間綿延中空間化。這事件是整個綿延中的一部分,亦即是本身固有方位所展示的一切中的一部分;反過來說,綿延便是與事件同時存在(在上述意義下的同時)的整個自然界。因此,事件體現其本身時展示出一個模式,這模式需要一個由意義肯定的同時性所決定的確定綿延。這種同時性的每一種意義,都把這樣表現出的模式與一確定的時－空系統聯繫起來。時－空體系的實際性是由模式的體現構成的;但它被包含在事件的總骨架輪廓中,構成它對體現的時間過程的容忍性。(Whitehead 124)以上主要參考 Whitehead

《科學與現代世界》，以形構另類的宇宙論。Whitehead 重視的是形上學議題，本文則著重語言的實踐哲學，以修辭學作爲生命創作與解放的存有學。其中受到 Karl Marx 影響之處限於篇幅，祈來日補敘。

在此應注意：模式所需要的綿延牽涉到一定長度的時間，而不僅是一個瞬間。這樣的瞬間是更加抽象的，因爲它只表現具體事件之間某種連接關係。如此一來，綿延就空間化了；所謂「空間化」是說：綿延是被實現的模式構成事件角色的場所。綿延作爲其本身所包含的某一事件實現時所體現的模式之場所，便是一個期間，或滯留期。而承擔則是模式在一系列事件中的重現。因此，承擔需要一系列各自表現模式的綿延。由於這緣故，「時間」就從「廣延」及「可分性」分離出來了，這種可分性是從廣延的時－空性上產生的。因此我們不能把時間看成廣延性的另一形式。時間僅是期間性綿延的連續。但因此而互相承接的實有則是綿延。綿延就是模式在某一特定事件中體現時所需之物。因此，可分性與廣延性便包含在某一特定的綿延中。期間性的綿延不是「透過」其「相繼性」各可分部分實現的，而是「隨著」各部分產生的。若齊諾（Zeno）在世，可能會對康德「純粹理性批判」一書中某兩段文字聯起來的眞確性提出反對；但在這種方式之下，他的反對便會由於拋棄前一段而解決了。這兩段文字都在「直觀之公理」一節中，第一段引自「廣延的量」（extensive Größe），第二段引自「內斂的量」（intensive Größe）。第一段的原文是：（Whitehead 124～5）

> 所謂廣延的量，是指部分之表象使全體有表象之可能，「因而部分之表象必然先於全體」。當我欲表現一直線時，若不在思維中引長之，即由一點逐次產生其切部分，則無論其如何短小，我亦無法表現。只有此一方式始能得其直觀。關於一切時間，不論如何短暫，其理亦正相同。因爲於此時間中，只能思想自一瞬間至另一瞬間之延續的進展，經由一切的時間部分及其所增加者，才產生一定的時間量。

〔註15〕

第二段是：

> 所謂量的連續性，是指其中無一部分能爲最小者，亦即無一部分爲單純不可分者。空間時間都是連續的量（quanta continua），因爲空間時間之部分皆必包圍於限界（點與瞬）之內，「而這些部分本身仍

〔註15〕Immanuel Kants Werke（Verlegt Bei Bruno Cassirer,Berlin !922）Band III. 157.

為一空間一時間。因此空間由多數空間組成，時間由多數時間組成。點與瞬只是限界，」，亦即純為限制空間與時間之位置而已；但位置「常預先假設」有其所限制或決定之直觀。只靠那些先於時間空間的位置或部分，是決無法構成時間空間的。（Immanuel Kants Werke 162）

若「時間與空間」是廣延的連續區（extensive continuum），則我完全同意第二段引文；但這說法與康德的前導者互不相容。因為齊諾（Zeno）將提出反對說：其中有一個無止境的循環論證。每一部分時間都包含著本身更小的部分，像這樣一直推論下去是沒有止境的。這一系列過程最後將追溯到無。因為開始的瞬間是沒有綿延的，只標示著與更早時間的連接。因此，若同時接受兩段引文，則時間不可能成立。我們則接受第二段而拋棄第一段。（Whitehead 126）齊諾「飛矢不動」的弔詭乃堅持線性的時間意象，其實不是物理學的謬誤，而是修辭學的風格斷層造成意象布局的風景線斷裂。

實現的歷程與結果就是時間在廣延範圍內的變化。廣延是事件以其潛能形態而存在的卦之綜結體。在實現的歷程與結果中，潛能變成現實。但潛在模式需要綿延；而綿延則由於模式實現的歷程與結果，必然表現為一整個的期間。因此，時間便是可分而連接的要素本身之連續過程。綿延變成時間性的綿延時，就引起某種承擔客觀對象的實現的歷程與結果。時間化就是實現的歷程與結果。時間化並不是另一種連續過程。它是一種原子式的連續。因此，雖然時間化的東西是可分的，但時間本身則是原子式的（atomic），亦即具期間性的（epochal）。這種理論是從事件的理論與承擔客觀對象的本質中推論而得的。（Whitehead 126）原子式的時間意象可以造成文學風景線，寒武紀到株羅紀的位移。我們無法理解《周易》的宇宙觀，全是因為在風格層移位時，無法轉換正當的計時器。須知生命的意義乃湧現於時間的地平線，而時間的理念實現於時間的度量，時間的度量並無統一的計時器，計時器之差異乃依於其材質的差異。

四、鼓之舞之以盡神

既然宇宙論的人性法則（anthropic principle）許我們以我們存在的方式觀看我們存在的宇宙。許多不同的宇宙，以及宇宙裡許多不同的區域，都存在其自身的原始完型。我們生存其中的「時空事件」就是我們的生存方式，而

此生存方式決定了我們的宇宙具有何等樣態。從此宇宙論（cosmology）轉化爲宇宙史詩（cosmopoeic），因爲思想的各個層面都只是衍義，則知覺與了解的力量其實深植於語言中。言語者並不感知事實，而是體察一時的刺激。他不傳遞感覺，卻只呈現感覺的倒影。感覺因心靈的衝擊而綻放爲語言，而不固執於事物自身的意象。（Nietzsche's Werke Band XVIII 249）根據周易詩學的探討，「爻」在量了力學的啓發之下，透過「爻變」與「爻位」形構的易序，產生新的宇宙隱喻，導向新的世界觀（Weltanschauung）。

時間理念的關鍵性在於它是文學表現的主軸，也是生命反省的媒介。向外鼓動了宇宙的度量，向內體貼著生命的意義。綜合言之，生命的意義湧現於時間的地平線上，時間的意義依於時間的度量，時間的度量因計時器之差異而有不同，計時器之差異則依其材質不同而不同。「爻事件」取代「爻實體」成爲新的計時器，時間反而以原子式的運動範疇重塑了我們的時間意象。

計時器材質之差異屬於分類活動，時間的度量則屬數學的完全抽象活動。當我們透過計數、度量、幾何性關係與秩序的多種類型等，把數學性的觀念與自然界的事實聯繫起來時，理性的思維就脫離了那種攸關一定種與類之不完全抽象活動（abstractions），而進入了數學的完全抽象活動了。（Whitehead 28）加入西方數學思維的《周易》，啓發了異於漢易的世界觀，但絕非游談無根的妄想。古人擅長的分類活動轉向意象類型與辭格的系統化，我們或將建立猶如蒙太奇〔註16〕手法的空間史詩。

我們將透過計時器的隱喻、轉喻或提喻，重寫宇宙的史詩。它不是科學的理論知識（epistēmē），也不是技藝（technē），而是心性的修持（dynamis）。（Nietzsche's Werke Band XVIII 243）所謂「提喻」（synecdoche）乃以部分的感知替代了整體的直觀。其所指相同，但能指不同。（Nietzsche's Werke Band XVIII 250）所謂「隱喻」（metaphor）則是能指相同，所指不同。（Nietzsche's Werke Band XVIII 250）隱喻（metaphor）意謂其衍義與本義共享同一意義的範疇（category of meaning）。（McLaughlin 83）所謂「轉喻」（metonymy）則是因果兩項的置換。（Nietzsche's Werke Band XVIII 250）轉喻建立在較具空間性意義脈絡的並存關係網中，而不似隱喻講究意義結構的分享。轉喻將讀者引往事件與情境的歷史世界，隱喻則將關係建立在詞的一切用義爲基地的深

〔註16〕Montage 在文學、美術、音樂、或電影上，將看似零碎支離的片斷，拼貼剪輯成一完整作品的手法，當然這也只是一種隱喻。

層邏輯上。（McLaughlin 83～84）

　　我現在要說明的是：在數學的抽象領域中左右大局的函數（function）觀念，反映在自然秩序中便是以數學表達出來的自然規律：例如週期（periodicity）。（Whitehead 30～31）沒有某些規律性的重複現象，也不可能進行度量。當我們在經驗中獲得「精確」這一觀念時，重複現象正是其基礎。週期性理論在科學中佔有主要地位。進而形構原子式的時間隱喻，以豐富量子跳躍的世界觀。

　　以週期性理論爲想像的基礎，本文嘗試以量子物理學爲隱喻，描述《周易》的宇宙觀。因爲傳統易學以「天圓地方」爲想像基地的宇宙觀，或以古典物理學爲想像基地的宇宙觀，都無法闡明簡約的「爻位」與「爻變」形構的「易序」。或者說「爻位」與「爻變」形構的「易序」，還有傳統易學的宇宙觀都無法闡明的奧義。量子論引人興味之處在於，某些可以漸增漸減的效應，實際上是以某種明確的跳躍方式增減的。（Whitehead 129）它改變了我們的時空觀，爲我們開起了一個嶄新的宇宙。但是讀者不要誤會，量子論並沒有發現更多的眞實世界（The Reality），它只是提示了革命性的隱喻或修辭裝備，開發了新穎的意象社群（a community of images），我們依據如是的想像基地，足以創作新時代的周易宇宙史詩。

　　所謂革命性的隱喻或修辭裝備，以及新穎的意象社群，上承週期性理論量子跳躍（quantum leaps），我們先將「聲」與「光」兩種現象上同樣被接受的原理，應用於表象穩定不分化的物質承擔狀態之上。一個承擔發音的音符被解釋爲空氣振動的結果，一種穩定的色彩被解釋爲乙太振動的結果。若以同樣原則來解釋物質的穩定承擔狀態，我們就會了解：每一種宇宙的原始要素（primordial element）都是潛在的「能（energy）」或「行（activity）」的潮起潮落。如果我們所說的是指物理學上的「能」，那麼每一種宇宙的原始要素都成爲一種「能之流有組織的振動系統」（an organized system of vibratory streaming of energy）。並且每一種基本要素都具有一個一定的週期，每一週期都有其潮流體系，從一個靜止狀態的最大極限擺到另一靜止狀態的最大極限。這種系統，形構了宇宙的原始要素，在每一瞬間看來並非實有。它需要自身的整個週期才能顯現出自身。同理，一個音符在每一瞬間也不成其爲音符，而需要它本身的整個週期才能顯示出來。（Whitehead 35）「聲」與「光」兩種物理學現象恰好是修辭學最常用的兩類意象，亦即聽覺意象與視覺意

象。聽覺意象與視覺意象則呼應語言的兩大軸線，亦即歷時軸與共時軸。

若問宇宙的原始要素何在，我們就須取它在每一週期的中央平均位置。我們若把時間分成更小的單位，振動系統（vibratory system）猶如一不具有存在相的電子存有物（one electronic entity has no existence）。如是一振動式存有者（此存有者是由振動建構起來）存在於空間中必然表現為一系列空間中分離的位置，猶如一部汽車只出現於連續的里程碑處，卻不見於里程碑之間。（Whitehead 35～36）六爻與一卦的關係宛然形諸於此量子跳躍之意象矣。

所有量子學的論述都環繞著原子的輻射能的研究，並且與輻射波系統性的週期關係密切。因此假設振動系統存在，最有希望解釋軌道不連續這一矛盾。（Whitehead 36）以乾卦為例，歷來多以初九爻潛龍勿用假設為行動之初，進而衍生許多人事的教誨。其實初九以至上九，並不就是時間的序列，時間可以如原子多元自行，可謂瞻之在前，忽焉在後，孰先孰後，伊誰能知？

其次，我們若採用上述假設，認為宇宙萬物的原始要素，本質上具有振動性。上述假設的意思是說：除了週期性的系統以外，並無所謂宇宙萬物的原始要素存在。面對此一假設，我們要再問：組成振動機構的成分又是什麼？我們已經拋棄了的物質不分化承擔狀態。除非你在形上學上強作要求，否則拋棄了這種物質性之後並沒有理由必須提另一種更精微的質料來代替它。（Whitehead 36）。如此大海浮漚的意象隨之升起，以往被視為宇宙萬物的原始要素者，如今只是浮漚而已。

光由電磁場中的振動波組成。當一個波完整的經過了某一點，那一點上的一切東西又恢復原狀，準備迎接下來的第二個波。在一秒鐘之內通過某一點的波數，就是這一波動的每秒單位下的頻率。具有一定頻率的光波體系就相當於光譜中的一定顏色。當一個分子受到激發時，便以幾種固定的頻率振動。換句話說，分子振動有一套固定的方式，而每一方式都有一個固定的頻率，它能在電磁場中激起與它本身頻率相同的波。這些波帶走振動的能，所以當它們形成之後，分子也就失去了激發的能，波也隨之停止。因此，分子可以輻射出一定顏色的光，亦即可以輻射出一定頻率的光。（Whitehead 129～130）光原本屬於視覺想像的世界，如今完全可以透過波動系統表現，時空一體的意象於焉成形。

量子論關於分子的敘述並不難理解。混亂的產生是由於把這個理論硬套到科學上關於原子分子內部情形的普通描述而來的。（Whitehead 131）所以顯

然是宇宙論的修辭學,而非宇宙論的內容出了問題。

　　唯物論風格之宇宙論的基礎是:自然界的事物應當用物質的空間運動來解釋。根據這一原則,光波便要用物質性的以太的空間運動來解釋,而分子的內部情況則須以分立的物質所組成的部分之空間運動來解釋。現在關於光波方面,物質性的以太退到幕後的不穩定地位,已經很少被人談到了。但把這一原理應用到原子上,則尚未受到懷疑。例如,一個中性的氫原子被認為至少是由兩團物質組成的;一團是包含著正電的物質的核,另一團是構成負電的單個電子。有跡象顯示核的結構是複雜的,並說明可以再分為更小的物質團－－有些成為正電物質團,有些成為電子物質團。這個假設的意思是說:原子中不論發生什麼振動,都應歸結到可以從其餘物質上分離出來的一小片物質之振動式的空間運動。根據這假設,量子論的困難在於:我們必須把原子描繪成具有有限數目的凹槽以作為振動發生的唯一軌道。然而古典科學的描述卻沒有這種凹槽。量子論所求的是路線有限的電車,而科學的描述卻只能提供在原野上奔馳的馬。(Whitehead 131)

　　應有兩種完全不同的振動。一是振動式的空間區位運動(locomotion),一是振動式的機體解消形式表象(deformation)。這兩種變化的條件性質不同,一種是整個既與模式空間區位運動的振動體系,另一種是模式變遷的振動體系。(Whitehead 131)

　　原子式時空體中的完整機體(organism),相當於唯物論中的一小塊質料。有一種原始的「類」,包含著若干「種」機體;凡是這原始類中的種所包含的機體,都不可分解為次級的機體。這些機體我都稱之為原始體(primate)。所以我們將有許多不同種的原始體。(Whitehead 131～2)猶如一卦之六爻,或六十四卦之一卦。

　　我們必須記住現在所談的是物理學的抽象概念。所以我們心中所想的便不是涵攝具體方位而形成模式的原始體本身,也不是原始體的具體方位被涵攝在環境內的關係。我們想到這些方位時,只是它們可以藉「時－空」關係中的術語,表現對模式及區位運動所產生效應。因此,用物理學語言來說,原始體的方位只是它對電磁場的一種捐輸。因此,電子僅是它在環境中有關電磁場的方位模式。(Whitehead 132)

　　兩個原始體的相對運動,只是意味著它們的機體模式正在利用不同的時－空系統。若兩個原始體不繼續處於相對靜止,或做相對等速運動,那麼其

中至少有一個是在改變它內在的時－空系統。運動定律所說明的是這些時－空系統變遷所受影響的條件。振動式「空間區位運動」（locomotion）的條件便以這種普遍的運動定律為基礎。（Whitehead 132）

但有幾種原始體在導致時－空系統改變的條件下四分五裂。這些種原始體只有在不同種的原始體之間造成有利的聯合，以便讓分裂的趨勢被聯合的環境抵銷，它們才能具有長期的承擔性。我們可以設想：原子核包含著大量不同的原始體，其中有些原始體屬於同一種，整個聯合便有利於穩定。帶正電的原子核與帶負電的電子組成中性的原子，便是這種聯合的例子。中性的原子像這樣就隔絕了電子場－－在其他條件下，電子場會在原子的時－空體系中引起變化。（Whitehead 132～3）

物理學的要求，提供了一個與機體哲學非常配合的概念。現在且以問答方式來說：承擔性的原子式時空體是否受到唯物論的薰染，以致毫無疑問的認為承擔性必然意味著在有關的生命史中始終不分化的同一性呢？把「重現」當成「承擔」的同義語使用，這兩個詞的含義顯然不盡相同。現在我要指出，「重現」與「承擔」發生差別的地方，正是重現更接近原子式時空體的要求的地方。這種差別正好相當於伽利略派人物與亞里斯多德派人物之間的區別。亞里斯多德說「靜止」的地方，伽利略正好加上「或者是直線等速運動」。因此，在原子式時空體中，模式也不一定要在時間過程中維持不分化的同一性。模式可能是一種審美的對照，需要一段時間來展示自己。音調就是這樣一種模式。在此，模式的承擔便是對照的連續重現。這顯然是原子式時空體中最普遍的承擔觀念。「重現」一詞也許最能直接表達這一概念。當我們把這一概念轉化為物理抽象概念時，它就即刻變成了關於「振動」的專門概念。這種振動不是振動式的移動，而是機體解消形式表象的振動。現代物理學中有人指出：必須有振動實體，才能解釋物理世界基礎中之微粒機體的作用。這種微粒就是從原子核中被排斥出來時所看到的那種微粒，排出後就變成了光波。我們或會猜想：這樣一個微粒單獨存在時，它的承擔性並不穩定。因此，任何不利的環境都將使它固有的時－空體系迅速變化；亦即，這種環境把它沖擊得具有猛烈的加速度使它分裂而化為同一振動週期的光波。（Whitehead 133）因此一個爻代表的意象，不再是一實體粒子，而是實體大海表面上的一小水泡。

質子、甚至電子，都可能是這種原始體互相疊加的組合，當這些原始體

被沖擊得具有移動的加速度時，其頻率與空間度數就能促進有機綜結體的穩定。穩定性的條件，將使週期的聯合可能產生質子。排斥原始體的沖擊力，如果不使質子變成另一種組合，就是由於吸收了這種能而產生另一種原始體。（Whitehead 132）這種原始體可能讓我們想像「爻」的存在，其實爻是原始體的波狀存在。

原始體的振動式機體解消形式表象必然具有確定的頻率，所以在分裂時就能分解為同一頻率的光波；光波則將其平均能量全部攜走。（作為一個特殊假設來說，）不難想像出具有確定頻率的電磁場的駐波振動。這種駐波環繞著一個中心往復輻射。根據公認的電磁定律，這電磁場將包括一個振動的球形核，以滿足某一套條件；以及一個振動的外場，以滿足另一套條件。這就是解消形式表象的機體振動例子。（根據這一特殊假設，）有兩種決定輔助條件的方式，可以滿足數學物理學的一般要求。依其中一種方式，全部的能可以滿足量子條件，因此便包含著整數的單位，而原始體每一單位的能則與其頻率成正比。以上我並未描述出穩定性或穩定組合的條件，我提到這個特殊假設時，只是舉例說明自然原子式時空體使我們有可能重新考慮基本的物理定律，而與此相反的唯物論則不能如此。（Whitehead 133～4）

在這種振動式原始體的特殊假設中，麥克士威爾方程式被認為在所有的空間（包括質子內部）都能適用。這些方程式表示了在振動的方式下產生吸收能的定律。每一原始體所經歷的全部過程都產生某種本身所特有的，並與其質量成比例的平均能量。實際上，能量即是質量。在原始體內外，都有振動的輻射能量流。原始體內，電的密度做振動式的分布。根據古典唯物論，這種密度標示了物質的存在；但根據機體振動論，則標示了「能」在振動的方式下產生。這種生產活動只限於原始體內。（Whitehead 134～5）

爻事件的卦之綜合體的連續性來自廣延關係；而時間性則來自一個模式在主體事件中的體現－－這模式的展現需要以爻事件中的方位所賦予的方式，將全部綿延空間化（亦即滯留）。因此，體現經由一系列期間性的綿延而進行；連續的轉變（即機體解消形式表象）則是在已經提出的綿延之內實現的。振動式的機體解消形式表象實際上就是模式的重現。一個完整時間，就是完整模式所需要的綿延。因此，原始體便是原子式的在一連串的綿延中實現的。每一綿延都應從一極點到另一極點來加以量度。因此，原始體作為一完整的承擔實有來看時，便將連續的分配在這些綿延上。若把它看成一物，

則圖上表示的軌道便成了一系列分立的點。因此，原始體的運動在時間與空間中便是不連續的。我們若深入到時間量子（即原子體一系列的振動週期）之下，就會發現一系列振動的電磁場，每一電磁場在其本身綿延的時－空內都是穩定的。這些場各自表現出一單獨完整的電磁振動週期；這種振動即構成了原始體，但它不能被視為實在之體現，而只能被視為原始體之一種不連續的體現狀態。原始體借以體現的相繼各綿延本身是連接的。因此，原始體的生命史可以表現為電磁場中遭遇（occurrences）的連續發展。但這種遭遇是以佔據一定期間的整個原子團的方式體現的。（Whitehead 135～6）但是讀者必須注意，上文的敘述並非一種新的宇宙論，而是以「原子」「電磁場」「輻射能量」「電的密度」等意象表現一種新的宇宙詩學。

所謂時間是原子式的，我們不必理解為所有的模式都須在同一系列的綿延中體現。首先，即使兩個原始體的週期相同，體現的綿延也可能不同。換句話說，這兩個原始體可能同時而異相。若是週期不同，則任一原始體綿延的原子化，就必然會被另一原始體綿延的邊界瞬間所復分。（Whitehead 135～6）「原子式的時空體」就是此一宇宙詩學的核心意象。

原始體空間運動的定律，說明了原始體在什麼條件下將改變其時/空體系。我們不必深究這一概念了。振動存在的概念，必然完全根據實驗而得。這個例子旨在說明：此地所採取的宇宙與物理學方面所提出的不連續性要求完全相符。我們若接受這看法，認為時間化是一系列期間性綿延的體現，將可以避免齊諾的難題。〔註17〕（Whitehead 136）

以上充滿數學與量子物理學術語與意象的空間史詩，並不企圖建立新的物質世界秩序，那是天文物理學家的任務。本文只是為了未來的宇宙行吟詩人，聚集了新的意象類型，提點新的隱喻學，期望開啟理解《周易》的新途徑。其實《周易》的「爻位」與「爻變」一直給予我們遼闊的詮釋與想像的餘裕，我不明白後學為什麼一定要像漢代學者一樣，將「爻位」與「爻變」套上簡陋的排列組合框架，匆匆以線性的時間意象導向狹隘宇宙史詩之旅，遂使《周易》蒙上昏茫的迷信色彩，千年以下含垢抱屈。

〔註17〕所謂「飛矢不動」等四論證，可參見 Frederick Copleston A history of Philosophy（An Image Book 1985）vol. I pp.54-58

《孟子》天命述考

一、上古天命略例

《孟子‧萬章》上曰：「莫之爲而爲者，天也；莫之致而至者，命也。」此即《孟子》所謂天命之經典定義。然其主詞屬誰？案其上下文，實基於《孟子》之倫理學而定。因爲原典本爲探討父子君臣之義，故萬章問曰：

> 人有言，「至於禹而德衰，不傳於賢，而傳於子。」有諸？（孟子‧萬章上）

權力之世代交替原本就是治亂之關鍵，和平之世代交替是政治安定之指標。對此孟子答曰：「否，不然也；天與賢，則與賢；天與子，則與子。」（孟子‧萬章上）政權之世代交替似乎依據傳賢或傳子兩種原則，以故萬章有此疑問。孟子以「天與之」作答，卻說明天下之民選擇了啓，而非選擇益。

孟子又曰：「啓賢，能敬承禹之道。益之相禹也，歷年少，施澤於民未久。」（孟子‧萬章上）似乎在「天與之」之外加上「賢且施澤於民久」之前提。然則所謂「天意」在「選賢」乎？此又非單純所謂「天命」也。故孟子還須加以演繹。

孟子遂又曰「舜、禹、益相去久遠，其子之賢不肖，皆天也，非人之所能爲也。莫之爲而爲者，天也；莫之致而至者，命也。」（孟子‧萬章上）所以孟子所謂「天」與「人」相對。非人力所能爲謂之「天」，莫非孟子直承古代「人格天」之餘緒乎？

回顧上古天帝信仰中「天」之諸義，概言之如下：[註1] 考察上古天帝信

〔註1〕 參考李霖生《周易神話與哲學》（臺北：學生書局，2002 年），頁 43～51。

仰乃以人生之臨界情境（critical conditions）爲基點，探討古聖先賢如何透過終極關懷（ultimate concerns）以超度人生窮絕之境。〔註2〕所謂人生之臨界情境乃借用物理學之名相如臨界溫度者，蓋因臨界溫度乃存有物變形（transfiguration）之界線也。

據考信之《周易》《詩經》與《書經》典籍，「天」之涵意主要概括爲三大類如下：

（一）作生與監命之天

「作生」與「監命」雖爲複詞，但組合此複詞之兩單詞，及此複詞之詞義皆出自原典。例如「生」民之天見於《詩經·大雅，蕩》：「……天生烝民，其命匪諶。……」烝者，眾也。言眾民之生，乃受天所命，〔註3〕天命是人生之根本，說明生民之生存根源。「天生烝民」提示人類生命之完美性，其完美性來自「天」。此即神話之一大特質。〔註4〕

能「作」之天見於《詩經·周頌，天作》：「天作高山，大王荒之。彼作矣，文王康之。」言上天作此高山，山乃岐山，〔註5〕周民所居。天生眾民，且作高山供人安居。「高山」僅其一端而已，表現天爲人創作了基本之生活根據地。天也是人生可能性之供給者，此亦爲神話性質之一端也。〔註6〕

上天既生眾民，又作眾生所依存之場所，由於天對人之「作生」顯示天之主體性，由此衍生爲天對人之主宰性。天對人之主宰性首要表現爲「監命」，如《詩經·大雅，烝民》：「天生烝民，有物有則。……天監有周，昭假于下。……」又如《詩經·大雅，大明》：「天監在下，有命既集。文王初載，天作之合。……」天在作生萬物群生之後，繼而監護其生命也。

天監下民乃將天擬人化後，賦予其位格性（personality），而位格須以身

〔註2〕　參考 Tillich, Paul Theology of Culture, Oxford University Press, 1964.關於宗教的定義：宗教是人類終極關懷之精神向度的表現。（Tillich 1964：7）而宗教的墮落緣於宗教墮入流俗所謂制度化宗教模型，或出於個人悲情的宗教風貌。宗教的墮落源自人類現世生活（existence）與性命（true being）的悲劇性異化（tragic estrangement）。（Tillich 1964：8～9）至於宗教哲學的目的，基本以存有學（ontological）方法的超度異化爲基礎，再輔以宇宙論（cosmological）方法之增益新知。（Tillich 1964：10）

〔註3〕　王靜芝，《詩經通釋》（臺北：輔仁大學文學院，1978年），頁562。

〔註4〕　李霖生，《華嚴詩學》（臺北：文史哲出版社，2002年），頁10

〔註5〕　王靜芝，同上，頁614。

〔註6〕　李霖生，《華嚴詩學》，頁10

體意象（body-image）承載之，遂令監視之行動具體化。此中蘊涵觀照生命意義之透視法（perspectives），〔註7〕如《尚書·康誥》所云：「天畏棐忱，民情大可見。……亦惟助王宅天命，作新民。」統治者之責任在於承天命，監視民情，進而養民安民。

又如《詩經·大雅，桑柔》所云：「國步蔑資，天不我將。靡所止疑，云徂何往。」將者，養也。〔註8〕上天監督生民，生民卻只能互見，由視線之取向可知權力之位階。上天乃監督與主宰生民者，監命之具體內涵為導民與罪民。如《詩經·大雅，文王》云：「……上天之載，無聲無臭。儀刑文王，萬邦作孚。」天威莫測，天命難知，故生民須觀看文王儀型，遵循其典範以生，此即生命之通觀（perspectives）也。

（二）導民與罪民之天

自天觀之，監視在於判斷善惡，進而決定了生民之命運。以《尚書·呂刑》為例：「上帝監民罔有馨香德，……乃命重黎，絕地天通，罔有降格。作刑於民之中……」判斷人民行為善惡之標準，客觀化為「刑」。刑雖以消極禁制表現了完美化之生命典範，其實積極揭露了生命之可能性。亦即以教育啓發生命之再生能力。

故《詩經·大雅，板》：「天之牖民，如壎如篪，如璋如圭，如取如攜，……」牖者，道也，言開導之也。壎者，土製樂器，篪者，竹製樂器，言其如奏樂相和也。璋為半圭，可與圭相合。圭者，為上圓下方之端玉。〔註9〕上天啓導人民，如音樂韻律之諧和。「導民」之義即在於落實天之「監命」。

上天除了溫和啓導人民，也施嚴酷之手段降喪降罪於民。《詩經·大雅，召旻》云：「旻天疾威，天篤降喪。……天降罪罟，蟊賊內訌。……」對於君王，上天降罪降罰之審判見於其王朝之存亡絕續，如《尚書·康誥》所云：「天乃大命文王，殪戎殷，誕受厥命。」統治者欲確保天命永在，必須負起罪罰與啓導人民之責任，故曰「克明德慎罰，不敢侮鰥寡」（尚書·康誥）。

（三）天乃萬物群生存活之場所

〔註7〕 透視法借自繪畫理論。傅抱石《中國的人物畫與山水畫》（臺北：華正書局，1985年），頁20。如「清明上河圖卷」的「長卷式」的繪畫布局則又有所謂散點透視也。

〔註8〕 王靜芝，同上，頁573。

〔註9〕 王靜芝，同上，頁560。

《詩經・豳風，鴟鴞》：「迨天之未陰雨，徹彼桑土，綢繆牖戶。」此爲陰雨之天，構成農民耕作之背景。

《詩經・大雅，崧高》：「崧高維嶽，駿極于天。維嶽降神，生甫及申。維申及甫，維周之翰。四國于蕃，四方于宣。」此高天是高山大地之背景，是萬物存在之極限，也是生存視域之邊疆。

《詩經・大雅，旱麓》：「鳶飛戾天，魚躍於淵。」天淵並舉，淵是魚之游躍場所，天也是鳥之飛迴場域。

《詩經・大雅，卷阿》：「鳳凰于飛，翽翽其羽，亦集爰止。……鳳凰于飛，翽翽其羽，亦傅于天。……鳳凰鳴矣，于彼高崗。梧桐生矣，于彼朝陽。」鳳凰非梧桐不棲，故連言之。〔註10〕《周易》曰：「乾卦九五爻：飛龍在天，利見大人。」龍是神物，天是神物生存之場所。龍與鳳凰乃神話意象，所以鳳凰于飛之天，飛龍所定義之天，變成具神話色彩之場所。亦可概括《詩經・大雅，下武》所謂：「下武維周，世有哲王。三后在天，王配于京。」京，鎬京也。〔註11〕上天也是已逝祖先生存之場所，遂成周人宗教信仰之場域。

以上略例上古天之諸義，孟子所謂：「莫之爲而爲者，天也；莫之致而至者，命也。」（孟子・萬章上）是否即古代天帝信仰之流亞？其所謂天是否繼承天之人格性？則尚未釐清也。上述天之諸義既由其功能得之，應可由「天如何命」釐清孟子所謂天之本義。

二、盡心知性以知天

周文所謂天命之意義形構乃綰合上述天之諸義，試以《周書・康誥》所述爲例：

> 惟乃丕顯考文王，克明德愼罰；不敢侮鰥寡，庸庸，祗祗，威威，顯民，用肇造我區夏，越我一、二邦以修我西土。惟時怙冒，聞於上帝，帝休，天乃大命文王。殪戎殷，誕受厥命越厥邦民，惟時敘，乃寡兄勖。肆汝小子封在茲東土。（尚書・康誥）

上述天命乃人格化之天帝授命於文王，文王得天命乃因文王「克明德愼罰」。易言之，人君治理人民之行爲決定了天命所歸。然人君治理與天命所歸之間，具何種因果關係？《尚書・西伯戡黎》所云：「天既訖我殷命，格人元龜，罔

〔註10〕王靜芝，同上，頁555。
〔註11〕王靜芝，同上，頁529。

敢知吉。非先王不相我後人，惟王淫戲用自絕，故天棄我。」顯然以爲君王須節制私欲，若縱慾淫戲將自絕於天命。

紂王卻不以爲然，故曰：「嗚呼！我生不有命在天？」（尚書・西伯戡黎）即天命在先，人爲在後且無關天命。祖伊反曰：「嗚呼！乃罪多參在上，乃能責命于天！殷之即喪，指乃功；不無戮于爾邦。」（尚書・西伯戡黎）天命在先故人可以責命於天，無須自責，遑論兇明德愼罰。

周文顯然表現了自省，因爲天命所歸實取決於人之所爲。即《尚書・康誥》所云：「嗚呼！小子封，恫瘝乃身，敬哉！天畏棐忱；民情大可見，小人難保。往盡乃心，無康好逸豫，乃其乂民。」

恫者，痛也。瘝者，病也。言民之病痛如在君身也。〔註12〕畏者，威也。天明威自我民明威。棐者，一曰輔，謂天威可畏以其輔誠。天畏棐忱一作天威棐諶，言不可信於天之威，惟可見民之安也。按性情等字皆東周後所滋衍，性本作生，情靜古通。《廣雅釋詁》：「情，靜也。」民靜即民安也。〔註13〕

康，安也。弘下宜有覆字，弘覆，保祐也。君長安保人民，上天才會護祐君長。乂民，治民也。〔註14〕統治者受到上天之監督，上天視其是否能保民安民，決定其政治生命之存亡。如《尚書・康誥》云：「惟厥罪無在大，亦無在多，矧曰其尚顯聞于天。」只要一有罪過，上天必會知聞，君王豈敢不盡心乎，於是乃克明德愼罰。

但是自我如何能知他人之病痛，無論臨床醫學如何發達，眞相既暴露在視線之下，同時又隱藏於視線之下。語言如何能夠將主體的情感傳予他人？《尚書・康誥》之取徑向外立之天命，遂依目視以定天命所歸，故曰「天畏棐忱；民情大可見，小人難保。往盡乃心，無康好逸豫，乃其乂民。」民情乃外立之天命客官之體現也。

保民治民之前提在於「往盡乃心，無康好逸豫」，盡心之前提在於「小人難保」與「恫瘝乃身，敬哉！」因此天命——王德——民情三者相涉，天命因王能盡心保民而顯，盡心以保民而顯，天命與明德之究竟盡在於民情矣。王德雖曰盡心，卻似乎與孟子所謂盡心有異。往盡乃心並不直接開顯天命，

〔註12〕孫星衍《尚書今古文注疏》（臺北：廣文書局，1975 年）三版。
〔註13〕于省吾《雙劍誃尚書新證》（臺北：崧高書社，1985 年），頁 128～9。
〔註14〕屈萬里，《尚書集釋》（臺北：聯經出版事業公司，1994 年）初版三刷，頁 98～99。

盡心乃盡「恫瘝乃身」之心，乃其治民，由民情之治亂以見天命歸否。

因爲「恫瘝乃身，敬哉！」必須以能知他人主觀感受爲前提，不僅《尚書・康誥》於此未加申論，代表周文之《易》《詩》《書》皆未直接論述盡心之道。即使臨床診斷之際，關於疼痛仍有賴病人自身之陳述，但是語言只是間接表述主體之意見，並不能確保聽者眞能體恤病人之疼痛。雖曰敬哉，其實仍仰賴臨床之際目視之觀照。〔註15〕

既然疼痛仍有賴病人自身之陳述，則語言之表現（representation）成爲關鍵，於此孟子曾多有教誨：「故說詩者，不以文害辭，不以辭害志。以意逆志，是爲得之。」（孟子・萬章上）焦循《孟子正義》引趙注謂「文，詩之文章，所引以興事也。辭，詩人所歌詠之辭。志，詩人志所欲之事。意，學者之心意也。」而焦循以爲：文即字也。意者，文字之義也。詞者，文字形聲之合也。辭者，謂文辭足以排難解紛也。積文字以成篇章，積詞而爲辭。

予以爲宜由意→志→辭→文，層層逆推以顯其義。其實意志在此屬同一層面，但求意志相通而已。人心中有所欲，發而爲言謂之辭，須字斟句酌。修辭一道則預設了文化密碼（cultural code），無文化密碼則無以形構主體之交際（intersubjectivity）。然語言之開顯即遮蔽，若不能得意忘言，語言反而成爲文字障。自文化與文學的迷陣回歸原始忠誠怛惻之心，此心應是無言默存之心，而天命存焉。

以下試述孟子盡心之義，由孟子盡心之義而貞定孟子所謂天命之義。孟子盡心之教與經典最大之不同，在於《尚書・康誥》教君王盡心，而《孟子・盡心》教人皆可以盡心知性以知天：

> 盡其心者，知其性也。知其性，則知天矣。存其心，養其性，所以事天也。殀壽不貳，修身以俟之，所以立命也。（孟子・盡心上）

《尚書・康誥》云：「天畏棐忱；民情大可見。」天命由天降罪罰，人民「罔弗欲喪，曰：天曷不降威？大命不摯……」（尚書・西伯戡黎）是所謂民情也。孟子但云盡心知性以知天，存心養性以事天，脩身以俟命，完全在自家身心作工夫，無關乎民情也。

然而遽論孟子之盡心無關乎民情，也不盡然。蓋因《孟子・萬章》上篇亦以權力之世代交替提問：「堯以天下與舜，不諸？……否；天子不能以天下與人。……然則舜有天下也，孰與之？曰：天與之。」《尚書・康誥》藉民情

〔註15〕敬字之字形即象一狗蹲踞而目灼灼然之形也。

顯天命，孟子又如何開顯天命呢？

《孟子・萬章》上曰：「天與之者，諄諄然命之乎？曰：否；天不言，以行與事示之而已矣。……昔者，堯薦舜於天，而天受之；暴之於民，而民受之；故曰，天不言，以行與事示之而已矣。」遂引《泰誓》曰：「天視自我民視，天聽自我民聽。」孟子以上之議論洵爲周文之嫡傳，然而終究係拘泥於特定身分之特定議題也。但是若自權力來源觀之，大命恰在民心也，以故民視民聽，簡在民心遂成天命。

由是觀之，孟子所謂盡心乃人各盡其心，而不限定其身分，故曰：「求則得之，舍則失之，是求有益於得也，求在我者也。求之有道，得之有命，是求無益於得也，求在外者也。」（孟子・盡心上）此即盡心之前提也。反身自求即反身而誠也，此乃以身體意象之反顧，以喻生命之自我投射與未來性。生命投射出之模範並非生命全幅，更非過去生命之倒影，而是藉天然之象以形構人造之象，以利人生之自我認同。〔註16〕

求在我者即人生之反顧，所謂：「萬物皆備於我矣。反身而誠，樂莫大焉。強恕而行，求仁莫近焉。」（孟子・盡心上）原本統治階級互勉明德愼罰之道，如今普及於衆人，而其內省之精神不變。「恫瘝乃身」何異於「不忍人之心」之修身盡心？

《尙書・康誥》所云：「恫瘝乃身，敬哉！」至如孟子則曰：「居下位而不獲於上，民不可得而治也。獲於上有道，不信于友，弗獲於上矣。信于友有道，事親弗悅，弗信于友矣。悅親有道，反身不誠，不悅於親矣。」（孟子・離婁上）

《尙書・康誥》所謂：「天畏棐忱；民情大可見。」原本簡化的天命王德民情之際，如今演繹爲多重的倫理關係。相對倫理關係多元，盡心之道更具有普遍意義，總結爲誠身之道。人生反顧進而默存生命眞理，並非僅自囿於一己之私，而是透過倫理網絡，照見應然而未然之我，以此啓發生命再生之願行，此即「天不言，以行與事示之而已矣。」（孟子・萬章上）

「誠身有道，不明乎善，不誠其身矣。是故誠者，天之道也；思誠者，人之道也。」（孟子・離婁上）誠身之道即所謂盡心之道，盡心知性以知天，故以思誠之道上達於誠者天道，而關鍵在乎明善。故孟子又曰：「可欲之謂善，有諸己之謂信，充實之謂美，充實而有光輝之謂大，大而化之之謂聖，聖而不可知之之謂神。」（孟子・盡心下）

〔註16〕章學誠《文史通義》（臺北：里仁書局，1984年），頁18～19

孟子言人性乃透視未來以貞定生命當下之意義，此處透視乃借用繪畫所謂透視法也。因此孟子曰：「天下之言性也，則故而已矣。故者以利為本。所惡于智者，為其鑿也。如智者若禹之行水也，則無惡于智矣。禹之行水也，行其所無事也。如智者亦行其所無事，則智亦大矣。天之高也，星辰之遠也，苟求其故，千歲之日至，可坐而致也。」（孟子‧離婁下）

故有故實之意，意謂既存之事實，或謂過去已存在者。故亦有原故之意，乃因果關係中之前因是也。所以孟子之人性論，可謂以人之未來決定人性當下之呈現，而非以過去決定人性當下之呈現。孟子由生命之再生性貞定人性之意義，相對於告子「生之謂性」（孟子‧告子上），此即以既予之存在狀態界定本質性，可知告子之言性即孟子所謂：「天下之言性也，則故而已矣。」

上述言孟子以人之未來決定人性當下之呈現，而非以過去決定人性當下之呈現，於義猶有未安。所謂未來乃相對於孟子曰：「天下之言性也，則故而已矣。」其實此人性之未來實肇端於當下也，人當下皆有不忍人之心，即其端也。當下之不忍即預示未來之祈向，未來之自我期許實乃當下生命力之意志也。

孟子曰：「所以謂人皆有不忍人之心者，今人乍見孺子將入于井，皆有怵惕惻隱之心，非所以內交于孺子之父母也，非所以要譽于鄉黨朋友也，非惡其聲而然也。」（孟子‧公孫丑上）人當下怵惕惻隱之心，既非為與其父母之交情，亦非為追求令名，其要求不在外而在內，實自主之道德律令，《孟子‧萬章》上曰：「莫之為而為者，天也；莫之致而至者，命也。」是吾心中之天命也。

人當下怵惕惻隱之心開顯吾心中之天命，孟子進而界定人之所以為人者：「由是觀之，無惻隱之心，非人也；無羞惡之心，非人也；無辭讓之心；非人也；無是非之心，非人也。」（孟子‧公孫丑上）無此四端即非人也，可知心之惻隱羞惡辭讓是非，即人性之定義也。孟子所謂盡其心者知其性也。

孟子又曰：「口之於味也，目之於色也，耳之於聲也，鼻之於臭也，四肢之于安佚也，性也，有命焉，君子不謂性也。仁之于父子也，義之於君臣也，禮之於賓主也，知之於賢者也，聖人之于天道也，命也，有性焉，君子不謂命也。」（孟子‧盡心下）心之四端即天命也，天命無須外顯於民情之寧否，更非天降罪降罰以示其真也，天命在己超乎言語之上，故曰莫之為而為，莫之致而至。

三、結　論

西周時代的天命思想傳至戰國，天的身影逐漸隱退於歷史的幕後，所謂

莫之爲而爲者，此即孟子思想的特徵。然孟子亦不否定傳統人格化之天帝信仰，惟天處於不被意識之狀態，以致更安全更形上學之地位。《孟子·萬章》上曰：「天與之者，諄諄然命之乎？曰：否；天不言，以行與事示之而已矣。」天之人格性逐漸隱去，表現無言默存之溟漠幽邈。但是依周文之統緒，天亦非落入孤絕之境，成爲人類永恆之夢魘。

《尚書·康誥》因「天畏棐忱；民情大可見。」遂云：「往盡乃心，無康好逸豫，乃其乂民。」《孟子·盡心》上則曰：「盡其心者，知其性也。知其性，則知天矣。存其心，養其性，所以事天也。殀壽不貳，修身以俟之，所以立命也。」孟子以盡心之道，脩身之教，將天命普及人類全體，天命乃人性深處共享之道德律令，而人性向善亦有其必然性與普遍性。

孟子言人性乃透視未來以貞定生命當下之意義，當下之不忍即預示未來之祈向，未來之自我期許實乃當下生命力之意志也。人生反顧進而默存生命真理，並非僅自囿於一己之私，而是透過倫理網絡，照見應然而未然之我，以此啓發生命再生之願行。生命投射出之模範雖非生命全幅，卻依然反映其倫理脈絡與肌理，所謂：「萬物皆備於我矣。反身而誠，樂莫大焉。強恕而行，求仁莫近焉。」（孟子·盡心上）以及「悅親有道，反身不誠，不悅於親矣。」（孟子·離婁上）天命在其中矣。

參考書目

1. 于省吾《雙劍誃尚書新證》（臺北：崧高書社，1985 年）。
2. 王靜芝，《詩經通釋》（臺北：輔仁大學文學院，1978 年）。
3. 李霖生《周易神話與哲學》（臺北：學生書局，2002 年）。
4. 李霖生，《華嚴詩學》（臺北：文史哲出版社，2002 年）。
5. 屈萬里，《尚書集釋》（臺北：聯經出版事業公司 1994 年）初版三刷。
6. 孫星衍《尚書今古文注疏》（臺北：廣文書局，1975 年），三版。
7. 焦循《孟子正義》（北京：中華書局，2004 年）初版五刷
8. 章學誠《文史通義》上冊，下冊（臺北：里仁書局，1984 年）。
9. 傅抱石《中國的人物畫與山水畫》（臺北：華正書局，1985 年）。
10. Cole, Alison （1992） Perspective, Dorling Kindersley.
11. Coupe.Laurence （1997） Myth, London & New York：Routledge,
12. Tillich, Paul （1964） Theology of Culture, Oxford University Press,.

《孟子》天命述考續篇

【摘要】

　　西周時代的天命思想傳至戰國，天的身影逐漸隱退於歷史的幕後，所謂莫之為而為者，此即孟子思想的特徵。然孟子亦不否定傳統人格化之天帝信仰，惟天處於不被意識之狀態，以致更安全更形上學之地位。《孟子・萬章》上曰：「天與之者，諄諄然命之乎？曰：否；天不言，以行與事示之而已矣。」天之人格性逐漸隱去，表現無言默存之溟漠幽邈。但是依周文之統緒，天亦非落入孤絕之境，成為人類永恆之夢魘。

　　《尚書・康誥》因「天畏棐忱；民情大可見。」遂云：「往盡乃心，無康好逸豫，乃其乂民。」《孟子・盡心》上則曰：「盡其心者，知其性也。知其性，則知天矣。存其心，養其性，所以事天也。夭壽不貳，修身以俟之，所以立命也。」孟子以盡心之道，脩身之教，將天命普及人類全體，天命乃人性深處共享之道德律令，而人性向善亦有其必然性與普遍性。

　　孟子言人性乃透視未來以貞定生命當下之意義，當下之不忍即預示未來之祈向，未來之自我期許實乃當下生命力之意志也。人生反顧進而默存生命真理，並非僅自囿於一己之私，而是透過倫理網絡，照見應然而未然之我，以此啟發生命再生之願行。生命投射出之模範雖非生命全幅，卻依然反映其倫理脈絡與肌理，所謂：「萬物皆備於我矣。反身而誠，樂莫大焉。強恕而行，求仁莫近焉。」（孟子・盡心上）以及「悅親有道，反身不誠，不悅於親矣。」（孟子・離婁上）天命在其中矣。

　　關鍵詞：盡心，天命

一、前　言

　　《孟子》萬章上曰：「莫之為而為者，天也；莫之致而至者，命也。」此即《孟子》所謂天命之經典定義。孟子言人性乃透視未來以貞定生命當下之意義，當下之不忍即預示未來之祈向，未來之自我期許實乃當下生命力之意志也。人生反顧進而默存生命真理，並非僅自囿於一己之私，而是透過倫理網絡，照見應然而未然之我，以此啟發生命再生之願行。生命投射出之模範雖非生命全幅，卻依然反映其倫理脈絡與肌理，所謂：「萬物皆備於我矣。反身而誠，樂莫大焉。強恕而行，求仁莫近焉。」（孟子・盡心上）以及「悅親有道，反身不誠，不悅於親矣。」（孟子・離婁上）〔註1〕

> 孟子曰：「盡其心者，知其性也。知其性，則知天矣。存其心，養其性，所以事天也。殀壽不貳，修身以俟之，所以立命也。」（孟子・盡心上）

由盡心而知性，知性以知天，關鍵在於盡心之知非向外求客觀之知，而是返回生命原點之知。這是人類返回天命之道，返回生命的形上學原點，重新找回人的自覺，那人性源自莫之為而為，莫之致而致的天命。然而切莫以為此乃唯心主觀之知，世人誤解多由不明於盡心之道。

二、無恆產者無恆心

　　盡心之道首在於不必憂食憂貧，返回生命原點的心路艱難，一般人專心慕道必先無生事之憂。先解決養生送死之憂，方得以盡其心。

> 孟子自齊葬於魯。反於齊，止於嬴。充虞請曰：「前日不知虞之不肖，使虞敦匠事；嚴，虞不敢請。今願竊有請也：木若以美然。」曰：「古者棺槨無度，中古棺七寸、槨稱之，自天子達於庶人。非直為觀美也，然後盡於人心。不得，不可以為悅；無財，不可以為悅。得之為有財。古之人皆用之，吾何為獨不然？且比化者，無使土親膚，於人心獨無恔乎？吾聞之君子：不以天下儉其親。（孟子・公孫丑下）

此章所言乃「死事親以禮」，藉親情啟發，他變成幽冥的動物，不必依循人間的小路，白日的光芒刺痛他的眼球，不依靠視覺而是臉上的皮膚，以及眼球感受的壓力。雙眼甚至在日光下無法聚焦，卻可以嗅知地下水甘醇的氣息。

〔註1〕 李霖生〈孟子天命述考〉華梵大學九十四學年度「儒家倫理學之反思」學術研討會。

雖然不能稱呼草木之名，卻可以逆滲葉脈飽滿的水分，分辨柏樹叢與松樹叢各自呼吸的領域。

暮夏時，他開始享受無所事事的閒散，不是偷閒的短暫自由，也不是初冬蹲在田埂發呆。因為他享有永恆的時間，時間是油脂的大海，緩緩周流於身邊，劉過他的腋下，流過髮根，時間浸透它的毛孔，但是他不會溺斃於時間之海。

人不是為了工作而活著，他不再因沒有工作而焦慮，於是他可以整個上午仰躺著觀看樹陰的變換，或者烏鴉築巢的每一個細節。他生活在圖騰的每一角象徵符號裡，符號在永恆的時間裡綻開。

> 滕文公問為國。孟子曰：民事不可緩也。《詩》云：「晝爾于茅，宵爾索綯。亟其乘屋，其始播百穀。」民之為道也，有恆產者有恆心，無恆產者無恆心。苟無恆心，放僻邪侈，無不為已。及陷乎罪然後從而刑之，是罔民也。焉有仁人在位罔民而可為也？（孟子·滕文公上）

當你還幼小的時候，經常處於饑餓之中，饑餓將人變成動物，在彼此的手中搶奪食物。或從未成熟的田地，或者果園粗疏的間隙，揀拾來不及成長的食物。成人之後，無論身體裡有如何獸性的嘶喊，皆已餓成寂靜。天降災，天降罰，然而時光流逝，饑餓的姿態已失去懲罰的意義，度過一個個炎熱的夏日，閉上眼睛，掏空思緒，沒有期待，沒有絕望。

光束刺穿你的腦袋，身體開始排斥異物，甚至無法飲水。任何衣物都失去它的溫暖，即使身體將要死去，同樣穴居也處，生死又有什麼異樣，你的故事終於隨著骸骨逐漸白化而無話可說。

回到陽光下的黃土地上，像草木一樣活著，當你辨認出那塊你曾埋葬母親的土地，你要永遠住下來，就因為這是你的母親，她與她的母親曾經住過的地方。來到曾經播種的黃土地，擷取過茅草的小河畔，躺在柔軟無垠的黃土上，感到穴居缺乏的自在豁達。

> 孟子曰：「大人者，不失其赤子之心者也。」（孟子·離婁下）

返回生命原點的心路艱難，你躺下休息，仰望著緩緩旋轉的天空，慨歎一個人想要活著，卻必須活得像野獸。你生活在洞穴裡，適應黑暗，無果要活命，必須抹去一切活過的痕跡。然而當黃色的水由土裡幻化成綠苗，你需要為自己命名，因為一切常存的慾望都需要一個姓氏。

> 是故賢君必恭儉禮下，取於民有制。陽虎曰：「爲富不仁矣；爲仁不
> 富矣。」夏后氏五十而貢，殷人七十而助，周人百畝而徹。其實皆什
> 一也。徹者徹也，助者藉也。龍子曰：「治地莫善於助，莫不善於貢。
> 貢者校數歲之中以爲常。樂歲粒米狼戾，多取之而不爲虐，則寡取之；
> 凶年糞其田而不足，則必取盈焉。爲民父母，使民盻盻然，將終歲勤
> 動，不得以養其父母，又稱貸而益之，使老稚轉乎溝壑，惡在其爲民
> 父母也？」夫世祿滕固行之矣。《詩》云：「雨我公田，遂及我私。」
> 惟助爲有公田。由此觀之，雖周亦助也。（孟子・滕文公上）

「助」之法，逐年視豐欠繳產物稅，最能體貼民生。產品交換者實際關心的
問題，首先是他用自己的產品能換取多少別人的產品，就是說，產品按什麼
樣的比例交換。（Marx 89）「貢」之法雖不同於後世以貨幣繳稅之法，但終究
是取人類勞動的等同性，再以之取得了勞動產品的等同的價值對象性這種物
的形式。（Marx 86）生產力經過換算，變成易於計算的單位，既是生命的符號
化，也是生命的異化（alienation）

後世商品社會，商品價格的表現基於分析人類勞動力的勞動時間，才導
致價值量的決定。人類勞動力的勞動時間不能交易，所以需要一個物的形象，
於是生命的價值再度剝落，只有商品共同的貨幣表現才導致商品的價值性質
的確定。（Marx 90）統治者爲了管理的便利，將人民的生命力抽象爲貨幣的形
式，如此你如何能夠返回生命的原點，以赤子之心感受生活裡眞實的意義與
情感。人類的生命力符號化了之後，生命只剩薄到無法測度的票面價值，亦
即貨幣價值。

> 設爲庠序學校以教之。庠者養也，校者教也，序者射也。夏曰校，
> 殷曰序，周曰庠，學則三代共之，皆所以明人倫也。人倫明於上，
> 小民親於下。有王者起，必來取法，是爲王者師也。《詩》云：「周
> 雖舊邦，其命維新。」文王之謂也。子力行之，亦以新子之國。（孟
> 子・滕文公上）

讓人重獲人格的基本條件，不要爲了存活而將自己變成陌生人，甚至失去了
人原有的樣子，活生生的人爲了繳稅而變成抽象的貨幣，則無論如何盡其心，
也無法知其性，遑論知天命。保住了生活的整體，生命力的價值不抽象爲數
碼，乃至於騰空成符號，教育才會產生效果，否則教育只是加深人類的奴化
與異化。

三、四體不言而喻

　　孟子曰：廣土眾民，君子欲之，所樂不存焉。中天下而立，定四海
　　之民，君子樂之，所性不存焉。君子所性，雖大行不加焉，雖窮居
　　不損焉，分定故也。君子所性，仁義禮智根於心。其生色也，睟然
　　見於面、盎於背。施於四體，四體不言而喻。（孟子・盡心上）

如果所謂人性意即人之本性，亦即人之本質（nature），則探討人性彷彿探討
人體。現代醫學反省自身的處境後，確認自身實證性（positivity）的起源在於
超越一切理論，回歸雖卑微卻有效的知覺層面。臨床醫師們的經驗主義
（empirisme）並不是建基於再度確立可觀察的事物之絕對值，也不是基於任
何理論系統及其衍生物預設之排斥效應上，而是基於重組公開發表的空間與
祕密的空間。此一重組活動，豁開於百萬次注視停駐於人類的苦難。最初的
臨床醫師們啓蒙的眼光注視下，醫學知覺之復甦，顏色與物體復活之道並不
只是神話。（Foucault 1989 xii～xiii.）

　　我們的科學認同精審卻無法量化的行動，打開了具體事物豐滿的內容，結
合呈現於注視之下，材質精緻的網絡後，藉此生產更高的科學客觀性，它遠比
單純從事量化的技術面測量來得客觀。醫學理性深深投入知覺活動華麗的密實
之中，以顏色、斑點、硬度、黏度提示事物的紋理如眞理的最表層。此一實驗
的幅員似乎等同關注之眼光巡視之領域。經驗性之監察僅接受可見內涵之證
明。眞理只存在於光照的啓蒙之下，眼睛乃最後的鑒定。（Foucault 1989 xiv.）

　　因爲知覺未能脫離感性的身體，於是有必要使身體更透明，以利心靈的
運作。光是每一道眼光的前提，光是形構理念（eídos）的要素，光是萬物透
過其身體幾何學而成就的形式。當觀看已臻完美，隨之回到那不曲折、無止
境的光之修辭格裡去了。觀看實基於我們將物體最大的不透明性留給了經
驗，封存於萬物自身的堅固性、隱晦性、以及密實性，具有不從屬於光的眞
理，而這眞理屬於逡巡之眼光，從屬於其逡巡之遲遲，眼光逡巡於封存於萬
物自身的堅固性、隱晦性、以及密實性周邊，並漸漸滲入其中，而眼光只帶
來它自身的光。

　　眞相反而吊詭的深居於事物幽邈之內部，卻與那將其黑暗轉變爲光明之
經驗主義式目視的王權有關。所有的光都被凝聚於眼睛這薄弱的框架之中。
而眼睛則遊走於具體物體四周，並以此建立起其位置與形式。理性言詮因之
不再像以往一般那麼倚重於光及幾何學，更重要的是事物那持續存在無法穿

透的不透明的密實性。因為，先於任何知識，經驗的來源、領域及界限便都可以在物體之幽闇中尋得。目視被動地連接于那原初的被動性之上。此被動性，使目視獻身於吸收經驗之整體並予以支配此一無止無境的任務上。（Foucault 1989 xiv～xv.）

身體是人生的隱喻，所以臨床醫學始終想穿透肉體的障蔽，以發現人性的真面目。在臨床醫學序曲的解剖學教室裡，身體幽闇的空間逐漸揭去神祕的黑幕，暴露在眼光的眢視之下。即使西方實證的醫學傳統，也並非基於愛好客觀性而營構了客體選項（choix objectal）。並非醫師與病人之間，以及病理學家與臨床醫師之間，進行溝通的視覺空間已喪失了所有的權力。與其說視覺空間所有的權力消失了，不如說它們封閉於病人獨一無二的生命裡，亦即封閉於醫師眼中的病人主觀論述徵候，它並非界定為某種實體的知識，而僅界定為認知對象的世界。（Foucault 1989 xi.）當知識封存於臨床之客體對象物幽閉的空間內部，所謂認知對象的世界並不等同真知的世界。認知對象的世界是隱喻的世界，是符號交織的世界。

由身體意象反回生命的原點，臨床醫學卻闖入詩學的國度，充斥修詞格（figures）〔註2〕的生理學與病理學世界，主體的病痛質疑解剖學屬於死亡之身的知識，然而病痛與知識之間由想像力滲透的幻想連鎖，不僅沒有破裂，反而以更複雜的方式強化了。身體裡疾病的張力與熾熱，臟腑沉默的世界，那內襯無垠幽夢的身體絕對黑暗的冥界，既遭遇醫師歸納性言詮客觀性的挑戰，又同步建構了迎接醫師實證性注視的多重對象。

一身中性化的知識並未驅散病痛的修詞格（figures），這些修辭格重新分布於身體與眢視的眼光相遇的空間。真正改變的是語言所依存的沉默的同步的衍義形構（configuration），改變的是言詮活動與遭受表述者，及其語境與其態度之間的關係。（Foucault 1989 xi.）

身體是隱喻的王國，我們將透過計時器的隱喻、轉喻或提喻，重寫宇宙的史詩。它不是科學的理論知識（epistēmē），也不是技藝（technē），而是心性的修持（dynamis）。（Nietzsche's Werke Band XVIII 243）所謂「提喻」（synecdoche）乃以部分的感知替代了整體的直觀。其所指相同，但能指不同。（Nietzsche's Werke Band XVIII 250）所謂「隱喻」（metaphor）則是能指相同，所指不同。（Nietzsche's Werke Band XVIII 250）隱喻（metaphor）意謂其衍義

〔註2〕 Figures 除了譯成修詞格，還有其它多元意義，讀者必須留意。

與本義共享同一意義的範疇（category of meaning）。（McLaughlin 83）所謂「轉喻」（metonymy）則是因果兩項的置換。（Nietzsche's Werke Band XVIII 250）轉喻建立在較具空間性意義脈絡的並存關係網中，而不似隱喻講究意義結構的分享。轉喻將讀者引往事件與情境的歷史世界，隱喻則將關係建立在詞的一切用義爲基地的深層邏輯上。（McLaughlin 83～84）

我們藉身體意象抒寫生命的故事，何謂「故事」（story）「情事」（plot）「詮表」（discourse）？故事的時間結構類比於日常生活的線性向度，具有「不可逆」的一次性。「情事」的時間結構則錯落倒敘。（Eco 1998：33～34）每一情事之營謀，出入時間序列之間，必產生時態的變化。（Eco 1998：43）「情事」的時間結構實乃倒敘（flashbacks）與預告（flashforwards）交錯進行的機制。（Eco 1998：29）文本的內容以情事與事情爲主，而以「詮表」（discourse）爲其表現（representation）部門。敘事性文本可以沒有情事，卻不能沒有故事或詮表。（Eco 1998：35）

四、其爲人也寡欲

所以絕對不可忘懷因爲虛構之創作比人生更宜人，所以我們嘗試以閱讀創作的方式閱讀人生。我們常被迫在創作與人生之間擔任轉譯工作，閱讀人生如創作，閱讀創作如人生。（Eco 1998：118）說到人生，閱讀可以解消存有的焦慮。（Eco 1998：69）同時我們也認知那虛構的神話，其頂級功能即在於賦予人類生活一種形式。（Eco 1998：87）遂令人生更加宜人。但是在閱讀之際如何開啓生命敏感的觸腳呢？眾生終究長期受生事所迫，貼緊地表存活，何以能仰望青天，又如何能設身處地爲人著想呢？

孟子曰：養心莫善於寡欲。其爲人也寡欲，雖有不存焉者，寡矣。

其爲人也多欲，雖有存焉者，寡矣。（孟子·盡心下）

寡欲非禁欲，寡欲絕非變成清教徒，但確實可以使人心思單純。清心寡欲只是方法，經由清心寡欲的修養，易於解脫物累，乘物以遊心。此乃前述孟子言人性乃透視未來以貞定生命當下之意義，當下之不忍即預示未來之祈向，未來之自我期許實乃當下生命力之意志。人生反顧，乃啓默存生命眞理之道。非僅自囿於一己之私，而是透過倫理網絡，照見應然而未然之我，以此啓發生命再生之願行。這是虛構的文學作品產生的生命的再生力，因爲小說讓我們在此眞理備受爭議的世界，獲得舒適的生活感受，而且現實世界似乎更具

教導性。創作世界裡的「揭露眞理的特權」（alethic privilege）爲文學作品提供詮釋的參數。（Eco 1998：91）

> 公都子問曰：「鈞是人也，或爲大人，或爲小人，何也？」孟子曰：「從其大體爲大人，從其小體爲小人。」曰：「鈞是人也，或從其大體，或從其小體，何也？」曰：「耳目之官不思，而蔽於物。物交物，則引之而已矣。心之官則思；思則得之，不思則不得也。此天之所與我者，先立乎其大者，則其小者不能奪也。此爲大人而已矣。」
> （孟子‧告子上）

所謂小體正是商品世界的這個完成的形式——貨幣形式，用物的形式掩蓋了私人勞動的社會性質以及私人勞動者的社會關係，（Marx 90）在商品生產者的社會裡，一般的社會生產關係是這樣的：生產者把他們的產品當作商品，從而當作價值來對待，而且通過這種物的形式，把他們的私人勞動當作等同的人類勞動來互相發生關係。（Marx 93）

　　生命的意義湧現於時間的地平線，時間的意義表現於時間的度量，時間的度量因計時器之不同而各異，計時器各自演說著屬於自己的故事。資本主義社會用勞動的持續時間來計量的人類勞動力的耗費，取得了勞動產品的價值量的形式。（Marx 86）只有當實際日常生活的關係，在人們面前表現爲人與人之間和人與自然之間極明白而合理的關係的時候，現實世界的宗教反映才會消失。（Marx 94）

　　只有當社會生活過程即物質生產過程的形態，作爲自由結合的人的產物，處於人的有意識有計劃的控制之下的時候，它才會把自己的神秘的紗幕揭掉。但是，這需要有一定的社會物質基礎或一系列物質生存條件，而這些條件本身又是長期的、痛苦的歷史發展的自然產物。（Marx 94）世界頂尖天文物理學家已建議採用達爾文的自然選擇原理（principle of natural selection）詮釋世界觀的形構原理曰：只因有些個體對世界作出正確的結論，所以這些個體更適宜存活於此世。又依所謂人性的原則（anthropic principle），意即我們以我們存在的方式觀看我們存在的宇宙。許多不同的宇宙，以及宇宙裡許多不同的區域，都存在其自身的原始完型。換言之，我們生存其中的「時空事件」（亦曰宇宙事件）就是我們的生存方式，而此生存方式決定了我們的宇宙具有何等樣態。〔註3〕

〔註3〕Stephen W. Hawking A Brief History of Time, Batman Books, export edition, 1989.

梁惠王曰:「寡人之於國也,盡心焉耳矣。河內凶,則移其民於河東,移其粟於河內;河東凶,亦然。察鄰國之政,無如寡人之用心者。鄰國之民不加少,寡人之民不加多,何也?」孟子對曰:「王好戰,請以戰喻:填然鼓之,兵刃既接,棄甲曳兵而走,或百步而後止,或五十步而後止。以五十步笑百步,則何如?」曰:「不可,直不百步耳,是亦走也。」曰:「王如知此,則無望民之多於鄰國也。不違農時,穀不可勝食也;數罟不入洿池,魚鱉不可勝食也;斧斤以時入山林,材木不可勝用也。穀與魚鱉不可勝食,材木不可勝用,是使民養生喪死無憾也。養生喪死無憾,王道之始也。五畝之宅,樹之以桑,五十者可以衣帛矣!雞豚狗彘之畜,無失其時,七十者可以食肉矣!百畝之田,勿奪其時,數口之家可以無飢矣!謹庠序之教,申之以孝悌之義,頒白者不負戴於道路矣。七十者衣帛食肉,黎民不飢不寒,然而不王者,未之有也。狗彘食人食而不知檢;塗有餓莩而不知發。人死,則曰:『非我也,歲也。』是何異於刺人而殺之,曰『非我也,兵也。』王無罪歲,斯天下之民至焉。」(孟子·梁惠王上)

盡心之道首在決定我們的生存方式,「我們的生存方式決定了我們的宇宙具有何等樣態。」此言一出,古典宇宙論之絕對客觀性於焉崩潰矣。「我們對於自身所處的世界,是否作出了正確的結論?」既然我們以語言生產的這一套意義,塑造了宇宙萬物的真實性(reality)。而語言才是概念化的經緯,修詞學形構了價值的系統,我們經由語言體驗所謂實在性。〔註4〕(McLaughlin 86)既然宇宙論的人性法則(anthropic principle)許我們以我們存在的方式觀看我們存在的宇宙。許多不同的宇宙,以及宇宙裡許多不同的區域,都存在其自身的原始完型。我們生存其中的「時空事件」就是我們的生存方式,而此生存方式決定了我們的宇宙具有何等樣態。從此宇宙論(cosmology)轉化為宇宙史詩(cosmopoeic),因為思想的各個層面都只是衍義,則知覺與了解的力量其實深植於語言中。言語者並不感知事實,而是體察一時的刺激。他不傳遞感覺,卻只呈現感覺的倒影。感覺因心靈的衝擊而綻放為語言,而不固執

pp130-1.

〔註4〕 McLaughlin, Thomas. 1995. " Figurative Language. " In Critical Terms for Literary Study, edited by Frank Lentricchia and Thomas McLaughlin. The University of Chicago Press. P. 86.

於事物自身的意象。（Nietzsche's Werke Band XVIII 249）

　　時間理念的關鍵性在於它是文學表現的主軸，也是生命反省的媒介。向外鼓動了宇宙的度量，向內體貼著生命的意義。綜合言之，生命的意義湧現於時間的地平線上，時間的意義依於時間的度量，時間的度量因計時器之差異而有不同，計時器之差異則依其材質不同而不同。「事件」取代「實體」成為新的計時器，時間反而以原子式的運動範疇重塑了我們的時間意象。

> 無恆產而有恆心者，惟士為能。若民則無恆產，因無恆心。苟無恆心，放辟邪侈，無不為已。及陷於罪，然後從而刑之，是罔民也。焉有仁人在位，罔民而可為也？是故明君制民之產，必使仰足以事父母，俯足以畜妻子；樂歲終身飽，凶年免於死亡；然後驅而之善，故民之從之也輕。今也制民之產，仰不足以事父母，俯不足以畜妻子；樂歲終身苦，凶年不免於死亡；此惟救死而恐不贍，奚暇治禮義哉？王欲行之，則盍反其本矣。五畝之宅，樹以之桑，五十者可以衣帛矣。雞豚狗彘之畜，無失其時，七十者可以食肉矣。百畝之田，勿奪其時，八口之家可以無飢矣。謹庠序之教，申之以孝悌之義，頒白者不負戴於道路矣。老者衣帛食肉，黎民不飢不寒，然而不王者，未之有也。（孟子・梁惠王上）

「恆產」「衣帛食肉」「樹以之桑」「雞豚狗彘」「庠序」皆為計時器，計時器材質之差異屬於分類活動，時間的度量則屬數學的完全抽象活動。當我們透過計數、度量、幾何性關係與秩序的多種類型等，把數學性的觀念與自然界的事實聯繫起來時，理性的思維就脫離了那種攸關一定種與類之不完全抽象活動（abstractions），而進入了數學的完全抽象活動了。（Whitehead 28）古人擅長的分類活動轉向意象類型與詞格的系統化，我們或將建立猶如蒙太奇〔註 5〕手法的空間史詩。總結孟子盡心知性以知天，修身以立命之道，盡出自文學之解放與修行。

參考書目

1. 王靜芝，《詩經通釋》（臺北：輔仁大學文學院，1978 年）。
2. 李霖生《周易神話與哲學》（臺北：學生書局，2002 年）。

〔註 5〕 Montage 在文學、美術、音樂、或電影上，將看似零碎支離的片斷，拼貼剪輯成一完整作品的手法，當然這也只是一種隱喻。

3. 李霖生，《華嚴詩學》（臺北：文史哲出版社，2002 年）。

4. 李霖生〈孟子天命述考〉華梵大學九十四學年度「儒家倫理學之反思」學術研討會。

5. 屈萬里，《尚書集釋》（臺北：聯經出版事業公司，1994 年）初版三刷。

6. 孫星衍《尚書今古文注疏》（臺北：廣文書局，1975 年）三版。

7. 焦循《孟子正義》（北京：中華書局，2004 年）初版五刷。

8. Foucault, Michel The Birth of the Clinic, trans.,by A. M; Sheridan Routeledge. 1989

9. Hawking, Stephen W. A Brief History of Time, Batman Books, export edition, 1989.

10. Kant, Immanuel *Werke* herausgegcben von Ernst Cassirer（BERLIN VERLEGT BEI BRUNO CASSIRER BAND.III, 1922）

11. Jakobson, Roman：*On Language,* Harvard University Press. 1995.

12. McLaughlin, Thomas. " Figurative Language, "In *Critical Torms for Literary Study,* edited by Frank Lentricchia and Thomas McLaughlin. The University of Chicago Press. 1995.

13. Nietzsche, Friedrich. *Grossoktave Ausgabe, Werke in 19 Bänden.* Leipzig：Naumann/Kröner Verlag, Band I. 1905

14. Nietzsche, Friedrich. *Nietzsche's Werke* Leipzig：Alfred Kröner Verlag, Band XVIII. 1912

15. Tillich, Paul *Theology of Culture*, Oxford University Press. 1964

16. Whitehead, A. N. *Science and the Modern World* Harvard universality Press，1925.

《莊子》的身體哲學

一、前　言

　　劉申叔於其〈論文雜記〉有云：「君子之學，繼往開來，舍文何達？若夫廢修詞之功，崇淺質之文，則文與道分，安望其文載道哉？」〔註1〕在本文的前言的前沿，先引述劉氏讜論，實有感於當今學風之令人詫異。學術論文不僅不應以樸拙無文自矜，反而宜其富於文采，啓發驚才絕豔之想也。

　　本文所議論的「身體」是一個四維的思考對象，所謂思考的四維即：顯象、隱喻、死亡、眘視。「顯象」指謂身體形象（body-image），「隱喻」即視身體爲生命之隱喻也，而作爲思想對象的身體是以「死亡」的姿態爲推理的原點，眘視則是復活（resurrection）的起點，因此也含有默存之義。

　　顯象意即呈現於視域（horizon），湧現於視覺想像世界可見之形象（visible image）。所以我們並不試圖自命爲「唯實論者」，卻也不標舉「唯名論」。我們並不議論宇宙萬物的實有性（reality）。顯象乃相對於「默存」，「存」並非儲蓄之意，實「存恤」之存也。因此默存近於「存而不論」之義，於是類於天主教義之「默想 commune with oneself」，〔註2〕其義遂連於眘視（regard）。

　　眘視源自《周書‧康誥》之「眘」。例如王曰：「嗚呼！封。敬明乃罰。人有小罪非眘，乃惟終，自作不典；式爾，有厥罪小，乃不可不殺。乃有大

<hr>

〔註1〕　劉申叔〈論文雜記〉收錄於《中國文學史論文選及集》（一）（臺北：臺灣學生書局，1978 年），頁 8。
〔註2〕　Foucault, Michel 1989 The Birth of Clinic, trans.,by A. M; Sheridan　Routeledge. p.12.

罪非終，乃惟眚災適爾，既道極厥辜，時乃不可殺。」眚有反躬自省之義，能反省者即使犯了大罪也不可殺，不能反省者即使犯了小罪也不可不殺。

　　眚視連於權力，甚至攸關生死。《周書·康誥》曰：「嗚呼！小子封。恫瘝乃身，敬哉！天畏棐忱，民情大可見。小人難保；往盡乃心，無康好逸豫，乃其乂民。」「敬」字原是警惕警戒之義，少不得要看。「見民情」仍然是具有折射意味的眚視。

　　可見的形象（figure）其實不可著於其表象（appearance）之義，一個顯影（visible image）作為衍義（figurè）乃實現為一隱喻。隱喻（metaphor）意謂其衍義（figurè）與本義（propre）共享同一意義的範疇（category of meaning）。因此隱喻可以說是意義壓縮後的類比（compressed analogy）。〔註3〕

　　生命的意義湧現於時間的地平線，時間的理念實現於時間的度量，時間的度量則依於多元的計時器，計時器多元的表現則源自計時器材質之歧異。死亡則是以身體為計時器（chronoscope），以身體自主運動的終結為死亡的隱喻。我們對身體的眚視不過是寄託於身體形象上的隱喻，其實此一身體形象遠非魚躍鳶飛之生命，而是截取尸居餘氣造作之刻板印象也。因此身體是以「死亡」的姿態為推理的原點，而眚視則是復活（resurrection）的起點。

　　《莊子·齊物論》有云：「六合之外，聖人存而不論；六合之內，聖人論而不議；春秋經世先王之志，聖人議而不辯。」其中「存論議辯」乃人類運用語言的不同層次，以及預期的效應。〔註4〕

　　所謂「六合」，據成玄英疏，天地四方也。「六合之外」所謂天地四方之外，應以人的感知（sensible）範圍為準，超越人類感性（sensibility）認知的世界即《莊子·大宗師》所謂：「夫道，有情有信，無為無形；可傳而不可受，可得而不可見；自本自根，未有天地，自古以固存；神鬼神帝，生天生地；在太極之先而不為高，在六極之下而不為深，先天地生而不為久，長於上古而不為老。」

　　「有情有信」情信者，言其實在可信。而且其實在性（Reality）不以其它存有物為前提或條件，即所謂「無待」者也。「自本自根，未有天地，自古以

〔註3〕 McLaughlin, Thomas. 1995. "Figurative Language." In Critical Terms for Literary Study, edited by Frank Lentricchia and Thomas McLaughlin. The University of Chicago Press. P.83.

〔註4〕 以下關於存論議辯的主張亦見於：李霖生〈金剛經的夢幻詩學〉「第二屆佛學與文學研討會」（新竹：玄奘大學，2004 年 5 月），頁 10～14。

固存」同時未有天地之先，自古以固存說明其超越身體承載之感性的先天條件，亦即超越「時間與空間」而存在。正因爲其超越「時間與空間」而存在，無法爲感性所感受固謂之「無爲無形」，言人類的感知領域內無法感知其形貌與作爲。「可傳而不可受」言其傳受固然情信，但其所傳之情信非感性接受之世界也。「可得而不可見」，視覺可以說是感性認知最主要的部分，然此有情有信之世界只可以神遇，不可以目視也。

「生天生地」由宇宙論層面存在的與創生的優位（priority）充分顯示其先驗界（transcendence）的形上學意義。「在太極之先而不爲高，在六極之下而不爲深」言其超越空間而存在，非空間度量可加以言詮。「先天地生而不爲久，長於上古而不爲老」言其超越時間而存在，非歷史性計時器所可以度量。

所謂「存而不論」並非消極的不能，而是一種積極的認知方式。據朱駿聲《說文通訓定聲》：存者，乃體恤之義，論即說也。存而不論即體恤其存在而不加以言詮。

《莊子・大宗師》有一段關乎聖人之道的教誨，可以藉修養的歷程闡釋「存而不論」的意義：「以聖人之道告聖人之才，亦易矣。吾猶守而告之，三日而後能外天下；已外天下矣，吾又守之，七日而後能外物；已外物矣，吾又守之，九日而後能外生；已外生矣，而後能朝徹；朝徹而後能見獨；見獨而後能無古今；無古今，而後能入於不死不生。殺生者不死，生生者不生。其爲物無不將也，無不迎也，無不毀也，無不成也。其名爲攖寧。攖寧也者，攖而後成者也。」

「外天下」「外物」「外生」「朝徹」「見獨」「無古今」「不死不生」上述逐步達到的世界就是存而不論的世界，因爲「不死不生」在六合之內是不能並存的狀態，這種境界不僅超越常識，超越理性的理解，而近於神話的境界。其實從「外天下」開始，我們所能體恤的存在就已經在「六合之外」了。惟有入於不死不生的境界，才能夠體恤生命的眞理實相。但如何是「不死不生」呢？其義有待下文「心齋」之道闡明。

「論而不議」與「議而不辯」屬於言語事件可以承擔的境界，但「論」與「議」不同。「無爲名尸，無爲謀府；無爲事任，無爲知主。體盡無窮，而遊無朕；盡其所受乎天，而無見得，亦虛而已。至人之用心若鏡，不將不迎，應而不藏，故能勝物而不傷。」（莊子・應帝王）可以視爲「天人之際」極佳的詮釋。

　　人對天的態度，「盡其所受乎天，而無見得」是領受而不佔有。「能勝物而不傷」則強調承擔天賜，卻有存恤保育之責。「無為名尸，無為謀府；無為事任，無為知主。」說明「天」具有現代意義的「自然世界」之義，人不能以命名宰制萬物，不能評議自然萬物是否得其所。對於自然世界，我們只有觀察與讚歎，至於其生存狀態是否合宜，豈容人類置喙？

　　其實依據現代文學理論觀之，論已是議。因為嚴格說起來一切語意皆是衍義，並無本義存在。所有言語不過是一套修辭學體系，世界不僅不是先於語言的客觀存在，反而是我們以語言生產了世界的實在性（reality）。（McLaughlin 86）

　　六合之內，人類有能力評價的部分屬於「春秋經世先王之志」也。若依《史記・太史公自序》所言：「罔羅天下，放失舊聞，王跡所興，原始察終，見盛觀衰。」其所謂歷史並不以「保存過去人類群體活動的整體紀錄」為前提，卻接近 Hegel 所謂「史詩」，著眼於民族英雄於民族精神之具體化歷程。時間不是物理的時間，卻是戲劇之時間矣。縱觀太史公的歷史哲學，絕非「保存了過去、見證了現在與指向了未來」一語可以道盡。

　　其實民族精神與歷史精神都不在議論之列，但民族英雄與當世豪傑又歷歷在目，閱讀神話史詩與歷史，明明可以「原始察終，見盛觀衰」「並時異世，明其年差」，然而時間現在與乎時間過去，現在與過去或許現在於時間未來，而時間未來卻包容於時間過去。如果所有的時間永恆呈現於當下，所有的時間將無從挽救。惟有神話的閱讀與神話的創作可以挽救那無可挽就的時間。

　　最後論及語言在人間世的極限，那就是「議而不辯」。《莊子・齊物論》曰：「故分也者，有不分也；辯也者，有不辯也。曰：何也？聖人懷之，眾人辯之以相示也。故曰：辯也者，有不見也。」

　　「辯」是什麼型態的言語事件？《莊子・齊物論》曰：「夫言非吹也，言者有言。其所言者特未定也。果有言邪？其未嘗有言邪？其以為異於鷇音，亦有辯乎？其無辯乎？道惡乎隱而有真偽？言惡乎隱而有是非？」可見「辯」關乎道的「真偽」，以及言的「是非」。真偽與是非又是相對呼應的詞組，「是」肯定「真」，而「非」否定「偽」。

　　「真偽」僅代表「能指」間的對應關係，〔註5〕「是非」也只是「能指」

〔註 5〕　所謂「能指」signans 與「所指」signatum 對應而言，英譯如下：Signifier/Signified 詳細解釋可參考 Jakobson, Roman：On Language, Harvard University Press. 1995.

之記號性關係。所以《莊子・齊物論》曰：「道惡乎往而不存？言惡乎存而不可？道隱於小成，言隱於榮華。故有儒墨之是非，以是其所非而非其所是。欲是其所非而非其所是，則莫若以明。」所謂「小成」與「榮華」意謂「能指」之間的聚落（settlement），它存在於記號的世界，我們預設卻不必證實與記號世界相對的眞實世界。

《莊子・齊物論》完全從「能指」的角度論述其形構：「物無非彼，物無非是。自彼則不見，自知則知之。故曰：彼出於是，是亦因彼。彼是方生之說也。雖然，方生方死，方死方生；方可方不可，方不可方可；因是因非，因非因是。是以聖人不由，而照之於天，亦因是也。」知識最初似乎依據分類學建立了起來，但分類學終究是邏輯的虛構。

「物無非彼，物無非是。自彼則不見，自知則知之。」意謂天地萬物無非「彼/是」也。「彼/是」之所以同時具有意義，並非基於俗昇所謂「名實」的對應關係上。﹝註6﹞「彼/是」不是「Signifier/Signified」，「彼/是：物」才是「Signifiers/Signified」。

此即《莊子・齊物論》所謂：「以指喻指之非指，不若以非指喻指之非指也；以馬喻馬之非馬，不若以非馬喻馬之非馬也。天地一指也，萬物一馬也。」「指」是「所指」，則「非指」是「能指」，單純以「所指」無法說明「能指」所承載的意義。「能指/所指：符號/意義」形構的對應機制能夠運作，其實基於「Signifier'：Signifier"」間的約定「Signifier'=非指：Signifier"=指之非指」。

上文「彼出於是，是亦因彼。彼是方生之說也。」所謂「彼是」亦即彼此間的關係，其實是「Signifier'：Signifier"」亦即「能指'」與「能指"」的對應關係。「能指'」與「能指"」的關係乃相因而生，可以說是互爲因果的關係。而所謂「是非」原本是「彼此」的對立。

一般所謂「能指 as/and 所指」（Signifiers/Signified）其實是「Signifier'=非指：Signifier"=指之非指」間的約定，可以簡化爲「Signifier'：Signifier"」《莊子・齊物論》曰：「是亦彼也，彼亦是也。彼亦一是非，此亦一是非，果且有彼是乎哉？果且無彼是乎哉？」概念就是比喻，比喻就是概念（concepts are tropes and tropes concepts）。（McLaughlin 87）從修辭學的層面推敲，上述

---

pp.50-51.

﹝註6﹞ 物自身不可知，卻可被思想。Immanuel Kant, Werke herausgegeben von Ernst Cassirer（BERLIN 1922）VERLEGT BEI BRUNO CASSIRER BAND.III, S. 23,62,75.

引文說明「詞與理念」之間並無先天（a priori）的關聯，反之它們的關係建立在任意性上。

因爲語意與理念間這種任意性，理性所思考的領域只剩下主體交互影響與運作的界面，亦即社會契約。社會契約界定能指之間的關係，嚴格說起來一切語意皆是衍義（figures），並無本義（propre）存在。所有言語不過是一套修辭學體系。（McLaughlin 85～86）「是非」不僅是一組存有學的概念，也是一組法律學概念。存有學概念之「是非」即「存亡」，法律學概念之「是非」即「對錯」的價值判斷。

我們所開展出的意象預告了一個被動的世界，而我們透過語言將形貌賦予此世界。語言的任意性與社會契約性，說明語言此一能指系統純然是因緣和合所生。語言不是獨立自主的存有物（entity），它是社會與政治生活的部分組織。它塑造我們的知覺，但也受到我們社會脈絡的塑造。（McLaughlin 87）〔註7〕根據上述前提，「身體」與其思想衍生的四維（顯象、隱喻、死亡、凝視）全都是言詮交織而成的符號系統。

《莊子》全書身體哲學之議論極爲繁複，縱使以內篇爲限，其素材亦甚豐富。本文雖名爲「莊子的身體哲學」，受限於篇幅，並不能道其萬一。故擇取兩段文本，稍事點染而已。此兩段文本爲「庖丁解牛」與「心齋」。

二、庖丁解牛

> 庖丁釋刀對曰：「臣之所好者道也，進乎技矣。始臣之解牛之時，所見無非全牛者。三年之後，未嘗見全牛也。方今之時，臣以神遇而不以目視，官知止而神欲行。依乎天理，批大郤，導大窾，因其固然。技經肯綮之未嘗，而況大軱乎。良庖歲更刀，割也；族庖月更刀，折也。今臣之刀十九年矣，所解數千牛矣，而刀刃若新發於硎。彼節者有閒，而刀刃者無厚；以無厚入有閒，恢恢乎其於遊刃必有餘地矣，是以十九年而刀刃若新發於硎。雖然，每至於族，吾見其難爲，怵然爲戒，視爲止，行爲遲。動刀甚微，謋然已解，如土委地。提刀而立，爲之四顧，爲之躊躇滿志，善刀而藏之。」

技進於道，道與技相對，郭象注曰：「直寄道理於技耳，所好者非技也。」因

〔註7〕 「天地一指也，萬物一馬也。」之詮釋，參考李霖生〈金剛經的夢幻詩學〉頁 15～16。

此道高於技的境界。從「所見無非全牛」到「未嘗見全牛也」，成玄英疏曰：「操刀既久，頓見理開，所以纔睹有牛，已知空卻。亦猶服道日久，智照漸明，所見塵境，無非虛幻。」更提出眞幻對揚之說。

針對上述境界的對比與落差，庖丁自述「臣以神遇而不以目視，官知止而神欲行。」成玄英疏曰：「遇，會也。經乎一十九年，合陰陽之妙數，率精神以會理，豈假目以看之！亦猶學道之人，妙契至極，推心靈以虛照，豈用眼以取塵也！」向秀云：「暗與理會，謂之神遇。」點出眼光的評價，以及通於默存的虛照。

庖丁解牛可以類比於臨床醫學，所謂眼光的評價，緣於西方臨床醫學兩種全然不同的敘事策略：其一，以語言形構身體形象豐富與穩定的顯象，表現可供睿視的死亡隱喻。其二，因為缺乏知覺意象的基礎，以幻想的語言描述死亡。（Foucault 1989 x.）首先，在此「全牛」的身體是顯像意象，可供睿視的死亡隱喻。但身體也是幽闇的空間，極需足以表現其缺乏知覺意象的基礎，富於狂想特質的本義（propre）。

所以當庖丁說他自己「官知止而神欲行」，郭象注曰：「司察之官廢，縱心而理。」成玄英疏曰：「官者，主司之謂也；謂目主於色耳司於聲之類是也。既而神遇，不用目視，故眼等主司，悉皆停廢，從心所欲，順理而行。善養生者，其義亦然。」在臨床醫學序曲的解剖學教室裡，身體幽闇的空間逐漸揭去神祕的黑幕，暴露在眼光的睿視之下。

即使西方實證的醫學傳統，也並非基於愛好客觀性而營構了客體選項（choix objectal）。並非醫師與病人之間，以及病理學家與臨床醫師之間，進行溝通的視覺空間已喪失了所有的權力。與其說視覺空間所有的權力消失了，不如說它們封閉於病人獨一無二的生命裡，亦即封閉於醫師眼中的病人主觀論述徵候，它並非界定為某種實體的知識，而僅界定為認知對象的世界。（Foucault 1989 xi.）當知識封存於臨床之客體對象物幽閉的空間內部，所謂認知對象的世界並不等同眞知的世界。認知對象的世界是隱喻的世界，是符號交織的世界。

「依乎天理，批大郤，導大窾，因其固然。技經肯綮之未嘗，而況大軱乎。」這一句洋溢著解剖學的趣味，「大郤」者，陸明德釋為「徐去逆反，郭音卻。崔李云：閒也。」郭象注曰：「有際之處，因而批之令離。」上述章句裡標示身體結構的言語，並不保證實相的知識，只能說明意象與意象之意象，

互相指涉與互相界定的認知脈絡。

「導大窾」者，郭慶藩謂：「說文無窾字，當作款。史記太史公自序，實不中其身者謂之窾，漢書司馬遷傳，窾正作款。服虔注：款，空也。爾雅釋器，鼎款足者謂之鬲，注：款，空也。淮南說山，見款木浮而知爲舟，高注：款，空也，管子國蓄，大國內款，楊注：內款，內空也。是其證。」郭象注曰：「節解窾空，就導令殊。」

「技經肯綮之未嘗」陸明德釋文引俞樾曰：「郭注以技經爲技之所經，殊不成義。技經肯綮四字，必當平列。釋文曰：肯，說文作肎，字林同，著骨肉也。一曰：骨無肉也。綮，司馬云：猶結處也。是肯綮並就牛身言，技經亦當同之。技疑枝字之誤。素問三部九候論，治其經絡，王注引靈樞經 7 曰：經脈爲裏，支而橫者爲絡。古字支與枝通。枝，謂枝脈；經，謂經脈。枝經，猶言經絡也。經絡相連之處，亦必有礙於游刃。庖丁惟因其固然，故未嘗礙也。」

《莊子集釋》又引：「李楨曰：俞氏改技爲枝，訓爲經絡，說信塙矣。未嘗二字，須補訓義。依俞說，嘗當訓試。說文：試，用也。言於經絡肯綮之微礙，未肯以刀刃嘗試之，所謂因其固然者。《肯》徐苦等反。說文作肎。字林同，口乃反，云：著骨肉也。一曰：骨無肉也。崔云：許叔重曰，骨間肉。肎，肯著也。《綮》苦挺反，崔向徐並音啓，李烏係反，又一音罄。司馬云：猶結處也。」

成玄英疏曰：「肯綮，肉著骨處也。軱，大骨也。夫伎術之妙，遊刃於空，微礙尚未曾經，大骨理當不犯。況養生運智，妙體眞空，細惑尚不染心，塵豈能累德。」「卻」「窾」「技」「經」「肯」「綮」「軱」點染出複雜的解剖學，表現了《莊子》身體觀的一些訊息。解剖學固然是臨床醫學的基礎，唯獨缺乏關於病痛的注視。

《莊子‧養生主》曰：「神遇而不以目視，官知止而神欲行。」突破了眼光的界線，與其說視覺空間所有的權力消失了，不如說它們封閉於病人獨一無二的生命裡，亦即封閉於醫師眼中的病人主觀論述徵候，它並非界定爲某種知識，而僅界定爲認知對象的世界。（Foucault 1989 xi.）庖丁如何突破了身體的封印？

「彼節者有閒，而刀刃者無厚；以無厚入有閒，恢恢乎其於遊刃必有餘地矣，是以十九年而刀刃若新發於硎。」成玄英疏曰：「硎，砥礪石也。（牛）〔十〕，陰數也；九，陽數也；故十九年極陰陽之妙也。是以年經十九，牛解數千，遊空涉虛，不損鋒刃，故其刀銳利，猶若新磨者也。況善養生人，智

窮空有，和光處世，妙盡陰陽。雖復千變萬化，而自新其德，參涉萬境，而
常湛凝然矣。」

疏言妙盡陰陽，實本於《老子》所謂：「無名，天地始；有名，萬物母。
常無，欲觀其妙；常有，欲觀其徼。此兩者同出而異名。」（章一）所謂陰陽
實爲有無光照之意，有光照爲陽，無光照爲陰。萬物於光照下顯現自身存在，
然而眞實的生命如一氣流行而有陰陽之變。

朱謙之《老子校釋》曰：『……「無名天地始」，史記日者傳引作「無名
者，萬物之始也」。……案「始」與「母」不同字義。說文：「始，女之初也。」
「母」則「象懷子形，一曰象乳子也」。以此分別有名與無名之二境界，意味
深長。蓋天地未生，渾渾沌沌，正如少女之初，純樸天眞。經文二十五章：「有
物混成，先天地生。」四十章：「有生於無。」此無名天地始也。「天下萬物
生於有」，有則生生不息；四十二章：「道生一，一生二，二生三，三生萬物。」
此有名萬物母也。又莊子齊物論「天地與我並生，萬物與我爲一」，亦皆「天
地」與「萬物」二語相對而言。』

朱氏分解「始」與「母」字義不同甚精，此章《老子》先建構形上學而
後反之，因其歸約萬物負陰抱陽。案朱謙之《老子校釋》曰：『……「徼」，
傅、范本與碑本同，宜從敦煌本作「曒」。十四章「其上不曒」，景龍本亦作
「曒」，是也。一切經音義卷八十四引：「說文『徼』作『循也』，以遮過之。」
是徼有遮訓，在此無義。』依於語言之歧義性，即有遮過義又何妨？蓋因能
指固有的過剩性（surabondance），經由反復推尋，一些可能原先並未被刻意
指涉的餘意得以釋放出來。

朱謙之《老子校釋》又曰：『……又卷七十九、卷八十三引：「說文『曒』
從日……」田潛曰：「案慧琳引埤蒼『明也』，韻會云『明也』，未著所出。詩
『有如曒日』，詩傳云：『曒，光也。』說文古本舊有『曒』字，後世或借用
『皎』。『皎』，月之白也，詩『月出皎兮』是也。或借用『皦』，皦，白玉之
白也，論語『皦如』是也。字義各有所屬，『有如曒日』之『曒』，確從日，
不從白也。」（一切經音義引說文箋卷七）經文「常無觀其妙」，妙者，微眇
之謂，荀悅申鑒所云：「理微謂之妙也。」「常有觀其曒」，「曒」者，光明之
謂，與「妙」爲對文，意曰理顯謂之曒也。』

蓋因陰陽皆肇因於日光，而爲存有與虛無之隱喻也。〔註8〕《周易‧繫辭

〔註8〕 下述論證引自李霖生《辭與物：易傳釋物的秩序》（臺大哲學系博士論文，1996

下傳》所謂:「夫乾,確然示人易矣。夫坤,隤然示人簡矣。爻也者,效此者也。象也者,像此者也。」

「確」字據朱駿聲所考,作「塙」。高崇之土,在古老的黃土原上,迎接自地平線昇起的陽光,映現光線的變化,即謂之「確」。確應該是明確之意,剛健之說應是引伸衍義。

「隤」在《詩經‧周南,卷耳》:「陟彼崔嵬,我馬虺隤。」虺隤謂馬病也,崔嵬乃山高也,馬病,頹然欲下,不能登高也。所以「隤」應是相對「確」的隆起,頹然下陷也。下陷之地,光線有間矣。陽爻象光線直達明照,陰爻象光有間矣。

由甲骨文與金文的字形觀之,陰陽造字的形構與光影的明暗有關。《詩經‧大雅,公劉》:「篤公劉,既溥且長。既景迺岡,相其陰陽。觀其流泉,其軍三單。度其隰原,徹田爲糧。度其夕陽,豳居允荒。」陰陽在這章詩裡,指陽光下地形的迎光或背光。〔註9〕

《詩經‧大雅,桑柔》:「既之陰女,反予來赫。」陰作爲動詞,也是從遮住陽光造成的陰影而來。《春秋左氏傳》僖公二十八年所云「漢陽諸姬」,以及《春秋公羊傳》僖公二十二年「戰于泓之陽」,綜合上引《詩經》章句,我們可以肯定「山南水北爲陽」「山北水南爲陰」的注釋。陰陽從天光照射大地之上,因山水地形之向背來定義。觀象取法天文地理,顯然符合《周易‧繫辭下傳》所言作易的原則:

「古者包犧氏之王天下也,仰則觀象於天,俯則觀法於地,觀鳥獸之文,與地之宜。近取諸身,遠取諸物。於是始作八卦,以通神明之德,以類萬物之情。」從光影的有行,時間的流程,演繹出陰陽乾坤天地的綿密生存網絡,陰陽乾坤的原始涵意易於抽象,成爲更具詮釋力的表述媒體。

朱謙之《老子校釋》又本之於:『陳景元藏室纂微篇以「此兩者同」爲句。嚴復曰:「同字逗,一切皆從同得。」惟「同出」「異名」爲對文,不應於「同」字斷句。又蔣錫昌曰:「『此兩者同』下十二字,范本無。」案續古逸叢書范本有此十二字,蔣誤校。又四十章「天下萬物生於有,有生於無」,此兩者蓋指有無而言。有無異名,而道通爲一。』

年1月),頁33～34。

〔註9〕 烏溥恩,《周易:古代中國的世界圖式》(吉林:文史出版社,1988年),頁12～13。

道通爲一卻存有無之變，此乃相對眚視而來。《老子》曰：「道生一，一生二，二生三，三生万物。万物負陰而抱陽，沖氣以爲和。」（章四十二）陰陽與日光有密切關係，當其呈現爲視覺意象，就是陽。失去光照固然是陰，顯象似乎是陽，卻也是隱喻也。然顯象終究不保證實體之存在也。

朱謙之《老子校釋》謂：『……黃帝內經太素卷十九知鍼石篇楊上善注曰：「從道生一，謂之朴也；一分爲二，謂天地也；從二生三，謂陰陽和氣也；從三以生萬物，分爲九野、四時、日月乃至萬物。』從和氣觀萬物，乃此注疏可取之處。

朱謙之又案：『淮南精神訓引「萬物背陰而抱陽，沖氣以爲和」，高誘注：「萬物以背爲陰，以腹爲陽。」又漢書高帝紀注引作「向陰而負陽」。又列子天瑞篇：「沖和氣者爲人。」太素卷十九知鍼石篇楊上善注口：「萬物負陰抱陽，沖氣以爲和，萬物盡從三氣而生，故人之形不離陰陽也。」語皆个此。』上述注疏已標示出「氣」的啟發力，足以橫渡病痛與知識之間滲透想像力的幻想連鎖。

主體的病痛質疑解剖學屬於死亡之身的知識，然而病痛與知識之間由想像力滲透的幻想連鎖，个僅沒有破裂，反而以更複雜的方式強化了。身體裡疾病的張力與熾熱，臟腑沉默的世界，那內襯無垠幽夢的身體絕對黑暗的冥界，既遭遇醫師歸納性言詮客觀性的挑戰，又同步建構了迎接醫師實證性注視的多重對象。一身中性化的知識並未驅散病痛的修辭格（figures），這些修辭格重新分布於身體與眚視的眼光相遇的空間。眞正改變的是語言所依存的沉默的同步的衍義形構（configuration），改變的是言詮活動與遭受表述者，及其語境與其態度之間的關係。（Foucault 1989 xi.）

除了鉤股弦定理，我們也是 Pythagoras 的芻狗，將抽象的時間壓製成體積與想像的重量。如果你選購了最大記憶體的透視法，點與線不止形成平面，在虛擬的隱逝匯歸點（vanishing point）必有無垠的救贖。只要波長轉譯成約定的心臟，我們就可以相信生命的跡象。因爲我言語，故我存在。每一個數碼默想著自己，轉述著自足的神話。

爲了確定言詮發生突變的環節，我們必須超越主題內涵與邏輯樣態，直接看見語言的基本層面，亦即詞與物渾然一體的領域，看與說同一的境界。我們必須重閱顯與隱/言與默原始區分之地。節奏分明的醫學語言與其對象因此渾而爲一單一的修辭格（figure）。如果不佇足追溯，就不會出現優先性的問題。唯

有我們所知覺之物之議論結構，平等的呈現於日光下。（Foucault 1989 xii.）

三、心　齋

常置身於病理學世界基礎的空間形構與絮絮叨叨之中，讓我們一旦沉淪即萬劫不復。病理學的世界裡，醫師以喧囂的注視觀察事物毒化的核心，事物毒化的核心乍生，並且如聖徒默想著自己的存在。（Foucault 1989 xii.）在基督宗教的世界裡，身體不僅是一套符碼（code），還是一套攸關罪與救贖的符碼。

《莊子·養生主》提出身體符碼之際，明白標舉著「養生」的大纛。然而〈養生主〉以死亡的身體之解剖學為言詮的基礎，難免使人質疑其歷時軸的言詮布局。因此在《莊子·人間世》裡，出現了終極版的身體哲學。此一關於身體的言詮，其上下文是由探究「說服」的各種有效策略發端，最後以「萬物之化」為歸趣。所以我們依此章句將《莊子》的身體符碼定位於「物化」理念之屬，是存有學的言詮系統，而非神學或倫理學的言詮系統。

《莊子》的身體符碼的議論主要歸於「心齋」「坐忘」，本文限於篇幅，以下僅就「心齋」解釋《莊子》的身體符碼：

> 《莊子·人間世》曰：「若一志，無聽之以耳而聽之以心，無聽之以心而聽之以氣。聽止於耳，心止於符。氣也者，虛而待物者也。唯道集虛。虛者，心齋也。」

首先根據成玄英疏：『心有知覺，猶起攀緣；氣無情慮，虛柔任物。故去彼知覺，取此虛柔，遣之又遣，漸階玄妙也乎。』可知心齋乃進階之修練。但是成玄英順著文氣將氣與心與耳都當作一主體，因此無法真正超越主體思維，始終黏滯於個體化原理。〔註10〕

所以成玄英又疏曰：『符，合也。心起緣慮，必與境合，庶令凝寂，不復與境相符。此釋無聽之以心者也。』成玄英疏曰：『（遣）〔遺〕（二）耳目，

〔註10〕所謂個體化原理（principii individuationis），乃夢想的力量，是造型藝術的根源，夢想者以視覺意象主動形構了這世界。阿波羅（Apollo）是光源之神，提供造形藝術的泉源，同時又是預言之神。夢想提示的生命的預言，使生活具有可能性。阿波羅形象不可或缺的要素：適度的界限。阿波羅形象是個體化原理最高的表現，呈現表象（Scheines）最高的樂趣與美麗。Friedrich Nietzsche, Grossoktave Ausgabe, Werke in 19 Bänden. Leipzig：Naumann / Kröner Verlag, 1905 Band I. S. 22-23.

去心意，而符氣性之自得，此虛以待物者也。』此中的「氣性」一詞含有實體義（substantiality），以耳目心知爲媒介形構了一個位格意象，然而這個具個體性與實體性位格意象正是凡夫黏滯處，心齋所欲排遣者也。

現代醫學反省自身的處境後，確認自身實證性（positivity）的起源在於超越一切理論，回歸雖卑微卻有效的知覺層面。其實上述所謂經驗主義（empirisme）並个是建基於再度確立可觀察的事物之絕對值，也不是基於任何理論系統及其衍生物預設之排斥效應上，而是基於重組公開發表的空間與祕密的空間。此一重組活動敞開於百萬次注視停駐於人類的苦難之際。雖然如此，最初的臨床醫師們啓蒙的眼光注視下，醫學知覺之復蘇，顏色與物體復活之道並不只是神話而已。（Foucault 1989 xii～xiii.）

我們的科學認同精審卻無法量化的行動，打開了具體事物豐滿的內容，結合呈現於注視之下，材質精緻的網絡後，藉此生產更高的科學客觀性，它遠比單純從事量化的技術面測量來得客觀。醫學理性深深投入知覺活動華麗的密實之中，以顏色、斑點、硬度、黏度提示事物的紋理如眞理的最表層。此一實驗的幅員似乎等同關注之眼光巡視之領域。經驗性之監察僅接受可見內涵之證明。眞理只存在於光照的啓蒙之下，眼睛乃最後的鑒定。（Foucault 1989 xiv.）

因爲知覺未能脫離感性的身體，於是有必要使身體更透明，以利心靈的運作。光是每一道眼光的前提，光是形構理念（eidos）的要素，光是萬物透過其身體幾何學而成就的形式。當觀看已臻完美，隨之回到那不曲折、無止境的光之修辭格裡去了。觀看實基於我們將物體最大的不透明性留給了經驗，封存於萬物自身的堅固性、隱晦性、以及密實性，具有不從屬於光的眞理，而這眞理屬於逡巡之眼光，從屬於其逡巡之遲遲，眼光逡巡於封存於萬物自身的堅固性、隱晦性、以及密實性周邊，並漸漸滲入其中，而眼光只帶來它自身的光。眞理吊詭的深居於事物之幽邈內部，卻與那將其黑暗轉變爲光明之經驗式目視的王權有關。所有的光都被凝聚於眼睛這薄弱的框架之中。而眼睛則遊走於具體物體四周，並以此建立起其位置與形式。理性言詮因之不再像以往一般那麼倚重於光及幾何學，更重要的是事物那持續存在無法穿透的不透明的密實性。因爲，先於任何知識，經驗的來源、領域及界限便都可以在物體之幽闇中尋得。目視被動地連接于那原初的被動性之上。此被動性，使目視獻身於吸收經驗之整體並予以支配此一無止無境的任務上。

（Foucault 1989 xiv～xv.）

> 《莊子・人間世》曰：「盡矣。吾語若，若能入遊其樊而無感其名，
>
> 入則鳴，不入則止。無門無毒，一宅而寓於不得已，則幾矣。」

《莊子》以建築與居住形構想像的起點，成玄英疏曰：「……樊，蕃也。……宅，居處也。」至於另一與建築意象「毒」，《莊子集釋》引《釋文》如下：「無毒，如字，治也。崔本作每，云：貪也。家世父曰：說文：毒，厚也。老子：亭之毒之。無門者，入焉不測其方；無毒者，游焉不泥其跡。應乎自然之符，斯能入遊其藩而無感其名。」

《莊子集釋》引李楨曰：「門毒對文，毒與門不同類。《說文》：毒，厚也。害人之艸，往往而生，義亦不合。毒乃壔之假借。許壔下云：保也，亦曰高土也，讀若毒。與此注自安義合。張行孚《說文發疑》曰：壔者，累土為臺以傳信，即《呂氏春秋》所謂為高保禱於王路，寘鼓其上，遠近相聞是也。禱當為壔之訛。壔是保衛之所，故借其義為保衛。《易經》、《莊》、《老》三毒字，正是此義，（《老子》亭之毒之，《周易》以此毒天下而民從之，毒字並是假借。）《廣雅》所以有毒安也一訓。按（擣）〔壔〕為毒本字，正與門同類，所以門毒對文。」

後一解於義較安，然而文詞本多歧義，語言之多義性恰成就文意之豐美而窩啓發也。劉申叔《論文雜記》曰：「興之為體興會所至，非即非離，詞微旨遠，假象於物，而或美或刺，皆見於興中。……興隱而比顯，興婉而比直耳。」（劉申叔，頁 13）

住宅的意象有助於我們想像身體與人生的關係，然而依身體意象的記號義，我們想到語言是人生在世的居所。

在臨床醫學的眼光之下，我們一再重寫人的定義。我們無法救贖的隔離於那原始語言之外。對康德而言，任何批判的可能性及必要性，預設了確實有一知識為名之物存在。尼采以語言學家之名，聲稱知識與語言的存在有關。無數言語，不論合理或荒謬、具有宣示性或僅是詩意性的，某種高懸於我們頭頂上方的意義，在盲目中引領我們前進中業已成形。而這盲目中成形的意義仍在我們意識幽冥之境外，沉默的等待化為言語而吐露於日光之下。我們歷史的命定要面對歷史，面對關於言詮之格局沉鬱的言詮，面對傾聽既已吐露的言語之責。（Foucault 1989 xv.～xvii.）

思想森林邊緣的草原，角質層浸透了陽光，細胞膜的振幅盪開長日，渴

望無畏光年的海嘯，飽飲浮游的流火，身體因為透亮而飄散，在乾爽的早晨引吭放歌，戀愛是我透明的飛羽，縱然伸展雙翼使我痛澈心肺，擁抱你使我超越反射性的思維，所謂疼痛只存在於恫嚇的語句裡，真理乃文法與語型分析的地獄。清晨飽餐象形文字，每一個細胞都大聲笑著。

然而對言語（parole）本身而言，難道我們必得無可避免地只將其功能視為單純的注疏（commentaire）？注疏對言詮提出質疑，探究其究竟說了什麼及什麼是其真正想說的；同時，它又試著發掘埋藏於言語深部的意涵，使更接近其原始真相以求表裡一致。換句話說，在陳述一些已被說出之事時，我們同時得對那些從未被說出之物進行覆述。（Foucault 1989 xviii）

在被稱之為注疏的活動中，隱藏著某種對語言而發的奇異態度：注疏本身嘗試著將某種古老、頑強且對自己噤聲的言詮轉化為另一種既擬古又現代的繞舌言詮：注疏行為從定義開始便承認了能指（signifiant）無法盡訴所指（sigsifie）；思想被語言遺留於黑暗的餘蔭裡，那黑暗的餘蔭是必要的卻未格式化的孑餘，此殘餘部分正是思想的菁華，卻被排除於自身的秘密之外。（Foucault 1989 xviii）

天國是星光框起上方凝凍的時間，藍幽幽的生活在長方的上古史裡，風雨高歌的條幅隱身於水泥之清版，君子蘭高眺的身影深植在瞳瞳的餘光裡，織女星與人馬座錯落黑檀的案上，於是宇宙以光年書寫歷史，焦黃的書葉聞見雲山的逆旅，墨色濃淡決定了蒼黃翠綠，湖筆端硯徽墨還剩年少的純素，映著遠古遺落的星辰，髫齡的微笑迴旋成化石的年輪，柔軟的輕髮凝視著鬢角與頸後的冥想，揚起時光的波鋒雕刻永恆，天國是萊不尼茲之單子與普朗客的跳躍，然而注疏預設了上述未被說出的部分在言語進行間保持沉默。

而且，由於能指固有的過剩性（surabondance），經由詰問，一些可能原先並未被刻意指涉的內容，得以出聲說話。透過注疏打開文勝於質與質勝於文，雙向溢流的表意之門，同時加諸我們身上一無限的使命：所指永遠有未被指稱意義蓄勢待發，然而能指之旨趣卻又總是如此多歧，以致我也不得不反躬自省，這些我所生產的能指究竟旨趣（veut dire）若何？能指與所指根據彼此分立的現實獲得虛擬的表意活動資源，因而獲致了實體性之自主（substantial autonomy）。彼此可以脫離對方單獨存在，並且能陳述自我：注疏正是存在於這傳聞的空間之中。但在同時，這傳聞的空間又創作了複雜的連鎖，交織成一不以文害辭（expressior）的詩學價值的盤根錯節的網路。能

指並非在翻譯之際沒有同時封印其它意義，但也沒有將所指遺留在取之不竭的保留空間裡。所指僅顯現於一個能指可見的沉濁的世界裡，一個負載過多自身無法掌控的意義的能指。（Foucault 1989 xviii）

> 《莊子・人間世》曰：「……瞻彼闋者，虛室生白，吉祥止止。夫且
> 不止，是之謂坐馳。夫徇耳目內通而外於心知，鬼神將來舍，而況
> 人乎。是萬物之化也……」

《集釋》引《釋文》曰：「闋者，徐苦穴反。司馬云：空也。虛室生白，崔云：白者，日光所照也。司馬云：室比喻心，心能空虛，則純白獨生也。」雖曰純白者光之所照也，虛室實光之迷航，自然數迷失了自然的序列，透明的葉脈太細緻，仲夏的驟雨光芒破空，寒蛇紛紛斷裂，想你的心痛不知可否轉譯成神祕的無理數，想推算光年的半衰期，脈搏變成絕對值十分自然。

注疏基於下述的預設：言語是種翻譯的行動，擁有與意象類似的危險特權，它在表演心意的時候同時封存心思。而且在言詮不斷重複的開放系列中，可以無止境地自我替代。簡言之，注疏棲身於一語言的心理學詮釋之上，此一語言的心理學詮釋展示著注疏自身歷史根源的黯面。（Foucault 1989 xviii～xix）

此注疏實不殊聖經之經解（exegesis），此注疏活動實乃透過禁令，透過徵兆，透過種種實相，透過《啟示錄》的全副機關，傾聽著那亙古常新卻又永遠祕密之上帝的聖言（le Verbe de Dieu）。西方文化經年累月對自身文化之語言的評註，其原點卻正是幾世紀來，對於聖言（la Parole）的論旨徒勞的等待。（Foucault 1989 xix）基督教文化裡，言語具有深刻的宗教意義。而且密切繫於聖若望（St. John）的兩部名著：《若望福音》與《啟示錄》。

請看《若望福音》「1：1 在起初已有聖言，聖言與天主同在，聖言就是天主。1：2 聖言在起初就與天主同在。1：3 萬有是藉著他而造成的；凡受造的，沒有一樣不是由他而造成的。1：4 在他內有生命，這生命是人的光。1：5 光在黑暗中照耀，黑暗決不能勝過他。」所以聖言的論旨並非尋常的決定，而是"to be, or not to be：that is the question："（Hamlet, act III, scene i），此中深植存有學（ontology）的議題。

鐘錶敲響時間的趑音，至於時間是什麼並無人知，為什麼要問時間更無須理會。所以一切言語無涉所謂真實的存在，符號只能喚醒符號。而絲毫無法分辨藍的藍。時間之無知啟示蛇髮魔女失神的雙瞳，如果鐘錶不是古典拜物教的復活節。世界不會寬容你純粹的懷疑，完全的間接性確保了我們戀愛

之美學的正當性，所以時間是一隻粉紫綴珍珠鑽錶。

循著光的軌跡回溯所有的過去完成式，傳說的間距迅速加密，而邏輯的網絡四方潰散。往事成為神話，生命浸透神聖的正當性。理性卻在光的啓蒙中驟然隱去，當歸途急遽縮短而心跳加速，記憶暴露在光的心中，自戀純粹且盲目。不朽的靈魂拋棄紅塵錯落的倒影，越重越小越不可解。惶惑的未來式在身後碎成片片失聲的喟歎：泰初有道，道隱無名。

【參考書目】

1. 王叔岷《莊子校詮》（臺北：中研院史語所，1999 年景印三版）。
2. 朱謙之《老子校釋》（臺北：漢京文化事業有限公司，1985 年）。
3. 李鏡池《周易通義》（北京：中華書局，1981 年）。
4. 李鏡池《周易探源》（北京：中華書局，1978 年）。
5. 河上公（注）《老子》（臺北：廣文書局，1978 年）。
6. 屈萬里《尚書集釋》（臺北：聯經出版事業公司，1983 年）。
7. 屈萬里《詩經釋義》（臺北：華岡出版部，1974 年）。
8. 高亨《周易古經今注》（北京：中華書局，1984 年）。
9. 高亨《周易大傳今注》（濟南：齊魯書社，1987 年）。
10. 張立文《周易帛書今注今譯》（臺北：學生書局，1991 年）。
11. 郭慶藩《莊子集釋》（臺北：木鐸出版社，1983 年）。
12. 宣穎《南華經解》（嚴靈峰《無求備齋莊子集成續編》三十二）。
13. 孫星衍《尚書今古文注疏》（臺北：廣文書局，1975 年）。
14. 陳奐《詩毛氏傳疏》（臺北：學生書局，1972 年）。
15. 劉申叔〈論文雜記〉收錄於羅聯添（編）《中國文學史論文選及集》（一）（臺北：臺灣學生書局，1978 年）。
16. Foucault, Michel *The Birth of the Clinic*, trans.,by A. M; Sheridan Routeledge. 1989
17. Kant, Immanuel *Werke* herausgegeben von Ernst Cassirer （BERLIN VERLEGT BEI BRUNO CASSIRER BAND.III, 1922）
18. Jakobson, Roman：*On Language,* Harvard University Press. 1995.
19. McLaughlin, Thomas. "Figurative Language." In *Critical Terms for Literary Study,* edited by Frank Lentricchia and Thomas McLaughlin. The University of Chicago Press. 1995.
20. Nietzsche, Friedrich. *Grossoktave Ausgabe, Werke in 19 Bänden.* Leipzig：Naumann/Kröner Verlag, Band I. 1905

《金剛般若波羅蜜多經》玄義疏論

【論文摘要】

你說沒有色身將不懂得愛

但你卻不知原來一切只是

「我正在說謊」的弔詭

最終的深情愛說謊

深知身在情常在

於是今人愛說奈米

天文物理學家知道極微的刻度裡

儲存著宇宙的全部倒影

所以今晨醒來覺得牙縫塞滿異物

舌尖剔牙的時候嘗到神的滋味

我不免愛上牙齦腫脹的永生

無奈神諭常夾著一絲幽幽的荒誕

當你退到絕對的隱逝會歸點

自然了悟三十二相無關心的冷笑

一、云何降伏其心：展開形上學議題

什麼是《金剛般若波羅蜜多經》的原始議題？如果就文本論之，「善男子善女人發阿耨多羅三藐三菩提心，云何應住？云何降伏其心？」（《金剛般若波羅蜜多經集註》，23－4，187）無疑是本經的核心議題。

此一議題論及兩心，一是「阿耨多羅三藐三菩提心」，一是爲發阿耨多羅三藐三菩提心而應降伏之心。因此議題的核心進一步趨向：如何詮釋此二心之關係。例如將「阿耨多羅三藐三菩提心」界定爲終極價值，亦即覺悟的心爲最終歸趨。而以心的修練（降伏其心）則爲達到覺悟的途徑。

這種純粹環繞著「心」的議題，首先必須釐清「心」的意義。由「善男子善女人發阿耨多羅三藐三菩提心，云何應住？云何降伏其心？」（《金剛般若波羅蜜多經集註》23～4，187），我們知道「心的覺悟」是「覺悟」的目的，而且透過心的修行，可以達到心的覺悟。

從消極面來看，《金剛般若波羅蜜多經》所議論的「心」，其生理學意象僅供啓發想像的媒介而已，所以「心」的意義不能止於生理學層次。至於此心的意義應止於何處，必須依《金剛般若波羅蜜多經》的議論旨趣與範圍而定。

其實《金剛般若波羅蜜多經》有許多自我指涉的章句，例如「須菩提，一切諸佛，及諸佛阿耨多羅三藐三菩提法，皆從此經出。」（《金剛般若波羅蜜多經集註》82）「無上正等正覺」說明此經觀照宇宙人生一切疑惑的覺悟。佛陀的覺悟豈在泛泛？佛陀的覺悟乃終極的覺悟。所謂終極的覺悟可以由「終極關懷」（ultimate concern）界定之。（Tillich 12～14）

我們可以參考《六祖壇經》試詮《金剛般若波羅蜜多經》的議論旨趣，因爲：「惠能一聞經，心即開悟。遂問客誦何經。客曰：《金剛經》。」（大正藏，卷四十八：348）

又參見：「人雖有南北，佛性本無南北。」（大正藏，卷四十八：348）五祖曾云：「世人生死事大，汝等終日只求福田，不求出離生死苦海。自性若迷，福何可救？」（大正藏，卷四十八：348）可見《金剛般若波羅蜜多經》提出「存有學」的議題，以存有爲議論的主題，探問存有的根源。存有的根源在此經中曰「佛性」也，由明心見性而得正等正覺也。此即禪宗存有學之要旨也。

所以五祖的結論即曰：「無上菩提，須得言下識自本心，見自本性，不生不滅。於一切時中念念自見，萬法無滯，一眞一切眞，萬境自如如。如如之心即是眞實，若如是見，即是無上菩薩之自性也。」（大正藏，卷四十八：348）

宗教的定義：宗教是人類終極關懷精神向度的表現。（Tillich 1964：7）宗教的墮落：宗教如何墮入流俗所謂制度化宗教模型，或出於個人悲情的宗教

風貌？宗教的墮落源自人類現世生活（existence）與性命（true being）的悲劇性異化（tragic estrangement）。（Tillich 1964：8～9）

《金剛般若波羅蜜多經》的議題可以說就是針對上述宗教的墮落而來，試詁宗教哲學的目的：基本以存有學（ontological）方法，超度上述異化為基礎，再輔以宇宙論（cosmological）方法，藉增益新知以尋找存有的根源。（Tillich 1964：10）

終極關懷貞定人生的歸宿，終極的覺悟安頓生命的懸疑，超度存有的焦慮，意義的焦慮，以及道德的焦慮（anxiety）。（Tillich 191～201）此經的價值即所謂：「何況有人盡能受持讀誦，須菩提，當知是人成就最上第一希有之法。」（《金剛般若波羅蜜多經集註》，116～7）然而何謂第一希有之法？

「若復有人得聞是經，信心清淨，即生實相，當知是人成就最上第一希有之法。」（《金剛般若波羅蜜多經集註》136）但是「實相」理念隨即經歷辯證：「是實相者即是非相，是故如來說名實相。」（《金剛般若波羅蜜多經集註》137）此中之深意容後再議，目前只要辨明經旨關乎「實相」即可。

若據《中論》所言：「諸法實相者，心行言語斷。無生亦無滅，寂滅如涅槃。」又曰：「無異無分別，是則名實相。」（《大藏經》卷三十，24）「心行言語斷」者，說明實相不是認知與議論的對象。「無生亦無滅」者，不表現形下世界的生滅變化也。據「涅槃」（virvāṇa）的本義，乃基於對現世的否定。因此我們可以暫時界定「實相」具有「形上學」的意義，也是宇宙人生的終極真理。（Aristotle The Metaphysics 3）

《金剛般若波羅蜜多經》的旨趣不僅關乎「實相」，毋寧更切於「解經」與「傳經」。例如「若善男子善女人於此經中，乃至受持四句偈等，為他人說，而此福德勝前（布施）福德。」（《金剛般若波羅蜜多經集註》112）後文將申詳「布施」在本經中的重要性，但是「解經」與「傳經」的福德竟然遠勝於布施所得福德，可見「解經」與「傳經」的價值。如此呼應上文所云：「何況有人盡能受持讀誦，須菩提，當知是人成就最上第一希有之法。」（《金剛般若波羅蜜多經集註》，116～7）所以下述議題也是本經之大宗：「云何為人演說？不取於相，如如不動。」（《金剛般若波羅蜜多經集註》284）雖云不取於相，但卻不斷的提到「我相人相眾生相壽者相」「如來有三十二相」，本經對於「相」是很講究的。

Paul Tillich 曾強調神學之必要：人的任何精神活動都與言辭、思維、概念有關，人不可有精神而無言辭、思維、概念。宗教是人類最博厚的精神活

動，更加不能退縮到感情（feeling）的領域。（Tillich 1951：15）而我們由此也看見了神學研究之道，「人不可有精神而無言辭、思維、概念。」所以言辭的研究是其中一大關鍵。更由於思維與語言的符應，我們可以確定「詩學」是一切形上學，乃至神學意論的關鍵。

於是我們回到「心學」這個核心議題，可以如此界定：心是追求實相之心，不論實相的辯證義如何，心也具有認知實相的能力，亦即無上正等正覺（阿耨多羅三藐三菩提）之心。心的覺悟觀照著實相，所以本經所謂「心」，可以界定為「形上學的心」。

生理學層次的心，提供了想像的媒介，既引導著思想的推理，也時時障蔽了思想主體的覺悟。生理學層次的心可以說是「心相」，但本經強調心絕不可著相，一旦心住於相就無法證成阿耨多羅三藐三菩提心了。生理學的心與形上學的心之間表現層次的落差，記號與意義之間理解與詮釋的問題，遂成為本經議論的軸線。

依心的形上學意義，我們順著文本將要議論「般若」的方法，亦可曰「虛無主義」（nihilism）的方法。（李霖生，1998：45～52）繼而依心的生理學意象如何表現覺悟的實相，我們不得不議論「金剛經的詩學」。

二、無住相布施：詩學的回應

詩學即文學理論之別稱，具兩重意義，其一謂文學理念的系統化論述，其二意謂某一文本，或某一作者之作品，寫作技巧之分析與評論。（李霖生，2002：8）如果對於「金剛經的詩學」還有懷疑，我們不妨藉區分文學創作與非文學的方法，進一步確立我們的論點。區分文學創作與非文學的方法在於：審視其敘事，若能曲盡細節，則非文藝製作莫屬。創作性顯示為對細節的堅持，以及惱人的省思。（Eco 1998：122）

「爾時世尊，食時著衣持鉢，入舍衛大城乞食，於其城中次第乞已，還至本處，飯食訖，收衣鉢，洗足已，敷座而坐。」（《金剛般若波羅蜜多經集註》，16～18）這一段敘事固然因其陷入細節而耐人玩味，更啟人無盡省思。這固然由於在文藝創作中，或許不易分辨言詮時間與閱讀時間，但當大量時間用於敘述瑣碎事物，無疑產生緩和閱讀速度的策略效果，以致讀者自然滑入作者自信足以享受文本所需的節奏。（Eco 1998：59）

徬徨無為（lingering）有時不僅為了放慢節奏，更是為了讀者能夠享受「凌

波微步」（inferential walks）的美妙時刻，因而時間的日常度量流入虛無的世界，所有的時鐘皆遷化如流水。讀者在傍徨無爲之中，封閉於時間的樹林裡。（Eco 1998：69）

再論「無相」的詩學意義，試覘《金剛般若波羅蜜多經》對於核心問題「善男子善女人發阿耨多羅三藐三菩提心，云何應住？云何降伏其心？」（《金剛般若波羅蜜多經集註》23～4，187）第一個言辨上的回應：「應如是住，如是降伏其心：……所有一切眾生之類，……我皆令入無餘涅槃而滅度之。」（《金剛般若波羅蜜多經集註》33）「無餘涅槃」謂完全脫離所有條件的涅槃，可以說是最徹底的斷滅相。

但是「如是滅度無量無數無邊眾生，實無眾生得滅度者。」（《金剛般若波羅蜜多經集註》34）這是本經許多弔詭論述之一，「滅度無量無數無邊眾生」已是存有的否定，「實無眾生得滅度者」又前述否定的否定。經文並未立即解決這重重自我否定的語句。

真實的答案在於大乘佛學不說斷滅相，「須菩提，汝若作是念：如來不以具足相故得阿耨多羅三藐三菩提。須菩提，莫作是念：如來不以具足相故得阿耨多羅三藐三菩提。須菩提，汝若作是念，發阿耨多羅三藐三菩提心者，說諸法斷滅。莫作是念。何以故？發阿耨多羅三藐三菩提心者，於法不說斷滅相。」（《金剛般若波羅蜜多經集註》260）

我們利用形上世界與形下世界虛擬的差距，具體表現《金剛般若波羅蜜多經》形上學的異端，而將關鍵歸結到「文學表現」的差異。（Cobley 3～4，6～7）但是這樣的結論需要一步一步的證立。

滅度眾生盡入無餘涅槃，那是一個形下世界裡生活語言難以直接論述的世界，因爲所謂「完全脫離所有條件的涅槃，可以說是最徹底的斷滅相。」我們對於涅槃的理解必須透過日常語言對生活世界的描述，我們始終缺乏直接表現涅槃的形上語言。

「菩薩於法應無所住，行於布施。」（《金剛般若波羅蜜多經集註》39）相應於無餘涅槃的形上性，我們對《金剛般若波羅蜜多經》的信仰與理解絕不可依賴形下世界的日常生活語言，更不宜以此世的意象表現彼岸的世界。經文以「住」的意象表現我們對形上世界的理解途徑，「無所住」即表示不宜執著此世的意象理解與表現彼岸的世界。「行於布施」則是以宗教生活的實踐，取代執著形下意象對眞理實相的間接理解。

「應如是布施，不住於相。」（《金剛般若波羅蜜多經集註》46）所以肯定宗教生活的實踐，否定執著形下意象對真理實相的間接理解，是本經的第一要義。關鍵在於與「住」相關卻不相等的詞，加深我們對此要義的理解：依，藉，住，本。不住於相，卻無妨暫依於相，人之於相須即離自在。

以「住」說「相」，是本經妙得言詮之一。因此我們可以將「相」詮釋為一建築（building）。「相」是語言的建築，它成為意義的住所。在此「語言」是廣義的語言。「相」或從視覺形象（表象），或從屬性，或從象徵約定，建立意義的載體（agent），意義與「相」的關係可以類比為人與其居所的關係。我們常常在居住者缺席時，由建築的內外裝置辨識其風格，進而推想居住者的人格特質。其間的映比並非單調的一對一，而是交光互映的多對多關係。

然而人們常將居住者的性格與其居所的建築風格，簡單等同起來以利於辨識其存在，此舉雖有利於分類與宰制，卻助長了想像力的惰性。「不住於相」的前提應是「不住於一相」。「不住於一相」的正面意義則在於「遍在於諸相」，無入而不自得，卻又出入自在。如是的申論猶待下文更細密的推敲。

「不住於相」就不說斷滅相，不說斷滅相則可依於諸相以說諸法實相。「不住於相」所積極開拓的意義在於更大的自由與更多的創作力。因為不應安住於相，所以在諸相間遷流不息，昭示了靈活運用諸相的辯證機制（mechanism）。能夠靈活運用諸相的前提在於無限寬廣的心量。般若的空不僅不是貧乏歸零的空洞虛無，反而是充滿無限可能性的自由。故曰：「東方虛空可思量不？……南西北方四維上下虛空可思量不？不也。世尊。須菩提，菩薩無住相布施，福德亦復如是不可思量。」（《金剛般若波羅蜜多經集註》51～2）

後人閱讀「虛」「空」二詞，解釋不免流於泛泛。其實案諸經文，《金剛般若波羅蜜多經》所云「虛空」原本就有雋永的界定。所以「虛」「空」概念在此經中，不應流於消極的「虛無主義」，反而應以上引經文豐富「虛空」的意義。

所謂「不可思量」的「虛空」是「無限」，而「福德亦復如是不可思量」則說明「虛空」其實「無限豐富」。在無限虛空裡產生無限豐富的內涵，依《金剛般若波羅蜜多經》的脈絡，必須扣緊了「無住相布施」的實踐哲學。上文既曰「不住於相」所積極開拓的意義在於更大的自由與更多的創作力，而「行於布施」以宗教生活的實踐，取代執著形下意象對真理實相的間接理解。因

此「無住相布施」意謂透過宗教實踐，超度生命理念與生活現實之間的疏離（alienation，Entfremdung）。（Hegel 154）生命產生疏離的緣由，依本經的詮表，實來自「住於相」。

具「相」是能「見」的條件，因此所謂「不住相」「不取相」，甚至「不取於相，如如不動。」（《金剛般若波羅蜜多經集註》284）「離一切諸相，即名諸佛。」（《金剛般若波羅蜜多經集註》140～1）「若以色見我，以音聲求我，是人行邪道，不能見如來。」（《金剛般若波羅蜜多經集註》256）都預設了「相」的存在，因為若無相存在，教人如何理解「非相」？

《金剛般若波羅蜜多經》再三叮嚀「不取於相，如如不動。」（《金剛般若波羅蜜多經集註》284）正反映「相」的必要性，「相」在人類認知活動中不可或缺的地位。「相」雖是假名而非實體，但無相則無知，甚至無以生活。因為天地萬物都可作為「相」，以媒介人類的認知活動。我甚至可以說：一物如果不能用來作假，它就無法認真，甚至無以識物（If something cannot be used to tell a lie, conversely it cannot be used to tell the truth：it cannot in fact be used 'to tell' at all.）。（Eco1976：7）

「佛告須菩提，凡所有相皆是虛妄。若見諸相非相，即見如來。」（《金剛般若波羅蜜多經集註》56）所謂「虛妄」無疑具有負面意義，「諸相非相」但也無可諱言利用了否定詞的妙用。這正是詩學以虛擬之法「否定」現實的作用，產生了「解放」（liberation）的效應。

三、無有定法如來可說：信仰與想像

一部卓越的小說：以倒敘（flashbacks）與預告（flashforwards）交錯進行的機制，以及植基於一組深植記憶的倒敘上的基礎機制（fundamental mechanism）。（Eco 1998：29）《金剛般若波羅蜜多經》以如是文學性的敘事手法，提出信仰（Faith）的命題：「如來滅後，後五百歲有持戒修福者，於此章句能生信心，以此為實。當知此人，……已於無量千萬佛所種諸善根。」（《金剛般若波羅蜜多經集註》59～60）突顯佛學雖以覺悟為核心義理，在宗教情懷上卻絕不輕忽。然而本經既以「發阿耨多羅三藐三菩提心」為核心義理，「信仰」與「心的覺悟」究竟有無矛盾？

「聞是章句，乃至一念生淨信者，須菩提，如來悉知悉見，是諸眾生得如是無量福德。」（《金剛般若波羅蜜多經集註》61～2）以信仰作為無量福德

的前提，不僅說明信仰的重要性，更點出透過理性證成無上正等正覺的困難程度。

但是信仰與詩學裡的技術性的「擱置不信」（the suspension of disbelief）有何不同？模範讀者應能技術性的「擱置不信」。（Eco 1998：75）它是模範讀者的本質，如是，則任何創作（fiction）才提供閱讀者解消存有焦慮的效應。（Eco 1998：69）（Eco 1998：87）

例如神話的頂級功能在於賦予人類生活一種形式。（Eco 1998：87）除了美學理由，我們閱讀小說乃因為它門讓我們在此真理備受爭議的世界，獲得舒適的生活感受，而且現實世界似乎更具教導性。創作世界裡的「揭露真理的特權」（alethic privilege）為文學作品提供詮釋的參數。（Eco 1998：91）

然而因為「以實無有法得阿耨多羅三藐三菩提，……如來者即諸法如義。」（《金剛般若波羅蜜多集註》197～8）又云「如來所得阿耨多羅三藐三菩提，於是中無實無虛。」（《金剛般若波羅蜜多集註》200）如此辯證的言詮，與其說是信仰的證言，不如說是創作世界裡的「揭露真理的特權」。

在此經中，信仰所致福德還有一重保證：「如來悉知悉見」。如此我們在信仰裡看見一種神人關係，其實我們是在「通觀」（perspective）裡證立此種神學議題的存在。下文環繞著是否可以三十二相見如來的問題，例如：「佛言：須菩提，若以三十二相觀如來者，轉輪聖王即是如來。」（《金剛般若波羅蜜多經集註》253）又曰：「須菩提白佛言：世尊，如我解佛所說義，不應以三十二相觀如來。」（《金剛般若波羅蜜多經集註》254）如來與信眾在互見中，證成無量福德。

其實當本經說「不住相」「不取相」，甚至「不取於相，如如不動。」「離一切諸相，即名諸佛。」正是遍歷一切相的意思，因為遍歷一切相，所以不停駐於任何一相。因為是無盡的歷遍一切相，所以不能以有限的相（例如三十二相）窮竟一切色相。反而人在「如來悉知悉見」的神通啟示之下，發現如來的注視形構了一切通觀的「隱逝會歸點」（vanishing point）。（Cole 6～7）人仰望如來，在信仰的觀想裡，其想像力得到開發，在佛智慧的迴映下，善男子善女人也產生遍歷一切諸相的通觀。

何以證明「不取於相」反而意謂著「遍歷諸相」，而且其相無量？「何以故？是諸眾生若心取相，即為著我人眾生壽者。若取法相，即著我人眾生壽者。若取非法相，即著我人眾生壽者。是故，不應取法，不應取非法。」（《金

剛般若波羅蜜多經集註》64～5）「不取」是爲了「不著」，運用否定詞達成解黏釋縛，使我們的想像力獲得解放。

所謂「相」還只是理念的媒介，是承載意義的載體。我們姑且稱相所承載的理念爲「法」，此經以「不取相」還不足以解放我們對相的執著，所以它又進一步否定「法」的實在性（reality）。「須菩提，於意云何？如來得阿耨多羅三藐三菩提耶，如來有所說法耶？」（《金剛般若波羅蜜多經集註》69～70）

「須菩提言：如我解佛所說義，無有定法名阿耨多羅三藐三菩提，亦無有定法如來可說。何以故？如來所說法，皆不可取，不可說。非法，非非法。所以者何？一切聖賢皆以無爲法而有差別。」（《金剛般若波羅蜜多經集註》70～3）

《金剛般若波羅蜜多經集註》引顏丙曰：「無爲者，自然覺性，無假人爲。」（74）亦即人不透過媒介，直接覺悟佛性。達到這種直接領悟就是「不思議境」，因爲任何有限人生的思想或議論，相對於無限的真理實相，都只是鏡花水月，永遠無法觸及花月本體。

即使我們使用抽象與普遍的共相（universal concepts），它們終究只是一個說法，一個理念的媒介（media）。「相」越是普遍至於神似實相自身，越易於剝奪我們的想像力，令我們執著假名以爲實相。故云：「須菩提，所謂佛法者，即非佛法。」（《金剛般若波羅蜜多經集註》84）以上概論理念與教義（dogma），以下幾個命題則以位格意象爲解放的意象：

> 須陀洹名爲入流而無所入，……是名須陀洹。（《金剛般若波羅蜜多經集註》85～6）
>
> 斯陀含名一往來而實無往來，是名斯陀含。（《金剛般若波羅蜜多經集註》88）
>
> 阿那含名爲不來而實無不來，是名阿那含。（《金剛般若波羅蜜多經集註》90）
>
> 若阿羅漢作是念，我得阿羅漢道，即爲著我人眾生壽者。（《金剛般若波羅蜜多經集註》91～2）
>
> 如來者，無所從來，亦無所去，故名如來。（《金剛般若波羅蜜多經集註》268）

如來是最高的位格意象，下文對於此一終極位格意象還會有所議論。另一類與位格意象相關的意象是身體意象（body-image）：

佛說非身是名大身。(《金剛般若波羅蜜多經集註》107)
還有一類意象乃表現交互主體性（inter-subjectivity）的神聖社群或領域：

莊嚴佛土者，即非莊嚴，是名莊嚴。(《金剛般若波羅蜜多經集註》
101)

如果以「實相」概括一切終極理念的意象，則下引命題正可作一小結：「是實相者即是非相，是故如來說名實相。」(《金剛般若波羅蜜多經集註》137)即使實相之相都必須透過否定詞，獲得解放的效應，其它意象（相）更不在話下。

四、不說斷滅相：詩學的神學底蘊

前述眾生於信中仰望如來，在信仰的觀想裡，其想像力得到開發，在佛智慧的迴映下，善男子善女人也產生遍歷一切諸相的通觀。回應本文最初提示的議題，心的修行究竟以否定為原理，斷滅一切念想？抑或真的須遍歷諸相？「如來有肉眼……如來有佛眼。……爾所國土中，所有眾生，若干種心，如來悉知。何以故？如來說諸心皆為非心，是名為心。……過去心不可得，現在心不可得，未來心不可得。」(《金剛般若波羅蜜多經集註》212～220)

據上引章句，心的修行應該不是增益，而是逐層消去。如此就呼應了「不取相」「不住相」的虛無主義式詮釋，名相層層剝落即存有的層層剝落。再如：「如來無所說。」(《金剛般若波羅蜜多經集註》123) 又「如來說世界非世界是名世界。」(《金剛般若波羅蜜多經集註》125) 以及「如來說三十二相即是非相是名三十二相。」(《金剛般若波羅蜜多經集註》128～9)

上三句的排列是原典的敘述次第，只要稍作調整，讀者不難發現其虛無主義的性格：首先「如來說三十二相即是非相是名三十二相。」是終極位格意象自我的否定。其次「如來說世界非世界是名世界。」則是終極位格意象否定了客觀世界存在的正當性。最後「如來無所說。」是最徹底的否定，一切思與議歸零。

但是上述的詮釋偏離了原義，須知「須菩提，汝若作是念：如來不以具足相故得阿耨多羅三藐三菩提。須菩提，莫作是念：如來不以具足相故得阿耨多羅三藐三菩提。須菩提，汝若作是念，發阿耨多羅三藐三菩提心者，說諸法斷滅。莫作是念。何以故？發阿耨多羅三藐三菩提心者，於法不說斷滅相。」(《金剛般若波羅蜜多經集註》260)

例如「離一切諸相，即名諸佛。」(《金剛般若波羅蜜多經集註》140～1）言「離」而不言「斷滅」，所以「如來無所說。」並非意義與表現歸零，而是不可偏執如來所說者爲定法。否則「如來說世界非世界是名世界。」「如來說三十二相即是非相是名三十二相。」的句義明顯自相矛盾。揆諸句義，如來實有無盡的言說：既能說 a，說 −a，說 a = −a，說 a +(−a) = a'。其中展現的辯證邏輯遠逾素稱精確的數學語言。其言詮的形式高明而內容豐富，何至於歸零。

其實我們早已發現《金剛般若波羅蜜多經》特殊的詮表形式，如以下引章句爲例：

> 如來說第一波羅蜜即非第一波羅蜜，是名第一波羅蜜。(《金剛般若波羅蜜多經集註》143）

> 忍辱波羅蜜如來說非忍辱波羅蜜，是名忍辱波羅蜜。(《金剛般若波羅蜜多經集註》145）

這種言詮形式不僅不是表現能力的匱乏貧弱，反而表現出豐富強大的言詮能力。它們不是剝奪想像力，反而實現更大的想像潛力。所謂：「如來所得法，此法無實無虛。」(《金剛般若波羅蜜多經集註》160）說明我們奉爲眞理判準的概念界限，其實在弔詭的語句之前有多麼荒唐與無力。

《金剛般若波羅蜜多經》在名相層次上層層剝落，於是想像力愈見高明博，厚最後會歸於「佛智慧」，以佛智慧諦觀則「須菩提，當來之世，若有善男子善女人能於此經受持讀誦，即爲如來以佛智慧悉知是人悉見是人，皆得成就無量無邊功德。」(《金剛般若波羅蜜多經集註》163～4）試覘神學的定義：Theos 意謂唯一眞神或神聖事物，Logos 是言與道。神學就是神之道，或神之推理，即神學的原始定義。(Tillich 1951：15）我們則特別強調神學是以神的高度，遍觀宇宙與人生。如此，回應上述的隱逝會歸點。

雖然說「如來所得阿耨多羅三藐三菩提，於是中無實無虛。」(《金剛般若波羅蜜多經集註》200）其實阿耨多羅三藐三菩提者，既明無實無虛，則虛實眞幻空有之際可出入自得。即所謂：「如來者，無所從來，亦無所去，故名如來。」(《金剛般若波羅蜜多經集註》268）

語轉至此，《金剛般若波羅蜜多經》的核心議題性質數變，由形上學而詩學，由詩學而神學矣。其神學是以佛智慧的絕頂，觀照無量意象的繁華流轉，亦即由佛陀爲位格所實現的詩學也。「以實無有法得阿耨多羅三藐三菩

提，……如來者即諸法如義。」（《金剛般若波羅蜜多經集註》197～8）此章句所云「如」，就滋潤著這層詩學而神學的奧妙。

議論至此，我們正可據下引章句，證立《金剛般若波羅蜜多經》的文學理論：「是故，如來說一切法皆是佛法。」（《金剛般若波羅蜜多經集註》197～8）須知雖曰「一切法」，其實無一法名「一切法」，故曰：「所言一切法者，即非一切法。是故名一切法。」（《金剛般若波羅蜜多經集註》203）

名相是一種範疇化的約制力量，所以本經無時不以剝落名相的辨識爲務，故曰：「實無有法名爲菩薩。」（《金剛般若波羅蜜多經集註》206）又曰：「若菩薩通達無我法者，如來說名眞是菩薩。」（《金剛般若波羅蜜多經集註》210）常識以名實空有相對，本經名相的虛無主義則連「法」與「說法」皆排去，所謂：「須菩提，汝勿謂如來作是念，我當有所說法。莫作是念，何以故？若人言如來有所說法，即爲謗佛，不能解佛所說故。須菩提，說法者無法可說，是名說法。」（《金剛般若波羅蜜多經集註》231～2）

但是不經過「虛無主義」詩學的解放，凡夫無法達到無量心，無法以神的遍觀與悲願周遍法界，所以《金剛般若波羅蜜多經》的神學是以解放詩學爲根柢的神學，爲禪宗之教別開生面：「是法平等，無有高下，是名阿耨多羅三藐三菩提。以無我、無人、無眾生、無壽者，修一切善法，即得阿耨多羅三藐三菩提。須菩提，所言善法者，如來說即非善法，是名善法。」（《金剛般若波羅蜜多經集註》240～3）

個人有限的生命裡，虛無主義不是生活的目的，而是解脫生活贅餘與障蔽的途徑。所以說：「以無我、無人、無眾生、無壽者，修一切善法，即得阿耨多羅三藐三菩提。」解放想像的黏滯束縛後，修一切善法，此即《金剛般若波羅蜜多經》的詩學原理。只是依此原理，連詩學的名相都應超度之。

參考書目

1. 日本東京大藏經刊行會：《大正新脩大藏經》，臺北，世樺印刷企業，1998年。

2. 朱棣（集注）：《金剛般若波羅蜜多經集註》，臺北，文津出版社，1989年。

3. 李霖生：《尼采：超越善與惡》，臺北，臺灣書店，1998年。

4. 李霖生：《華嚴詩學》，臺北，文史哲出版社，2002年。

5. 季羨林，〈原始佛教的語言問題〉《季羨林文集》（江西教育出版社，1998

年）。第三卷，頁 400～410。

6. 季羨林，〈再論原始佛教的語言問題〉《季羨林文集》（江西教育出版社，1998 年）第三卷，頁 411～439。

7. 季羨林，〈三論原始佛教的語言問題〉《季羨林文集》（江西教育出版社，1998 年）第三卷，頁 459～506。

8. 季羨林，〈《原始佛教的語言問題》自序〉《季羨林文集》（江西教育出版社，1998 年）第三卷，頁 507～513。

9. 季羨林，〈作詩與參禪〉《季羨林文集》（江西教育出版社，1996 年）第六卷，頁 448～475。

10. 季羨林，《季羨林文集》（江西教育出版社，1996年）第五卷

11. 季羨林，《季羨林文集》（江西教育出版社，1996年）第八卷「比較文學與民間文學」。

12. 傅雷，〈翻譯經驗點滴〉《傅雷全集》（瀋陽：遼寧教育出版社，2002 年）頁 224～7。

13. 陳寅恪，〈禪宗六祖傳法偈之分析〉《金明館叢稿》二編（北京：三聯書店，2001 年）頁 187～191。

14. 陳寅恪，〈武曌與佛教〉《金明館叢稿》二編（北京：三聯書店，2001 年）頁 153～174。

15. 陳寅恪，〈與劉叔雅論國文試題書〉《金明館叢稿》二編（北京：三聯書店，2001 年）頁 249～257。

16. 陳寅恪，〈馮友蘭中國哲學史上冊審查報告〉《金明館叢稿》二編（北京：三聯書店，2001 年）頁 279～281。

17. 陳寅恪，〈馮友蘭中國哲學史下冊審查報告〉《金明館叢稿》二編（北京：三聯書店，2001 年）頁 282～285。

18. 陳寅恪，〈論禪宗與三論宗的關係〉在《講義與雜稿》（北京：三聯書店，2002 年）頁 431～439。

19. 錢鍾書，《談藝錄》（北京：三聯書店，2001 年）下卷。

20. 顧頡剛，〈禪宗盛於唐末五代〉《顧頡剛讀書筆記》（臺北：聯經出版事業公司，1990 年）第一卷。

21. Aristotle：*Metaphysics,* in the Loeb Classical Library, LCL271, trans. by Hugh Tredennick, Cambridge, Harvard university press, 1989.

22. Cobley, Paul：*Narrative*, London ＆ New York：Routledge, 2001.

23. Cole, Alison：*Perspective*, Dorling Kindersley, 1992.

24. Eco, Umberto：*A Theory of Semiotics*, Indiana University Press, 1976.

25. Eco, Umberto：*Six Walks in the Fictional Woods*, Harvard University Press,

sixth printing, 1998.

26. Hegel, Georg Wilhelm：Werke：in 20 Bd., Suhrkamp Verlag Frankfurt am Main, Bd. 3, 1986.

27. Tillich, Paul：*Systematic Theology*, vol. 1.The University of Chicago Press, 1951.

28. Tillich, Paul：*Theology of Culture*, Oxford University Press, 1964.

《金剛經》的夢幻詩學

【摘要】

《金剛經》：「一切有爲法，如夢幻泡影，如露亦如電，應作如是觀。」
如何「不可以三十二相見如來」？如何「若見諸相非相，則見如來。」以下
試論何謂「三十二相」。「三十二相」代表了一種神話的思維、神話的邏輯，
這一組神話的隱喻和轉喻，以遮詮如來。三十二相就是人藉以自我認知的身
體形象，這些身體形象以隱喻/轉喻啓示生命的眞理，超度困頓窮窘的人生。

隱喻意謂其衍義與本義共享同一意義範疇，以及連續存在之存有物的接
續關係，則指萬物流轉先後相繼的歷時性。因於歷時性的隱喻則從參與一意
義結構，始得成就其意義之轉輸。

而轉喻則建立在較具空間意義的並存關係網中，且將讀者引往事件與情
境的歷史世界，Roman Jacobson 於是因建構語言的兩軸，即同時存在之存有
物的並存關係，指當下萬物競流所呈現的共時性，因於共時性的轉喻基於特
定文本演繹出的聯想，成就其意義之轉輸。

能常保覺醒的人必是生命力極強的人，只有極強的生命力可以確保終極
的悲願。生命力逐級顯現，源源不絕。覺醒的生命力就是「聞是章句，乃至
一念生淨信者，須菩提，如來悉知悉見，是諸眾生得如是無量福德。」而無
相爲體正說明了三十二相的神話，只有作爲無處不在的永恆意志凝視無限時
空的唯一例證時，化爲鮮明可感的眞理。（Nietzsche Werke I：112）

關鍵詞：三十二相、隱喻/轉喻、無相爲體、禪宗

第一節　相皆是虛妄

《金剛經》中有一句話頭，「佛告須菩提，凡所有相皆是虛妄。若見諸相非相，即見如來。」（金剛般若波羅蜜經集註，頁 56）此句義深富禪機，由此化出許多妙詮。但此句義植基於「三十二相」，所以須先演繹三十二相，方知如何「不可以三十二相見如來」？如何「若見諸相非相，則見如來。」以下試論何謂「三十二相」。

「三十二相」代表了一種神話的思維、神話的邏輯，源自印度文化，影響深及於佛家的神話系統。用「三十二相」這一組神話的隱喻和轉喻，以遮詮如來，如來也就只是一個權宜的說法。如來意思是「如其來」，如來就好像沒來，《金剛經》裡所解釋的是「不來不去」，既沒有來也沒有走，所以說就很難去形容那個真相、生命的真實，生命的真相出現時是什麼樣子。所以說生命的真相不叫真相，也可以說「真如」，真如也只是「如其真」，因此免於「誤置具體性的謬誤」。

「誤置具體性的謬誤」（the fallacy of misplaced concreteness）源自「簡單定位」的預設，所謂簡單定位乃建立於古典物理學的時空觀上，而古典物理學的時空觀將存有物在「時間—空間」中的存在樣態，表述為一組標示座標位置的數碼，此一數碼組則表現著「物的瞬間樣態」。（Whitehead 51）「簡單定位」的意義類同於《金剛般若波羅蜜經》所謂「住」。

「三十二相」是一種神話，神話固然本義是故事，卻有超乎現實與超乎理性之特性，應具有三重特性：典範（paradigm）、完美化（perfection）、可能性（possibility）。（Coupe 1～9）欲成為典範須先能完美化，完美的典範乃可於歲月遷流裡，常能啟發人超脫現實的可能性。而「三十二相」就是表現了神話的完美化。諸相的次第，這裡是依《大智度論》第八十八卷娓娓道來。

三十二相是轉輪聖王與佛之應化身所具足之三十二種殊勝容貌與微妙形相，又作三十二大人相、三十二大丈夫相、三十二大士相、大人三十二相，與八十種好（微細隱密者）合稱「相好」。三十二相由人的身體形象來，蓋因神話表現眾神過著人的生活，遂使人生得以正當，此乃唯一令人滿意的自然神學（Theodicee）。（Nietzsche Werke I：36）

若一文化喪失了神話，必將喪失其健康的自然創造力。唯有神話環抱起的地平線足以統整文化運動於圓融無礙之一體。現代人的歷史教育使他只能透過學術的盤剝，以抽象概念為中介理解神話，此即神話的式微。（Nietzsche

Werke I：145～6）神話具有文學揭露眞相的特權（alethic privilege）。

何謂文學具有揭露眞相的特權？蓋因我們藉敘事方略（narrative schemes）賦予萬有以形貌（shape），因此印證了存在性預設（existential presuppositions）的勢力有多大。（Eco 1998：99）當我們以語言指點萬有之際，萬物群生的存在始豁然朗現，暴露在生命的強光之下。天地萬物的存在實後於我們的言語所示。

除了美學理由，我們閱讀小說讓我們在此眞理備受爭議的世界，獲得舒適的生活感受，而且現實世界似乎因而更具有教導性。綜上所述，即所謂創作世界裡的「揭露眞理的特權」爲文學作品提供了詮釋的參數。（Eco 1998：91）人於生死交關，難免興起存有的焦慮，（anxiety of being）而閱讀可以解消存有的焦慮。（Eco 1998：69）神話的國度開啓永生的理想，人生遂於有限的生涯窘境，庚向無限的生命疆境。

三十二相的意義就在於它是建立在完美身體形象之上的神話。萬有被塑形之前，時間並未成爲認知的條件，然而對於有限的人生，時空體是其認知的先驗條件。人生的意義湧現於時間的地平線之上，而時間的理念實現於時間的度量中，時間的度量因計時器（chronoscope）而異，計時器則因材質而異。人藉身體形象認知自我生命的意義，三十二相就是人藉以自我認知的身體形象，這些身體形象以隱喻（metaphor）/轉喻（metonymy）啓示生命的眞理，超度困頓窮窘的人生。

隱喻意謂其衍義與本義共享同一意義範疇，而轉喻則建立在較具空間意義的並存關係網中，且將讀者引往事件與情境的歷史世界，Roman Jacobson於是因建構語言的兩軸，即同時存在之存有物的並存關係（concurrence），以及連續存在之存有物的接續關係（concatenation），發展其轉喻與隱喻的相關論述，予後學高明博厚之啓發。（1998：117～120，129～133）

所謂並存關係（concurrence）指當下萬物競流所呈現的共時性（synchronism），因於共時性的轉喻基於特定文本演繹出的聯想（associations），成就其意義之轉輸（transfer）。至於接續關係（concatenation）則指萬物流轉先後相繼的歷時性（diachronism）。因於歷時性的隱喻則從參與一意義結構（from participation in a structure of meaning），始得成就其意義之轉輸。（Mclaughlin 83～84）

第二節　隱喻與轉喻

關於三十二相名稱之順序，各有異說，今依《大智度論》所載序列如下：

（一）足下安平立相，又作足下平滿相、兩足掌下皆悉平滿相。即足底平直柔軟，安住密著地面之相。神學的詮釋謂佛於因位行菩薩道時，修六波羅蜜所感得之妙相，此相表引導利益之德。足下平滿相說如來佛兩足掌下皆悉平滿相。

這按照生理的角度來看，是不健康扁平足。但是爲什麼把扁平足當作一個最完美的神話意象？因爲關鍵就在足底平直柔軟，表現安住密著地面。這一種完滿，因爲腳踏實地、安住。

足下平滿相何以要讓腳跟完全的密合地面，因爲這是一種圓滿，但這顯然是違背現實的，而違背現實就是超現實的意思，這是神話的一個特質。神話有超現實與超理性，違背生理學的特性。按照理性來講扁平足是不好的，但是袍卻認爲「足下平滿」與地面完全密接是最理想的，轉喻一種生命的境界。

這雙腳足下安平立相與大地密切接合所蘊含的一個轉喻。這雙腳足下安平立相與大地密切接合的並存關係（concurrence），表現當下萬物競流所呈現的共時性（synchronism）。這雙腳足下安平立相演繹出與大地密切接合意象的聯想（associations），成就其圓滿安立之意義轉輸（transfer）。

所謂指因於共時性的轉喻，如同國王與王冠的例子，國王出現時都戴著王冠，所以說看到王冠就會聯想到國王，國王代表了權力，所以王冠也代表了王室的榮耀。王冠的屬性與國王無涉，但王冠總是同時出現在國王的頭上，所以說這一塊貴重金屬與寶石鑲嵌而成的帽子，它所代表的涵意是由它所關聯的東西所詮釋的。

第一個相「足下安平立相」表現個別的生命、個別的身體形象，其實是歸屬於天地萬物的完滿的大生命，才能夠表現出完美、安定、安住出來。「足下安平立相」的轉喻是超乎理性、超乎現實，卻表現了更高的眞實，神話的眞實，代表一種理想的生命中的眞實。

（二）足下二輪相，又作千輻輪相。即足心現一千輻輪寶之肉紋相。神學的說法謂此相能摧伏怨敵、惡魔，表照破愚癡與無明之德。或謂「足」亦指手足，故又稱手足輪相、手掌輪相。

首先講安住，「足下平滿」代表了安立、安住。但現在這平滿的足底下又出現了千輪。輪的隱喻是，平滿相是一個空間的相，在空間的思維裡，把宇

宙群生萬物，十法界、三世間，全部想成一個統一圓滿的生命、世界，只有一個貫通的互相通達的，沒有個別的。而沒有個別就沒有個別所造成的無常，就沒有個別的無常所造成的痛苦，沒有痛苦就得到快樂，即「離苦得樂」，這一切都是由空間這個向度而言。

「輪」這個意象是具有時間的思維，時間的向度就進來了。「輪」有輪轉、流轉的意思，表現萬物流轉先後相繼的歷時性（diachronism）。所以說「千輪」是跟這個完整、統一、惟一的大生命大空間相呼應的無限種可能的時間，所有的時間都能夠觀照到都能夠安住。

所以腳底平圓滿的腳踏實地粘著大地產生的轉喻之後，還出現腳底有一千個輪的意象，因於接續關係（concatenation）指涉的歷時性的一意義結構，從千輪參與流轉得成時間向度的無限可能之隱喻。

（三）長指相，又作指纖長相、指長好相、纖長指相。即兩手、兩足皆纖長端直之相。神學的詮釋謂其係由恭敬禮拜諸師長，破除憍慢心所感得之相，表壽命長遠、令眾生愛樂歸依之德。人若少了任何一指都是非常不便的。缺一個手指就很了不得，就會覺得生命有所殘缺。

中國人講「十指連心」，長指相何以代表一種完滿，手指靈活是非重要的一件事情。靈活運動大姆指，在人類學上有重大意義，因為能掌握就能使用工具。中國人的手相學聲稱手相表現人生的地圖，從這個地圖可以看出一個人一生的吉凶禍福。長指相是一個完美的、靈巧的、技藝、技能的一種轉喻，纖長的手指使人聯想它們靈活的生產活動，靈巧的纖美手指旁總是有相稱的精美產品，所以指纖長相是一種轉喻。

（四）足跟廣平相，又作足跟圓滿相、足跟長相、腳跟長相。即足踵圓滿廣平，神學說法認係由持戒、聞法、勤修行業而得之相，表化益盡未來際一切眾生之德。腳跟和走路的節奏有關，腳跟－腳掌－腳尖－腳跟－腳掌－腳尖。一個人的腳跟是不是著地，是不是能夠腳踏實地的行進，走路是不是能夠有一種節奏、旋律、音樂感這很重要，這代表了生命的一種旋律、節度。人的身體就是一個樂器，我們用這個樂器演奏一生惟一的一首交響曲。

生命的節奏是很具象的，不是抽象的，就是走路而已，只要行得正坐得直，頂天立地、堂堂正正。隱喻意謂其衍義與本義共享同一意義範疇，儀態若沉著從容則可視為君子人也。走起路來行起事來非常有節度，自然能夠安定人心，所以就能度化眾生，這是一個隱喻，所以說這裡面有一個功德「表

化益盡未來際一切眾生之德。」

從空間看腳跟廣平的意象，腳跟要廣平這是隱喻此一人行事，是否能有度、有節，是不是非常的安定，不只要安定自己也要安定別人。足跟廣平相說一個人一出場就是氣度非穩重，所以說而轉喻則建立在較具空間意義的並存關係網中，且將讀者引往廣平的事件與情境之歷史世界。

（五）手足指縵網相，又作指間雁王相、俱有網鞔相、指網縵相。即手足一一指間，皆有縵網交互連絡之紋樣，如雁王張指則現，不張則不現。神學的詮釋謂此相乃由修四攝法、攝持眾生而有。能出沒自在無礙，表離煩惱惡業、至無為彼岸之德。

這跟佛家最原始的隱喻有關，是講一條河分開此岸世間與彼岸極樂世界。人生的意義則在於渡自己或兼渡眾生，總結就是要渡河。渡河有大的船小的船不同，坐大的船或小船，假定有一個人的手足之間都長了蹼，可以游泳過河，所以渡人的能力特別強。

無論在那一個文化裡，關於變形神話，即身體形象轉變的神話，大部份都跟生命力特別強盛有關，換言之，變形作為一個隱喻，身體形象不一樣的時候，通常代表著一種生命力相當旺盛，乃至於超人的、神人的生命力。例如一個人能隱去自己的身體，而能隱形就會掌握了一種別人所沒有的力量。權力造成腐化，絕對的權力造成絕對的腐化，若說一個人能變形就趨近於絕對的權力，權力也就是生命力的意思，若能變形的話生命力就無限的發揚了。如果可以變形的話那就可以永生了吧，這是生命力無窮的展現。

「手足指縵網相」這個異樣、變態、變形事件所隱含的、指涉的，非常旺盛的生命力，而這個生命力是屬於如來佛的，屬於如來的一個相，這個相是跟渡人的悲願並行。「手足指縵網相」是可以「能出沒自在無礙，表離煩惱惡業、至無為彼岸之德」前提是「出沒自在無礙」因為手腳有蹼，能夠入水，說不定還能飛上天去，因為說像「雁王」。不但能下水像水族悠游自在在水中，在陸地上當然沒問題，在天上說不定可以飛呢，所以說能夠「出沒自在」就表示一種生命力的強度。所以說能夠上天入地三棲動物，那生命力是非常強。

同時「手足指縵網相」基本上是一個轉喻，因為有蹼的手腳常使人聯想它在水中或空中的情境，所謂轉喻建立在較具空間意義的並存關係網中，且將讀者引往事件與情境的歷史世界。蹼的事件與情境，就是游泳與飛翔的歷史世界。

（六）手足柔軟相，又作手足如兜羅綿相、手足細軟相。即手足極柔軟，如細劫波毳之相。神學的詮釋謂此相係以上妙飲食、衣具供養師長，或於父母師長病時，親手為其拭洗等奉事供養而感得之相，表佛以慈悲柔軟之手攝取親疏之德。中國古老的相法說，貴人手如綿，像棉花一樣非常柔軟而且多肉。其實這裡所指的並不是所謂生理上的手軟的問題，而是手段、手法、行事，做事情非常的柔軟、低調、圓融、圓滑，非常體貼的隱喻。什麼東西在柔軟的手上都不會弄壞、不會壞事。「手足柔軟相」就是要強調這個意象，是超乎命理、物理、生理的，如果說手相也是一種神話，那麼這也是超乎一般的神話。「以上妙飲食、衣具供養師長，或於父母師長病時，親手為其拭洗等奉事供養」奉事供養的心情必須非常柔軟、體貼，這裡面要包含著一顆非常柔軟的心才行。此處柔軟的意象先是一種轉喻，因為柔軟如兜羅綿的手可以十分熨貼的承接與安撫，使人聯想受到十分熨貼的承接與安撫的情境。而手柔軟如兜羅綿，其柔軟熨貼的意象與「以上妙飲食、衣具供養師長，或於父母師長病時，親手為其拭洗等奉事供養」分享同一意義範疇，它們從參與一意義結構（from participation in a structure of meaning），得成就其同一意義之轉輸。

（七）足趺高滿相，又作足趺隆起相、足趺端厚相、足趺高平相。即足背高起圓滿之相。神學詮釋乃佛於因位修福、勇猛精進感得之相，表利益眾生、大悲無上之內德。是指用身體形象作為身體的神話，用身體形象作為隱喻去詮釋或表現超人的一種生命的極致，非常圓滿的生命力，因為不止是力量很大而已，又能非常的細心、熨貼。第六跟第七的差別在於，第七講「足趺高滿」腳背高起圓滿之相所強調的是勇猛精進，是生命力的強度；「手足柔軟」是強調生命力的那種柔腸百轉，那種精緻、深度、品質。「足趺高滿相」意指從參與佛於因位修福、勇猛精進意義結構，始得成就其意義之轉輸，故為一隱喻。

（八）伊泥延相，股骨如鹿王之纖圓，係往昔專心聞法、演說所感得之相，表一切罪障消滅之德。「鹿王」最完美的鹿，鹿的特性是非常溫馴的。「鹿王相」是一個非常願意讓人親近的相。「鹿王相」是一種隱喻，就像遠遠看到一個人就想要奔附過去，這種人好像有一種吸引力，想要接近他，在他的身旁就會覺得很愉快，美好的事物會讓人產生一種生命樂觀進取的欲望，就會刺激生命讓人更有活力，延年益壽。「鹿王相」就隱喻這種人，祂會帶給人生命，不需要講話，只要存在、活著，就會讓人覺得活著很有意義。

（九）正立手摩膝相，又作垂手過膝相、手過膝相、平住手過膝相。即立正時，兩手垂下，長可越膝。神學詮釋乃此相係由離我慢、好惠施、不貪著所感得，神學詮釋乃表降伏一切惡魔、哀愍摩頂眾生之德。空間意義的並存關係網中，即同時存在之存有物的並存關係（concurrence）亦即當下萬物競流所呈現的共時性（synchronism），將讀者引往事件與情境的歷史世界，建立轉喻。

重點在於手特別長，無論遠近的應該要去安撫的人都可以去摸摸他的頭。摸頭這個行為，可以表示親熱、友孝。安撫，手長，就表示能力過人，才能夠度人，照顧眾生，所以手長過膝這個意象，是這樣一個隱喻、從參與一哀愍摩頂眾生意義結構，始得成就其意義之轉輸，故為一隱喻。

（十）陰藏相，又作馬陰藏相、陰馬藏相、象馬藏相。即男根密隱於體內如馬陰（或象陰）之相。此相係由斷除邪婬、救護怖畏之眾生等而感得，表壽命長遠，得多弟子之德。此相係由斷除邪婬、救護怖畏之眾生等而感得，表壽命長遠，得多弟子之德。馬、驢子沒有在發情時，牠的生殖器是隱於體內，馬特別明顯，直到需要使用的時候，就會比原本的大許多。這是由「斷除邪婬、救護怖畏之眾生等而感得，表壽命長遠，得多弟子」生殖器隱藏於體內怎麼跟多得子弟有關？又說與「救護怖畏之眾生」有關。不要露出生殖器來，就會讓人不會那麼害怕你，露出生殖器代表一種武勇、兇猛。這就是有好生之德，因為有好生之德所以把生殖器隱藏起來，這個意象看似不合理，但是卻非常合理，所謂的不合理是，在動物界想要繁殖眾多，就要突顯生殖器，吸引異性才能夠在發情期時繁衍後代，結果它反而隱藏起來，這代表了一種反自然，一種人文的特性，去突顯上天有好生之德，上天有好生之德本來是自然的，生生不已，繁殖生養，使用人文的意象使它的涵意更豐富，更得到延伸。其衍義與本義共享同一意義範疇，連續存在之存有物的接續關係（concatenation），發展其為一隱喻。其衍義與本義共享同一意義範疇，連續存在之存有物的接續關係（concatenation），發展其為一救護怖畏之眾生隱喻。

（十一）身廣長等相，又作身縱廣等如尼拘樹相、圓身相、尼俱盧陀身相。指佛身縱廣左右上下，其量全等，周匝圓滿，如尼拘律樹。以其常勸眾生行三昧，作無畏施而感此妙相，神學詮釋表無上法王尊貴自在之德。它是在說明一件事，就是人身體的一個密碼，比如說兩手平舉，這個跟身高是等的。不一樣長就很難看，所以四肢要勻稱「身縱廣等如」之相，這的確是在

審美上，達到這種完美化的描述，是要形容「以其常勸眾生行三昧，作無畏施而感此妙相，表無上法王尊貴自在之德」這是不需要動作的，他的存在本身就是力量、威儀棣棣、寶相莊嚴，一個人存在的那個相、相貌就是一種力量。前面所講的是一種比較溫柔的、甜蜜的一種吸引力，而這裡講的是一種均衡、一種力量、一種威嚴的吸引力，威嚴的人一樣會讓人景仰、屈服於他左右。寶相莊嚴很重要，寶相莊嚴也是一種生命力的表現，總之一句話，這裡所有的隱喻、轉喻，都是大悲願需要非常廣大、非常強盛的生命力。其衍義身廣長等相與本義無上法王尊貴自在之德共享同一意義範疇，連續存在之存有物的接續關係（concatenation），發展其為一隱喻。

（十二）毛上向相，又作毛上旋相、身毛右旋相。即佛一切髮毛，由頭至足皆右旋。其色紺青，柔潤。神學詮釋此相由行一切善法而有，能令瞻仰之眾生，心生歡喜，獲益無量。從參與行一切善法之意義結構，始得成就其意義之轉輸，故為一隱喻。

（十三）一一孔一毛生相，又作毛孔一毛相、孔生一毛相、一一毛相、一孔一毛不相雜亂相。即一孔各生一毛，其毛青琉璃色，毛孔皆出微妙香氣。神學詮釋乃由尊重、供養一切有情、教人不倦、親近智者、掃治棘刺道路所感之妙相，蒙其光者，悉能消滅二十劫罪障。從參與能消滅二十劫罪障之意義結構，始得成就其意義之轉輸，故為一隱喻。

（十四）金色相，又作眞妙金色相、金色身相、身皮金色相。指佛身及手足悉為眞金色，如眾寶莊嚴之妙金臺。神學詮釋此相係以離諸忿恚，慈眼顧視眾生而感得。此德相能令瞻仰之眾生厭捨愛樂，滅罪生善。空間意義的並存關係網中，即同時存在之金色存有物的並存關係（concurrence）亦即當下萬物競流所呈現的共時性（synchronism），將讀者引往黃金貴重事件與情境的歷史世界，建立轉喻。

（十五）大光相，又作常光一尋相、圓光一尋相、身光面各一丈相。即佛之身光任運普照三千世界，四面各有一丈。神學詮釋此相以發大菩提心，修無量行願而有，能除惑破障，表一切志願皆能滿足之德。當下萬物競流所呈現的共時性（synchronism），將讀者引往光明事件與情境的歷史世界，建立轉喻。

（十六）細薄皮相，又作皮膚細軟相、身皮細滑塵垢不著相。即皮膚細薄、潤澤，一切塵垢不染。係以清淨之衣具、房舍、樓閣等施與眾生，遠離

惡人，親近智者所感得之相，神學詮釋表佛之平等無垢，以大慈悲化益眾生之德。當下萬物競流所呈現的共時性（synchronism），將讀者引往身皮細滑塵垢不著相與清淨之衣具、房舍、樓閣等無垢事件與情境的歷史世界，建立轉喻。

（十七）七處隆滿相，又作七處滿肩相、七處隆相。指兩手、兩足下、兩肩、頸項等七處之肉皆隆滿、柔軟。神學詮釋此相係由不惜捨己所愛之物施予眾生而感得，表一切眾生得以滅罪生善之德。從參與不惜捨己所愛之物施予眾生之意義結構，始得成就七處之肉皆隆滿、柔軟意義之轉輸，故爲一隱喻。

（十八）兩腋下隆滿相，又作腋下平滿相、肩膊圓滿相。即佛兩腋下之骨肉圓滿不虛。神學詮釋係佛予眾生醫藥、飯食，又自能看病所感之妙相。從參與佛予眾生醫藥、飯食，又自能看病之意義結構，始得成就兩腋下隆滿相意義之轉輸，故爲一隱喻。

（十九）上身如獅子相，又作上身相、師子身相、身如師子相。指佛之上半身廣大，行住坐臥威容端嚴，一如獅子王。神學詮釋係佛於無量世界中，未曾兩舌，教人善法、行仁和，遠離我慢而感得此相，表威容高貴、慈悲滿足之德。其衍義威容高貴、慈悲滿足之德與本義身如師子相共享同一意義範疇，連續存在之存有物的接續關係（concatenation），發展其爲一隱喻。

（廿）大直身相，又作身廣洪直相、廣洪直相、大人直身相。謂於一切人中，佛身最大而直。神學詮釋乃以施藥看病，持殺、盜戒，遠離憍慢所感；能令見聞之眾生止苦、得正念、修十善行。將讀者引往大人直身相與能令見聞之眾生止苦、得正念、修十善行事件與情境的歷史世界，建立轉喻。

（廿一）肩圓好相，又作肩圓大相、兩肩平整相。即兩肩圓滿豐腴，殊勝微妙之相。神學詮釋係由造像修塔，施無畏所感得，表滅惑除業等無量功德。從參與施無畏所感得一意義結構，始得成就其肩圓好相意義之轉輸，故爲一隱喻。

（廿二）四十齒相，又作口四十齒相、具四十齒相。指佛具有四十齒，一一皆齊等、平滿如白雪。神學詮釋此相係由遠離兩舌、惡口、恚心，修習平等慈悲而感得，常出清淨妙香；神學詮釋此一妙相能制止眾生之惡口業，滅無量罪、受無量樂。從參與一意義結構，始得成就其意義之轉輸，故爲一隱喻。

（廿三）齒齊相，又作齒密齊平相、諸齒齊密相。即諸齒皆不粗不細，齒間密接而不容一毫。神學詮釋係以十善法化益眾生，復常稱揚他人功德所感之相，神學詮釋表能得清淨和順、同心眷屬之德。從參與清淨和順意義結構，始得成就其意義之轉輸，故為一隱喻。

（廿四）牙白相，又作四牙白淨相、齒白如雪相。即四十齒外，上下亦各有二齒，其色鮮白光潔，銳利如鋒，堅固如金剛。係以常思惟善法，修慈而感得此相。神學詮釋此妙相能摧破一切眾生強盛堅固之三毒。從參與一意義結構，始得能摧破一切眾生強盛堅固之三毒，成就其意義色鮮白光潔，銳利如鋒，堅固如金剛之轉輸，故為一隱喻。

（廿五）獅子頰相，又作頰車相、頰車如獅子相。即兩頰隆滿如獅子頰。神學詮釋見此相者，得除滅百劫生死之罪，面見諸佛。所謂並存關係（concurrence）指因於基於特定文本演繹出的聯想（associations），成就其意義之轉輸（transfer）故為一共時性的轉喻。

（廿六）味中得上味相，又作得上味相、常得上味相、知味味相。指佛口常得諸味中之最上味。此係由見眾生如一子，復以諸善法迴向菩提感得之相，表佛之妙法能滿足眾生志願之德。從參與以諸善法迴向菩提感得之相意義結構，始得成就其意義之轉輸，故為一隱喻。

（廿七）大舌相，又作廣長舌相、舌廣博相、舌軟薄相。即舌頭廣長薄軟，伸展則可覆至髮際。神學詮釋係發弘誓心，以大悲行迴向法界而感之相；觀此相，則滅百億八萬四千劫生死罪，而得值遇八十億之諸佛菩薩受記。從參與發弘誓心，以大悲行迴向法界而感意義結構，始得成就其意義之轉輸，故為一隱喻。

（廿八）梵聲相，又作梵音相、聲如梵王相。即佛清淨之梵音，洪聲圓滿，如天鼓響，亦如迦陵頻伽之音。神學詮釋乃由說實語、美語，制守一切惡言所得之相；聞者隨其根器而得益生善，大小權實亦得惑斷疑消。聞者隨其根器而得益生善，從參與大小權實亦得惑斷疑消意義結構，始得成就其意義之轉輸，故為一隱喻。

（廿九）真青眼相，又作目紺青色相、目紺青相、紺眼相、紺青眼相、蓮目相。即佛眼紺青，如青蓮花。神學詮釋係由生生世世以慈心慈眼及歡喜心施予乞者所感得之相。從參與一意義結構，始得成就其意義之轉輸，故為一隱喻。

（卅）牛眼睫相，又作眼睫如牛王相、眼如牛王相、牛王睫相。指睫毛整齊而不雜亂。此相係由觀一切眾生如父母，神學詮釋以思一子之心憐愍愛護而感得。從參與一意義結構，始得成就其意義之轉輸，故為一隱喻。

（卅一）頂髻相，又作頂上肉髻相、肉髻相、烏瑟膩沙相。即頂上有肉，隆起如髻形之相。神學詮釋係由教人受持十善法，自亦受持而感得之相。從參與受持而感得意義結構，始得成就其意義之轉輸，故為一隱喻。

（卅二）白毛相，又作白毫相、眉間毫相。即兩眉之間有白毫，柔軟如兜羅綿，長一丈五尺，右旋而捲收，以其常放光，故稱毫光、眉間光。神學詮釋因見眾生修三學而稱揚讚歎遂感此妙相。從參與眾生修三學而稱揚讚歎意義結構，始得成就其意義之轉輸，故為一隱喻。

第三節　非相非非相

說到底我們還是肯定三十二相存在的正當性，因為「須菩提，汝若作是念：如來不以具足相故得阿耨多羅三藐三菩提。須菩提，莫作是念：如來不以具足相故得阿耨多羅三藐三菩提。須菩提，汝若作是念，發阿耨多羅三藐三菩提心者，說諸法斷滅。莫作是念。何以故？發阿耨多羅三藐三菩提心者，於法不說斷滅相。」（金剛般若波羅蜜經集註，頁 259～260）

同樣的句法「須菩提。諸微塵。如來說非微塵。是名微塵。如來說世界。非世界。是名世界。須菩提。於意云何。可以三十二相見如來不。不也。世尊。不可以三十二相得見如來。何以故。如來說三十二相。即是非相。是名三十二相。」「非相。是名三十二相」然後還要再說「非非相」，要說「空」還要再說「空空」。《金剛經》裡面這樣的句法，一再的重覆，用《莊子》「以指喻指之非指，不若以非指喻指之非指也；以馬喻馬之非馬，不若以非馬喻馬之非馬也。天地一指也，萬物一馬也。」來解釋，在這個解釋裡有一個核心，就是記號學裡，能指與所指的關係，我們通常以為能指指向一個所指，並以為所只是實有（reality）。其實所指是什麼，只是能指的能指，而什麼是能指，路標就是能指，路就是所指，但是那條能指所指的馬路就是路標所標示的實有嗎？其實那路也只是個符號，只是路標這個符號的符號，能指的能指。所以所指是能指的能指，一個符號就包含了能指的能指，那麼這個所指就不是實有的，也只是能指的能指。

「非相非非相」也是一樣的，它並不是不要你講話，要破解弔詭不是要你不要講話，反而是要講得更清楚，只是不能執著於任何一個點。但是要最好的解釋是要從「六祖壇經」去解釋，就要從「摩訶般若波羅密法」去講，「無念爲宗，無相爲體，無住爲本」是三個層次，三個面向的修行。

本文只講「無相爲體」，「無相者，於相而離相」這是說「外離一切，名爲無相。能離一切得法體清淨，此是以無相爲體。」說「無相者，於相而離相」而「無」字是關鍵，此處的「於」是由「于」所借，「于」爲測量器之象形，中一豎象定著點，所以這個象形字是「介于」。有人說這是古人所用的圓規，所以說「于」就是「著」降落於一個點，就是「著」，所以說不著是不行的，但是「著」了以後就離開，不停留於某一個點，不安住於任何一個點，也不離開任何一個點。做爲一個主體最早所能達到的就是《華嚴經》所說善財童子「所見不忘，所聞能憶」的境界，要達到這個境界方能「於相而離相」。借《老子》所述的意象「獨立而不改，周行而不殆」來類比，就是一點都不會停歇，無論是時間、節奏、速率還有它所具的觀照面，完全籠罩卻不是一片死寂，而是非常活潑、活躍，不停的流行流動，這必須要非常旺盛的生命力在後面支撐著才能做到。

所以說知道了「無相爲體」是這個意思，那麼就可以知道什麼是「無住爲本」了，就是「住而不住」，用《金剛經》最初的那一段來講比較好，「舍衛大城布施」事件的結論似乎應是「菩薩於法應無所住，行於布施。」（金剛般若波羅蜜經集註，頁 39）「所謂不住色布施，不住聲香味觸法布施。」（金剛般若波羅蜜經集註，頁 41）

說「心無所住」是「不住相布施」，是不住於相的布施，一開始講在舍衛大城祇樹給孤獨園，釋迦牟尼佛著衣持缽於舍衛大城中乞食，乞食回來以後，把腳洗一洗才坐在祇樹給孤獨

園裡開始講經說法，而在這麼一個前景裡面，釋迦牟尼佛既然在這之前做了一件非常普通的事情。釋迦牟尼佛著衣持缽於舍衛大城中乞食，乞食回來以後，把腳洗一洗才坐在祇樹給孤獨園裡開始講經，講了《金剛經》這麼一大套這麼複雜難懂的東西，而在這之前竟然是這麼不起眼的行爲，這具後來分析這是具有非常深刻的意義。

說「不住」也好，說「非相非非相」也好，其實這一切的說法，一切的修行，一切的悲願，都是爲了要布施，都是在布施中才能見到的，其實是爲

了布施，所以說「不住」不是叫你「斷絕」，逃到山裡面隱居起來，一個人過小日子過得很愉快，而是要像釋迦牟尼佛一樣去布施，布施就要捨，不能夠住於相，不著於相，假定不不著於相那麼布施是沒有意義的，有不捨的捨才有功德，才是眞的布施。眞正的布施是，即使對方的可疑的，明明知道是在欺騙，也要讓他騙，這才是眞正布施，心裡計算一大堆，那麼理性，那不是悲願，這是沒有悲愍心，這已經是鐵石心腸了。

　　布施不要著於相，不住於相布施才是《金剛經》眞正要講的東西，「無念」並不是要人躲到山裡變得很虛無，「無相」並不是把這個世界看做是虛無，所以就一個人躲起來過了此殘生、行屍走肉的生活，絕對不是這樣子，這是「斷滅」，而是要「不入煩惱大海，不能得無價智寶」，「煩惱即菩提」煩惱不斷，不斷煩惱，就不斷的證菩提。

　　如此可以跟儒家相發明，儒家也講「覺」也就是「仁」，高明的「仁」是「君子無終食之間違仁，造次必於是，顛沛必於是。」。「仁」心始終都保持著溫柔敦厚，對一般人恐怕太難，或者三個月有那麼一刻想起來，有的人可能一生也不會有那麼一刻，但人的一生中總有受到啓發的時候。

　　「仁」相對的是「麻木不仁」，麻木就不仁了，那麼就是說不麻木就是仁，不麻木就是隨時有忠誠怛惻之心。那個怛惻、惻隱、不安就是時時刻刻、念念不絕的保持著不要麻木掉的那種心，這就是「念念不絕」也就是「無念爲宗」眞正的涵意。其實佛法跟儒家的心法、心學有相通之處，都在講「心」。《金剛經》就是在講「心」－云何降伏其心。講善男子善女人如何得到阿耨多羅三藐三菩提心，就是講心的問題，但這個心不是指器官，不是生理學的心臟，當然也不是科學上心理學的心，是指一種做爲人的自覺，人性的自覺，即是覺悟的潛能、性能，不可執著於本質義。

　　能常保覺醒的人必是生命力極強的人，只有極強的生命力可以確保終極的悲願。生命力逐級顯現，源源不絕。此即生命力眞實的定義。若問「何謂生命力？」生命的定義在於暴量（das Uebermaass）的生命。（Nietzsche Werke I：41）生命力即無中生有源源不絕的創造力（Heidegger 1982：6～7）

　　覺醒的生命力就是「聞是章句，乃至一念生淨信者，須菩提，如來悉知悉見，是諸眾生得如是無量福德。」（金剛般若波羅蜜經集註，頁 61～2）而無相爲體正說明了三十二相的神話，只有作爲無處不在的永恆意志凝視無限時空的唯一例證時，化爲鮮明可感的眞理。（Nietzsche Werke I：112）

　　「三十二相」就是要呈現一種絕對完美，無條件的完美。這個世界上的選美就是有條件的，無論是身材比例、舞姿⋯⋯等等。沒有無限完美的，而「三十二相」的意象是要建立一種無限完美的佛陀的形象，無限完美的，沒有邊界的完美能否定得掉嗎？

　　「三十二相」就是三十二個向度的無限，每一個向度的無限都會讓人往而不返，但是你卻能捕捉住三十二度的無限完美。無限在腦海裡會出現無限趨近，二條線無限趨近，它會交會，但是在一個無限遠的地方交會，就是不會交會了。這個無限很令人絕望，二條線無限趨近，就代表了永遠無法交會的悲愴性。

　　「三十二相」的這個說法的確會讓人執著在一個固定的意象，為了避免一般凡夫執著於一個，乃至於二十二個固定的意象，所以就要打破這個東西，打破並不是要毀滅它，而是要突破它帶來給你的拘限，講來講去，這不是用說的，是要用修行的，對於速讀的人來說，就是要能「一目十行」，就是要能「所見不忘，所聞能憶」，如果能達到這個境界，就無須言語了。

　　禪宗心法，也就是老莊「虛無之妙用」，「非」也好，「空」也好，都不是本體的空，都不是宇宙論或存有學的否定，甚至對於宇宙本體是根本不講的，因為宇宙本體早就把它當作宇宙本體的相，至於它的本體我們只能「存而不論」。而「相」是假名，但是要「不壞假名以說諸法實相」，也就是「真空妙有」。

　　從「相」上著手，並不是要破掉「相」，並不是要把「相」除去，不但不除去，而且都要留下來，這很重要的。不要「斷滅」掉任何一個「相」，而且是要把古往今來所有的「相」都要留下來，要用「知見」「見聞」把它保留下來「所見不忘，所聞能憶」，把所有的見聞都保留下來，這就證明了見聞能力是無限的。如果說見聞修練到無限，也就是「覺」了。

第四節　菩提本無樹

　　人生歷練很豐富，或許到了五十歲的時候就真的知命了，對人生就不會有疑惑了，都可以看開了，這就說明了一個人的見聞越長，假定長到無限的時候，那就可以想見他的聰明智慧有多高了，那麼如果說一個人思考的向度是大宇長宙，大到「至大無外」，最大的極限就是沒有邊，沒有外面，微細至

於「至小無內」一個東西小，小到沒有裡面，這就是最小。長宙也就永恒的時間，大宇就是無限的空間，以無限的時間和空間思考，就能夠頓悟了，就能得到最高的智慧，就是「覺」了。

要達到這個境界就是不能執著，不能夠停下來，也不能安住於「一相」，但是有很多因素要你停下來，因為你成長在一個要你停下來、要安住的社會。中國人常會感到命運的無常，所謂命運就是環境，生活條件、生活情境的無常，而這一切因素都是不能掌握的，我們所能掌握的變數，是在無數的變數中的其中的幾項而已，「天有不測風雲，人有旦夕禍福」。社會的期待就是希望一個人能夠被預測，可以控制他，可以導出他後果的前因越清楚越明確越多，越好。一個東西越不可測就越危險，無法預測的人叫亡命之徒。一個人存在的外在的環境、軌道，越少，越不重要，那麼這個人就越不可測，不知道會幹什麼事。

「安住」是一種很頑固的力量，我們生命一直活下去就是希望慢慢地不要動最好，越趨於老死的時候越不要動，不動的話就喪失生命，喪失生命後就不可能覺悟了，所以說「所見不忘，所聞能憶」就是保持一種活潑的生命力。

解釋禪宗很有名的一對偈，五祖弘忍要傳法時，要弟子各呈一偈來看。當時神秀有一偈：

> 身是菩提樹，心如明鏡臺，時時勤拂拭，莫使惹塵埃。

這個偈很好，有詠物詩的美感。「身是菩提樹，心如明鏡臺」，可以想像身體像一棵樹一樣，而且是菩提樹。心像一面很純淨、光度很夠的鏡子，那多好，而這個鏡子明亮度還不夠，還要「時時勤拂拭」表示一種持續的修練，要「莫使惹塵埃」無染無著。鏡子的意象非常好，而慧能卻說：

> 菩提本無樹，明鏡亦非臺，本來無一物，何處惹塵埃。

「菩提本無樹」這個境界就高了，這個語言裡有一種反射 reflexive。菩提是一個意思，菩提樹是一個意思，他把菩提跟樹分開了，說「菩提本無樹」，覺悟是不需要一棵樹的，我們執著於菩提樹的這個意象來講覺悟，老是回歸到釋迦牟尼佛在菩提樹下覺悟這件事情，這就是執著了，著相了。「菩提本無樹」一切都是相而已，不要安住於這個相中。

「明鏡亦非臺」真正的明鏡不在那個明鏡臺上，明鏡臺上的明鏡其實是不夠明的，鏡子老是擦不乾淨。只要那個東西具象了，就不能完美，鏡子是

一個具體的明鏡在那，它就永遠擦必須擦拭乾淨，所以真正的明鏡不可能是在明鏡臺上的那個明鏡。「何以故？是諸眾生若心取相，即為著我人眾生壽者。若取法相，即著我人眾生壽者。若取非法相，即著我人眾生壽者。是故，不應取法，不應取非法。」（金剛般若波羅蜜經集註，頁 64～5）

「本來無一物，何處惹塵埃」這就講到「物」，前面講到神秀的偈是非常好的詠物詩，藉物詠懷。但是慧能說「本來無一物」啊，去那裡詠啊。不必藉物詠懷，明心見性，直指本心就好了，外在的名相要跳開，但是這很容易讓人誤導，到了末流就有「滿街都是佛，滿街都是聖人」這種說法很容易流於斷滅相。要不流於斷滅相，最好是把這二首偈合觀，合觀就是雙璧，分開來看，意思就不夠顯豁，不足以度人。

參考書目

1. 日本東京大藏經刊行會．《大正新脩大藏經》，臺北，世樺印刷企業，1998年。

2. 朱棣（集注）：《金剛般若波羅蜜多經集註》，臺北，文津出版社，1989年。

3. 王叔岷《莊子校詮》（臺北：中研院史語所，1999 年景印三版）。

4. 朱謙之《老子校釋》（臺北：漢京文化事業有限公司，1985 年）。

5. 李鏡池《周易通義》（北京：中華書局，1981 年）。

6. 李鏡池《周易探源》（北京：中華書局，1978 年）

7. 李霖生《華嚴詩學》，臺北，文史哲出版社，2002 年。

8. 吳汝鈞《佛學研究方法論》（臺北：臺灣學生書局，1996 年增訂版）。

9. 季羨林〈原始佛教的語言問題〉《季羨林文集》（江西教育出版社，1998年）第三卷，頁 400～410。

10. 季羨林〈再論原始佛教的語言問題〉《季羨林文集》（江西教育出版社，1998 年）第三卷，頁 411～439。

11. 季羨林〈三論原始佛教的語言問題〉《季羨林文集》（江西教育出版社，1998 年）第三卷，頁 459～506。

12. 季羨林〈《原始佛教的語言問題》自序〉《季羨林文集》（江西教育出版社，1998 年）第三卷，頁 507～513。

13. 季羨林〈作詩與參禪〉《季羨林文集》（江西教育出版社，1996 年）第六卷，頁 448～475。

14. 季羨林《季羨林文集》（江西教育出版社，1996 年）第五卷。

15. 河上公（注）《老子》（臺北：廣文書局，1978 年）。

16. 屈萬里《尚書集釋》（臺北：聯經出版事業公司，1983 年）。

17. 屈萬里《詩經釋義》（臺北：華岡出版部，1974 年）。

18. 高亨《周易古經今注》（北京：中華書局，1984 年）。

19. 高亨《周易大傳今注》（濟南：齊魯書社，1987 年）。

20. 陳奐《詩毛氏傳疏》（臺北：學生書局，1972 年）。

21. 劉申叔〈論文雜記〉收錄於羅聯添（編）《中國文學史論文選及集》（一）（臺北：臺灣學生書局，1978 年）。

22. 陳寅恪〈禪宗六祖傳法偈之分析〉《金明館叢稿》二編（北京：三聯書店，2001 年）頁 187～191。

23. 陳寅恪〈武曌與佛教〉《金明館叢稿》二編（北京：三聯書店，2001 年）頁 153～174。

24. 陳寅恪〈與劉叔雅論國文試題書〉《金明館叢稿》二編（北京：三聯書店，2001 年）頁 249～257。

25. 陳寅恪〈馮友蘭中國哲學史上冊審查報告〉《金明館叢稿》二編（北京：三聯書店，2001 年）頁 279～281。

26. 陳寅恪〈馮友蘭中國哲學史下冊審查報告〉《金明館叢稿》二編（北京：三聯書店，2001 年）頁 282～285。

27. 陳寅恪〈論禪宗與三論宗的關係〉在《講義與雜稿》（北京：三聯書店，2002 年）頁 431～439。

28. 錢鍾書《談藝錄》（北京：三聯書店，2001 年）下卷。

29. 章學誠：《文史通義》，葉瑛（校注），臺北，里仁書局出版，1984 年。

30. Aristotle：*Metaphysics,* in the Loeb Classical Library, LCL271, trans. by Hugh Tredennick, Cambridge, Harvard university press, 1989.

31. Bakhtin, M. M.：*The Dialogic Imagination*, trans. by Caryl Emerson and Michael Holquist, Austin：University of Texas Press. 1998.

32. Cobley, Paul：*Narrative*, London ＆ New York：Routledge, 2001.

33. Cole, Alison：*Perspective*, Dorling Kindersley, 1992.

34. Eco, Umberto：*A Theory of Semiotics*, Indiana University Press, 1976.

35. Eco, Umberto：*Six Walks in the Fictional Woods*, Harvard University Press, sixth printing, 1998.

36. Eliade, Mircea：*The Sacred & The Profane*：*The Nature of Religion*, trans. by Willard R. Trask, Harcourt Brace & Company, 1987.

37. Heidegger, Martin：*Nietzsche IV*：*Nihilism*, trans. by Frank A. Capuzzi, Harper & Row, Publishers, 1982.

38. Jakobson, Roman：*On Language,* Harvard University Press. 1995

39. Kant, Immanuel *Werke* herausgegeben von Ernst Cassirer（BERLIN VERLEGT BEI BRUNO CASSIRER BAND.III, 1922）

40. Levinas, Emmanuel：*Basic Philosophical Writings* , ed. By Adriaan T. Peperzak, Simon Critchley, & Robert Bernasconi, Indiana University Press. 1996.

41. McLaughlin, Thomas. : 1995. " Figurative Language. " In *Critical Terms for Literary Study,* edited by Frank Lentricchia and Thomas McLaughlin. The University of Chicago Press.

42. Nietzsche, Friedrich：Nietzsche's Werke（Leipzig ：Druck und Verlag von C. G. Naumann, 1905）Band I.

43. Tillich, Paul：*Systematic Theology*, vol. 1.The University of Chicago Press, 1951.

44. Tillich, Paul：*Theology of Culture*, Oxford University Press, 1964.

45. Whitehead, A. N.：*Science and the Modern World,* Harvard university Press, 1969.

《金剛經》隱喻學

【論文摘要】

隱喻（metaphor）意謂其衍義與本義共享同一意義範疇（category of meaning）。凶此隱喻可以說是意義壓縮後的類比（compressed analogy）。轉喻建立在比較具有空間意義的並存關係網中，而不似隱喻講究分享意義結構。轉喻將讀者引往事件與情境的歷史世界，隱喻則將關係建立在，以詞的一切用義爲基地的深層邏輯上。以隱喻的詩學爲反省對象，並形構有組織的論述即所謂隱喻學。

以《金剛般若波羅蜜多經》的隱喻學逐步建構其詩學，願專注於《金剛經》之隱喻技藝，以豐富其詩學研究。此即《金剛經》隱喻學之所爲作也。因爲語意與理念間這種任意性，嚴格說起來一切語意皆是衍義，並無本義存在。執著於理念—言詞—存有物之間存在相符應的關係，此乃人爲造作，是有爲法也。了悟無爲法者，應知「所言一切法者，即非一切法。是故名一切法。」所有言語不過是一套修辭學體系。

神話只有作爲無處不在的永恆意志凝視無限時空的唯一例證時，化爲鮮明可感的眞理。因此當如來悉知悉見「是實相者，即是非相，是故如來說名實相。」生命力逐級顯現，源源不絕。此即生命力眞實的定義。若問「何謂生命力？」生命的定義在於暴量（das Uebermaass）的生命。生命力即無中生有源源不絕的創造力。

一、行於布施

章學誠《文史通義》易教下篇曰：「佛氏之學……其所謂心性理道，名目

有殊，推其義指，初不異於聖人之言。……至於丈六金身，莊嚴色相，以至天堂清明，地獄陰慘，天女散花，夜叉披髮，種種詭幻，非人所見儒者斥之為妄，不知彼以象教，不啻《易》之龍血玄黃，張弧載鬼。是以閻摩變相，皆即人心營構之象而言，非彼造作誑誣以惑世也。」章氏以為《易》之象與《詩》之興，變化而不可方物，深切於隱喻之旨也，故借以為序曲。〔註1〕

　　隱喻（metaphor）意謂其衍義與本義共享同一意義範疇（category of meaning）。因此隱喻可以說是意義壓縮後的類比（compressed analogy）（McLaughlin 83）。其有別於明喻（simile）與轉喻（metonymy）者，在於所謂明喻是詞的直接比對，隱喻則須讀者建構範疇與類比的邏輯。因此明喻少有啓發讀者想像的餘裕，明喻比隱喻少了分文學的風流蘊藉。（McLaughlin 83）

　　而轉喻則建立在比較具有空間意義的並存關係網中，而不似隱喻講究分享意義結構。（McLaughlin 83）轉喻將讀者引往事件與情境的歷史世界，隱喻則將關係建立在，以詞的一切用義為基地的深層邏輯上。（McLaughlin 84）

　　以隱喻的詩學為反省對象，並形構有組織的論述即所謂隱喻學。吾人探索《金剛般若波羅蜜經》玄義，而專從其象教之法門著眼，勢必轉為《金剛經》之詩學研究。詩學約有兩義，一為文學理念之系統性研究，即通稱之文學理論；一為寫作技藝之反思，著重作品的敘事學與修辭學。

　　既然隱喻意謂其衍義與本義共享同一意義範疇，而轉喻則建立在較具空間意義的並存關係網中，且將讀者引往事件與情境的歷史世界，Roman Jacobson 於是因建構語言的兩軸，即同時存在之存有物的並存關係（concurrence），以及連續存在之存有物的接續關係（concatenation），發展其轉喻與隱喻的相關論述，予後學高明博厚之啓發。（1998：117～120，129～133）

　　Roman Jacobson 之論述仍有未洽，而本文並未完全遵循 Roman Jacobson 之修辭學論述，以故僅須點出其論點引人之處，在於不離語言學以建構修辭學，遣詞用字之學終須以識得字詞之多重意義結構始。本文主旨並非證成任

〔註1〕　自1996年，愚以《辭與物：易傳釋物的秩序》獲臺大哲學博士以來，即悟《易》教之詩學內涵不可輕忽也。俗見固不知經學與文學為一體，更自限於經學與文學之門户，障蔽於文史哲之分科。且動輒以學術分科為權謀鬥爭之工具，其器識之淺薄不言而喻。章學誠《文史通義》易教下曰：「君子之於六藝，一以貫之斯可矣。」又曰：「象之所包廣矣，非徒易而已，六藝莫不兼之，蓋道體之將形而未顯者也。」章氏從《周易》所蘊哲理，建立「象學」以括六藝之文，是愚自經學轉入詩學之契機。章氏又曰：「有天地自然之象，有人心營構之象。」可啓本文之隱喻學也。

何形式之修辭學，卻願以《金剛般若波羅蜜經》的隱喻學逐步建構其詩學，願專注於《金剛經》之隱喻技藝，以豐富其詩學研究。此即《金剛經》隱喻學之所爲作也。

至於《金剛般若波羅蜜經》之版本，首先以明成祖朱棣御製《金剛般若波羅蜜經集註》本爲主。此一集註本纂輯精要，實嘉惠後學之作。此外大正新修《大藏經》相關論疏傳注甚眾，亦爲必備參考書。

繼而應略議《金剛般若波羅蜜經》之文類特性：「如是我聞，一時佛在舍衛國祇樹給孤獨園，與大比丘眾千二百五十人俱。爾時世尊食時著衣持缽，入舍衛大城乞食。於其城中次第乞已，還至本處，飯食訖，收衣缽，洗足已，敷座而坐。」（《金剛般若波羅蜜經集註》11～8）

原本「如是我聞」的時間修辭，以及故事的主角釋迦牟尼佛，極易啓人神話之想像，因爲閱讀的問題不在於居住在虛構世界人物的存有學，而在於模範讀者（model reader）之百科全書式知識的格式化（format）。（Eco 1998：109）閱讀如同參與賭局，閱讀一部創作必須具備一些管理創作世界的經濟性判準的觀念，這些判準預設於文本中。（Eco 1998：112）「如是我聞」就是這樣基於讀者對文類之百科全書似的認知格式，產生的一個管理創作世界的經濟性判準。

或有學者以爲「一時」方爲模範讀者進入此文本的密碼，而嫌「如是我聞」忒常見於佛典，殊不知正以其常見，故可設定爲讀者熟知之通關密碼。猶童話故事每以「很久很久以前」開卷，「如是我聞」意謂「我曾經聽釋尊說過」，可以說是標準通關密碼也。

吾人之所以如此預期讀者的想像，乃基於模範作者固然是至高的呼聲，聲明了一種敘事的策略。但也有如 Wolfgang Iser 一類的學者，主張所謂「接收美學」（aesthetics of reception）。〔註2〕其所謂隱涵的讀者（implied reader）：乃實際導致文本顯示其潛在多元連鎖的原因。這些連鎖是讀者的心靈運作於文本的素材上的產物。這種交互演繹並不發生於文本自身，卻只能透過閱讀的過程流出。這個過程規範了文本未曾規範的部分，並重現了文本的意向（intention）。（Eco 1998：15）

Umberto Eco 謂模範讀者是一組文本指令，藉著文本的線性聲明（manifestation）表現爲一組判決（sentences）或其他指令（signal）。（Eco 1998：

〔註2〕 譯爲「接收美學」因彼等主張實基於「發信—收信」的兩極論述之上，若譯爲「接受」則因其被動含意，遂無法揭示讀者在閱讀中主動的性格。

15～16）Iser 的現象學觀點賦予讀者原本視爲文本的特權，亦即建構觀點，進而決定文本的意義。Eco 的模範讀者則是詮釋策略的原動力，而且這原動力由文本自身衍生出來。（Eco 1998：16）本文所謂模範讀者的定義，以 Umberto Eco 的界定爲本，因爲文本的客觀價值獲得應有的重視。

　　因此閱讀本經的第一分，可以合理的預期文本神話式的表現。於辯證之先，宜略論何謂神話。「神話」一詞襲自希臘的 Myth 概念，建立在與實在/與理性的對峙之上。相對於實在，神話是虛構。相對於理性，神話是荒謬。神話原義爲「言」或「詞」，但在希臘時代，神話 mythos 分化自 logos，卻又似高於 logos。（Coupe 11）

　　每個神話的命運都是最初潛入歷史實在的狹小角落，後來在某一時代被視爲具有歷史意義的事實，當作歷史學萌芽的前驅。（Nietzsche Werke I：74）當猥蕙的現代人以一套善辯的辯證法，字斟句酌的收編神話爲歷史時，神話便宣判了死刑。（Nietzsche Werke I：75）

　　神話應具有三重特性：典範（paradigm）、完美化（perfection）、可能性（possibility）。（Coupe 1～9）眾神過著人的生活，逐使人生得以正當，此乃唯一令人滿意的自然神學（Theodicee）。（Nietzsche Werke I：36）若一文化喪失了神話，必將喪失其健康的自然創造力。唯有神話環抱起的地平線足以統整文化運動於圓融無礙之一體。現代人的歷史教育使他只能透過學術的盤剝，以抽象概念爲中介理解神話，此即神話的式微。（Nietzsche Werke I：145～6）

　　宗教是人類終極關懷精神向度的表現。（Tillich 1964：7）「如是我聞」以下「舍衛大城布施」事件，不僅具有神話性，兼具史詩性格。史詩源自民間故事，由群體製作，也是群體生活的表現。民間故事不是以個人的經歷爲媒介的虛構，史詩表現一個民族神聖的過去。史詩與吟唱史詩的時代之間，存在著無法逾越的斷層，如此史詩方成其爲史詩。（Bakhtin 1998：13）

　　史詩的世界是君父的世界，是祖先開國承家的英雄事略。史詩的表述形式依於一種神聖化的時間軸線，史詩的時間範疇不是近代物理學祛除價值的時間度量，而是以神聖的詞彙作爲時間度量的計時器。神聖的計時器記錄的是不容更改的，不會變易的過去。史詩裡的過去以一道絕對的斷層，形構完美且神聖的過去。（Bakhtin 1998：14～16）

　　史詩的表述乃自足的表述，其中沒有懸疑，也沒有未完的結局。史詩藉古代語言的語義，將時間的文字屬性與價值的文字屬性混同了。史詩的媒介

以民間故事的形式，編織無稽的傳說。無稽的傳說既然無可稽疑，其神聖的過去乃個人經歷所無法企及，也不允許個人的評價。（Bakhtin 1998：17）

藝術的表現是面向永恆的表現，史詩的時間是封閉在其神聖性裡的歷程，與我們的現在與未來絕無關係。我們當下存活的的時間乃無端恆久的綿歷，永遠不會真正完結。而史詩神聖的時間則有其絕對的開端與終點，如《創世紀》絕對的開端具有理想的色彩，絕對的終點則如《啓示錄》預言著陰沉的結局。（Bakhtin 1998：18）

現實的讀者或許會質疑「舍衛大城布施」事件的真實性與歷史性，模範讀者則以其百科全書的格式化認知，立即辨識出它的神話性與史詩性。「舍衛大城布施」事件的時間有其絕對的開端與終點，因爲釋尊布施事件的時間是封閉在其神聖性裡的歷程，與我們的現在與未來不相連屬。

「如是我聞」正點明了此章句具有史詩性格，故以民間故事的形式，編織無可稽疑的傳說，其神聖的過去乃個人經歷所無法企及，也不允許個人的評價。此亦符合創作的特質，亦即模範讀者應能技術性的「擱置不信」（the suspension of disbelief）。（Eco 1998：75）

然而我們期待「舍衛大城布施」事件的典範（paradigm）、完美化（perfection）與可能性（possibility）何在呢？既然我們藉敘事方略（narrative schemes）賦予生命形貌（shape），並印證了存在性預設（existential presuppositions）的勢力有多大。（Eco 1998：99）閱讀可以解消存有的焦慮。（Eco 1998：69）（Eco 1998：87）除了美學理由，我們閱讀小說讓我們在此真理備受爭議的世界，獲得舒適的生活感受，而且現實世界似乎因而更具有教導性。創作世界裡的「揭露真理的特權」（alethic privilege）爲文學作品提供詮釋的參數。（Eco 1998：91）況且，神話的頂級功能在於賦予人類生活一種形式。（Eco 1998：87）

然而「舍衛大城布施」事件如此的平淡，以致我們很難獲得明確的啓示。這一篇類似清淡序曲的章句，並未提示任何教理與聖諭，「舍衛大城布施」事件更未表現任何神聖空間的轉喻。因此我們愈加篤定此一事件構成了一個隱喻，隱喻的意義關乎「布施」背後「無量悲願」的範疇。

正由於「布施」背後的「無量悲願」，《金剛經》滿篇遮撥文字方幸免於語言遊戲之譏。宗教既然是人類終極關懷精神向度的表現，（Tillich 1964：7）「舍衛大城布施」事件意義歸宿的「無量悲願」，就爲此經所有隱喻提示了終極的意義範疇。

二、心無所住

從「舍衛大城布施」事件意義歸宿到「無量悲願」的意義範疇，尚有賴另一隱喻爲其中介，此即「善男子善女人發阿耨多羅三藐三菩提心，云何應住？云何降伏其心？」問題之所由發。(《金剛般若波羅蜜經集註》23～4)

「心」所形構的意象指向何等意義的範疇？「阿耨多羅三藐三菩提心」強調心的「覺悟」，「(其心)云何應住」則意謂心爲尋找居所的主體，「云何降伏其心」則顯示心有待降伏的意象。

根據上述心意象，我們可以形構心的隱喻學。心既是生命的核心，也是主宰，更是生命超度進入聖境的樞紐。從心尋求居所的隱喻觀之，進而與「聖境」的轉喻(佛／覺悟)結合，「(其心)云何應住」這一組隱喻，充分開示了本經的核心議題。

章學誠《文史通義》易教下篇曰：「佛氏之學……不知彼以象教，不啻《易》之龍血玄黃，張弧載鬼。是以閻摩變相，皆即人心營構之象而言，非彼造作誑誣以惑世也。至於末流失傳，鑿而實之，夫婦之愚，偶見形於形憑於聲者，而附會出之，遂謂光天之下，別有境焉。……令彼所學，與夫文字之所指擬，但切入人倫之所日用，即聖人之道也。以象爲教，非無本也。」

「以象爲教」即隱喻學之本質也，上引章氏之文乃表明佛學根本以隱喻學立教也。近人俗見竟不知佛學之豐富詩意，遑論語於佛典中之詩學反思。自皮相觀之，淺薄無知之人豈能知《周易》與《金剛經》，解經學與詩學之間種種內蘊之邏輯？

上述問題直接的回應爲「如是滅度無量無數無邊眾生，實無眾生得滅度者。」(《金剛般若波羅蜜經集註》34)此一章句造成推理上的困境，但是表現特殊的詩學技藝。解決困境的樞紐在於「聖境的自然朗現」，亦即「菩薩於法應無所住，行於布施。」(《金剛般若波羅蜜經集註》39)如此我們回到《金剛般若波羅蜜經》最初的故事，亦即「舍衛大城的布施」。

「舍衛大城的布施」原本是平凡的敘事，但藉著眾生得滅度＝實無眾生得滅度(a = −a)違背邏輯的定律，弔詭的前奏將我們導向形上學的隱喻，展開「宗教的本質爲何」的問題。如何回答這個問題？Mircea Eliade 倡議從宗教體驗出發以貞定宗教的本質。宗教體驗亦即對「絕對的彼」[註3]的體驗，是「絕

〔註 3〕 「絕對的彼」參考 Emmanuel Levinas 的 l'Autre (the other)。Basic Philosophical Writings, ed. By Adriaan T. Peperzak, Simon Critchley, & Robert Bernasconi,

對的彼」對人間世的顯現，這就來到「聖境朗現」的議題。(Eliade 8～10)

在宗教現象裡，「身體—居所—宇宙」的隱喻關係一直十分顯著。人想住在宇宙的中心，在那神聖的居所，人有了重生的機遇。(Eliade 172～3) 拆解身體形象即拆解此神聖的居所，拆解此神聖的居所即在此宇宙隱退，如是方啓永恆重生之機也。

從空間條件看「絕對的彼」[註4]「聖境朗現」。首先由「莊嚴佛土者，即非莊嚴，是名莊嚴。」(《金剛般若波羅蜜經集註》101) 章句觀之，句義雖開顯金剛遮撥勝義，但必先有「莊嚴佛土」爲前提，《集註》引王日休曰：「蓋一大世界，必有一佛設化。……而菩薩莊嚴者，……故其善緣福業能變其世界，皆以黃金爲地，七寶爲樹林樓臺，是爲莊嚴也。」(101～2) 莊嚴佛土是佛菩薩的轉喻，而佛菩薩的身體形象則是「覺悟之生命形式」的隱喻。

如是之莊嚴佛土實善男善女，超脫俗世所憧憬之聖境。此章句必先啓示我們生存的世界並非同質性的空間，在這世間有一斷裂處，開啓一通往彼岸的突破點，昭示一異質性的神聖空間。(Eliade 20) 以異質的神聖空間爲前提，啓示了空間裡的斷滅相。

但是本經又明白提示「須菩提，汝若作是念：如來不以具足相故得阿耨多羅三藐三菩提。須菩提，莫作是念：如來不以具足相故得阿耨多羅三藐三菩提。須菩提，汝若作是念，發阿耨多羅三藐三菩提心者，說諸法斷滅。莫作是念。何以故？發阿耨多羅三藐三菩提心者，於法不說斷滅相。」(《金剛般若波羅蜜經集註》259～260)

如果不說斷滅相，即無法形構俗世與聖境的斷裂。缺乏如是斷裂的論述，似乎無法形構任何隱喻學。但是回到本經的議論主軸：「(其心) 云何應住」，因爲「莊嚴佛土者，即非莊嚴，是名莊嚴。」的命題，原本爲了導出「應無所住而生其心。」(《金剛般若波羅蜜經集註》103)

若要解開《金剛般若波羅蜜經》顛覆隱喻學的奧祕，必須反思隱喻學的本質。本文開宗明義界定：隱喻 (metaphor) 意謂其衍義與本義共享同一意義的範疇 (category of meaning)。因此隱喻可以說是意義壓縮後的類比 (compressed analogy) (McLaughlin 83)。

1996, Indiana University Press.

〔註4〕 「彼」乃「彼此」之彼也，《莊子・齊物論》云：「物無非彼，物無非是。自彼則不見，自知則知之。故曰彼出於是，是亦因彼。彼是方生之說也。」

但是從語言體系的形構觀察隱喻的性質，我們發現隱喻學的真諦「何以故？是諸眾生若心取相，即爲著我人眾生壽者。若取法相，即著我人眾生壽者。若取非法相，即著我人眾生壽者。是故，不應取法，不應取非法。」(《金剛般若波羅蜜經集註》64～5) 關鍵在於認知主體依其認知條件（或曰認知裝備）而形構意象，作爲想像與認知的媒介，因此反向拆解的《金剛經》隱喻學「所謂不住色布施，不住聲香味觸法布施。」(《金剛般若波羅蜜經集註》41)。此即心取相與取法相之義。

恰如《莊子‧齊物論》云：「夫言非吹也，言者有言，其所言者特未定也。……亦有辯乎，其無辯乎？道惡乎隱而有眞僞？言惡乎隱而有是非？……道隱於小成，言隱於榮華。」就形構語言的任意性原理觀之，一個詞的衍義史構成其詞義的一部分，因此利於其詩學詮釋。這是語言對於詩意的貢獻。詞的本義在此意義下都變成了衍義。「是故，如來說一切法皆是佛法。」(《金剛般若波羅蜜經集註》197～8) 因此一首詩中意義交流的複構，不止是詩人的創意，也是比喻的交錯類比的結果。(McLaughlin 85)

語言不是命名既存客體與情境，而是我們給予世界意義而形成的體系。因此我們以語言生產的這一套意義，塑造了實在性（reality）。(McLaughlin 86) 語言是概念化的經緯，價值的系統，我們經由語言體驗所謂實在性。(McLaughlin 86) 相對於常識的實在論者（realist）而言，「須菩提言：如我解佛所說義，無有定法名阿耨多羅三藐三菩提，亦無有定法如來可說。何以故？如來所說法，皆不可取，不可說。非法，非非法。所以者何？一切聖賢皆以無爲法而有差別。」(《金剛般若波羅蜜經集註》70～3) 所謂「無爲法」，《集註》引顏丙曰：「無爲者，自然覺性，無假人爲。」(74)

詞與理念之間並無天然的關聯，反之它們的關係建立在任意性上。理念（idea）就希臘詞源言之，意謂「觀看」。(McLaughlin 87) 概念就是比喻，比喻就是概念。(McLaughlin 87) 理念與詞的關係恰如「法」與「言」的關係。「若人言佛說我見人見眾生見壽者見，須菩提，於意云何？……是人不解佛所說義。何以故？世尊說我見人見眾生見壽者見，即非我見人見眾生見壽者見，是名我見人見眾生見壽者見。須菩提，發阿耨多羅三藐三菩提心者，於一切法，應如是知，如是見，如是信解，不生法相。須菩提，所言法相者，如來說，即非法相，是名法相。」(《金剛般若波羅蜜經集註》278～281)

因爲語意與理念間這種任意性，嚴格說起來一切語意皆是衍義，並無本

義存在。執著於理念—言詞—存有物之間存在相符應的關係，此乃人為造作，是有為法也。了悟無為法者，應知「所言一切法者，即非一切法。是故名一切法。」（《金剛般若波羅蜜經集註》203）所有言語不過是一套修辭學體系。（McLaughlin 86）此即《莊子・齊物論》所云：「以指喻指之非指，不若以非指喻指之非指也。以馬喻馬之非馬，不若以非馬喻馬之非馬也。天地一指也，萬物一馬也。」

因為誠如記號學家 Umberto Eco 所言：一物如果不能用來作假，它就無法認真，甚至無以識物（If something cannot be used to tell a lie, conversely it cannot be used to tell the truth：it cannot in fact be used 'to tell' at all.）。（Eco 1976：7）就故認知土體言，須悟「若菩薩通達無我法者，如來說名真是菩薩。」（《金剛般若波羅蜜經集註》210）就認知媒介觀之，在修辭上「實無有法名為菩薩。是故佛說一切法，無我無人無眾生無壽者」（《金剛般若波羅蜜經集註》206～7）

如果思想表現的各個層面都是衍義，則知覺與了解的力量其實深植於語言中。我們所開展出的意象預告了一個被動的世界，而我們透過語言將形貌賦予此世界。但是語言不是獨立自主的存有物（entity），它是社會與政治生活的部分組織。它塑造我們的知覺，但也受到我們社會脈絡的塑造。（McLaughlin 87）此即本經所云：「須菩提，汝勿謂如來作是念，我當有所說法。莫作是念，何以故？若人言如來有所說法，即為謗佛，不能解佛所說故。須菩提，說法者無法可說，是名說法。」（《金剛般若波羅蜜經集註》231～2）尤其以象形為形構文字基礎的中文，其語言體系可以說全然是一衍義（figure）的體系。所以我們唯有申明此隱喻的性質，祛除由衍義得來的「誤置具體性的謬誤」（the fallacy of misplaced concreteness），才能回歸生命意義的真實範疇。即所謂「是法平等，無有高下，是名阿耨多羅三藐三菩提。以無我、無人、無眾生、無壽者，修一切善法，即得阿耨多羅三藐三菩提。須菩提，所言善法者，如來說即非善法，是名善法。」（《金剛般若波羅蜜經集註》240～3）

「誤置具體性的謬誤」源自「簡單定位」的預設，所謂簡單定位乃建立於古典物理學的時空觀上，而古典物理學的時空觀將存有物在「時間—空間」中的存在樣態，表述為一組標示座標位置的數碼，此一數碼組則表現著「物的瞬間樣態」。（Whitehead 51）「簡單定位」的意義類同於《金剛般若波羅蜜經》所謂「住」。因此本經「應無所住而生其心」的命題乃基於反向拆解「誤置具體性的謬誤」，是即「如來無所說」之玄義（《金剛般若波羅蜜經集註》123）。

　　因爲「住」的隱喻首先表現於想像的空間向度，而簡單定位的預設將時間的向度也表現於想像的空間向度，所以我們先觀察《金剛般若波羅蜜經》如何藉反思「住」的隱喻，以否定詞開顯「衍義（figure）」的虛構性（fictivity），誠如上述我們所開展出的意象預告了一個被動的世界，而我們透過語言將形貌賦予此世界。所以衍義的眞正歸宿不是本義或虛構的存有物，而是具形塑力的命名主體之念想：是他的願望，憧憬與夢想。

　　《金剛般若波羅蜜多》云：「須菩提，若菩薩作是言，我當莊嚴佛土，是不名菩薩。何以故？如來說莊嚴佛土者，即非莊嚴，是名莊嚴。」（208～9）又曰：「佛於然燈佛所，無有法得阿耨多羅三藐三菩提。」（《金剛般若波羅蜜經集註》193～4）建立在空間的異質性之上的「聖境」，即使祛除其神聖性，即使泯滅其與人間的斷裂，當我們回到同質性的空間，若聞「如來說世界非世界是名世界。」（《金剛般若波羅蜜經集註》125）即使世界渾而爲一，又「若世界實有者，即是一合相。如來說一合相即非一合相。須菩提，一合相者即是不可說。」（《金剛般若波羅蜜經集註》274～6）則一切衍義（figure）所表現（represent）與塑造（shape）的世界將無從回歸（return）。

　　萬有被塑形之前，時間並未成爲認知的條件，然而對於有限的人生，時空體是其認知的先驗條件。人生的意義湧現於時間的地平線之上，而時間的理念實現於時間的度量中，時間的度量因計時器（chronoscope）而異，計時器則因材質而異。

　　身體形象經常是評價人生意義的標準計時器，而神話時間之所以成爲無可置疑的（untouchable）時間，正因其中主角的身體形象乃永恆不變的存有物。重新評價所有的既有評價首先論身體形象：「若人言佛說我見人見眾生見壽者見，……是人不解佛所說義。何以故？世尊說我見人見眾生見壽者見，即非我見人見眾生見壽者見，是名我見人見眾生見壽者見。須菩提，發阿耨多羅三藐三菩提心者，於一切法，應如是知，如是見，如是信解，不生法相。須菩提，所言法相者，如來說，即非法相，是名法相。」（《金剛般若波羅蜜經集註》278～281）此中關鍵即在於解消並超越「位格意象：我相人相眾生相壽者相」。

　　既然思想的各個層面都是衍義，知覺與了解的力量其實深植於語言中，則我們所開展出的意象預告了一個被動的世界，而我們透過語言將形貌賦予此世界。是所謂：「菩薩應如是布施，不住於相。」（《金剛般若波羅蜜經集註》

46）住於相，實爲人之本分。不住於相，雖非常識，卻解放了想像力。上文述及聖境啓示我們生存的世界並非同質性的空間，在這世間有一斷裂處，開啓一通往彼岸的突破點，昭示一異質性的神聖空間。（Eliade 20）原本因不說斷滅相而消失的聖境，如今卻因否定常識，就是與日常生活世界產生斷裂，進而開啓通往聖境的門戶。

三、悉知悉見

除了聖境之喻，《金剛般若波羅蜜經》自始即包含另一隱喻「應如是住，如是降伏其心：……所有一切眾生之類，……我皆令入無餘涅槃而滅度之。」（《金剛般若波羅蜜經集註》33）中文「滅度」一詞形構的意象隱喻「水性象徵論述」（Eliade 129~132）。與「滅」相關的水域轉喻生存界限，預告死亡之水。與「度」相關的水域轉喻生涯的關口，並預告度過之後的新生。後者又涉及「水性象徵論述」裡，生命根源與基地的意義。因此「滅度」一詞形構的意象，藉層層轉喻形構了隱喻「水性象徵論述」。

然而下句「如是滅度無量無數無邊眾生，實無眾生得滅度者。」（《金剛般若波羅蜜經集註》34）產生推理上的困境。眾生得滅度＝實無眾生得滅度（a＝–a）違背邏輯的定律，但是預言想像力的解放。所謂與日常生活世界產生斷裂，卻非說斷滅相，關鍵在於此中所謂「否定」的精義何在「東方虛空可思量不？……南西北方四維上下虛空可思量不？不也。世尊。須菩提，菩薩無住相布施，福德亦復如是不可思量。」（《金剛般若波羅蜜經集註》51～2）本經所謂「虛無」，不是歸零的虛無，不是與存有相對的虛無，更不是與富有相對的一貧如洗的空無。如是章句反而揭露了人此世存有的貧困，「無住相布施」不可思量，不是因爲它的空無，反而是因爲它的無限富有，並反映出人在此世的空虛貧困。

其次論神話中永恆的計時器：「如來滅後，後五百歲有持戒修福者，於此章句能生信心，以此爲實。當知此人，……已於無量千萬佛所種諸善根。」（《金剛般若波羅蜜經集註》58～60）以神論的預言格式宣示過去已註定的結果，「無量千萬佛所」標示的是神話的絕對時空體（chronotope）。〔註5〕而「無量千萬佛」則是永恆的存有者，以無量的觀照確保善男子善女人生命的覺悟，此即

〔註5〕 借自愛因思坦的相對論，亦即空間——時間條件合一。M. M. Bakhtin,（1998），p.84.

本經所云:「聞是章句,乃至一念生淨信者,須菩提,如來悉知悉見,是諸眾生得如是無量福德。」(《金剛般若波羅蜜經集註》61～2)神話只有作為無處不在的永恆意志凝視無限時空的唯一例證時,化為鮮明可感的真理。(Nietzsche Werke I:112)

「如來悉知悉見」所觀照之「一念生淨信者」,其一念所生之淨信即實現回歸永恆之生命源頭,此生命之源乃萬有未名之初,萬有塑形之前。然而《金剛般若波羅蜜經》卻不如此說,此中自見本經隱喻學之奧祕。其理如何?上文已申明人藉著修辭學(stylistics)塑造了這世界,隱喻自有其先天界限,其有限性源自人生的有限性,來自身體形象的有限性。「如來悉知悉見」所寓的神話,此神話隱喻的真理,絕不可局限於人生有限的想像與理解。因此我們必須回到本經的隱喻學脈絡,揭露隱喻的本質:「佛告須菩提,凡所有相皆是虛妄。若見諸相非相,即見如來。」(《金剛般若波羅蜜經集註》56)

前文述及,人藉著修辭學(stylistics)塑造了這世界,語言不是獨立自主的存有物(entity),它是社會與政治生活的部分組織。它塑造我們的知覺,但也受到我們社會脈絡的塑造。(McLaughlin 87)修辭乃評價的行為,人在塑造世界之際將價值賦予世界萬有。然而人類的認知常因此遭造反向塑造,陷入虛構的隱喻而無以自拔。欲證成無上正等正覺,首先須免於此種陷溺。故曰:「汝等勿謂如來作是念:我當度眾生。……何以故?實無有眾生如來度者。若有眾生如來度者,如來即有我人眾生壽者。……如來說有我者即非有我,而凡夫之人以為有我。……凡夫者,如來說即非凡夫,是名凡夫。」(《金剛般若波羅蜜經集註》248～252)

「眾生」「如來」「凡夫」盡是評價的稱謂,既然修辭乃評價的行為,人在塑造世界之際將價值賦予世界萬有,則永恆的重新評價與眾神之一時俱亡,實乃解脫之正道。此即永恆的重新評價與眾神俱亡:「須菩提,所謂佛法者,即非佛法。」(《金剛般若波羅蜜經集註》84)

又云:「須陀洹名為入流而無所入,……是名須陀洹。」(《金剛般若波羅蜜經集註》85～6)「斯陀含名一往來而實無往來,是名斯陀含。」(《金剛般若波羅蜜經集註》88)「阿那含名為不來而實無不來,是名阿那含。」(《金剛般若波羅蜜經集註》90)「若阿羅漢作是念,我得阿羅漢道,即為著我人眾生壽者。」(《金剛般若波羅蜜經集註》91～2)

《集註》引陳雄曰:「須陀洹,斯陀含,阿那含,阿羅漢,此四羅漢在一

切凡夫人中為第一，佛告彌勒菩薩於《法華經》嘗言之矣。……」（86）此四者為人間價值之標竿，而本經皆以否定詞予以重新評價。否定既有價值之際，總能開啟想像之門。

本經價值的終極意象，無上正等正覺的第一隱喻即佛自身也。如今為重估一切既存之價值，必先顛覆一切既有價值名相之尤者。然而上述身體形象經常是評價人生意義的標準計時器，故「佛說非身是名大身。」（《金剛般若波羅蜜經集註》107）此為本經隱喻學之初步。

身體形象是評價的標準計時器，佛則是以無量的觀照確保生命覺悟的永恆存有者，為了先顛覆一切既有價值名相之尤者，故又曰「佛可以具足色身見不？不也。世尊，如來不應以具足色身見。何以故？如來說具足色身即非具足色身，是名具足色身。」（《金剛般若波羅蜜經集註》227〜8）又曰：「……如來說諸相具足，即非諸相具足，是名諸相具足。」（《金剛般若波羅蜜經集註》228〜9）

即使永恆的意義改變，即使永恆的形象如此多樣「佛言：須菩提，若以三十二相觀如來者，轉輪聖王即是如來。」（《金剛般若波羅蜜經集註》253）所謂「三十二相」，《集註》引陳雄曰：「三十二相，勝妙殊絕，形體映徹，猶如琉璃。此相非是愛欲所生。」（129）如來依然將諸相遮撥而去，故又曰：「須菩提白佛言：世尊，如我解佛所說義，不應以三十二相觀如來。」（《金剛般若波羅蜜經集註》254）

「爾時世尊而說偈言：若以色見我，以音聲求我，是人行邪道，不能見如來。」（《金剛般若波羅蜜經集註》256）因為這一切相盡為隱喻，隱喻終不脫虛構的本質，虛構固不免其指點聖境的功能，然始終只是虛無而已。

進而我們將申述虛無作用的本質，是隱喻的初衷與文學的本真。「如來有肉眼……如來有佛眼。……爾所國土中，所有眾生，若干種心，如來悉知。何以故？如來說諸心皆為非心，是名為心。……過去心不可得，現在心不可得，未來心不可得。」（《金剛般若波羅蜜經集註》212〜220）此章句所言「如來悉知」隱含莫大之生命力，若無無量之生命力，何可遍觀悉知無量眾生之無量心？此及《金剛經》隱喻學終極之奧祕。

不受諸相拘束的如來，表現無盡的生命力，因此確保了無量眾生存有的價值。「須菩提，當來之世，若有善男子善女人能於此經受持讀誦，即為如來以佛智慧悉知是人悉見是人，皆得成就無量無邊功德。」（《金剛般若波羅蜜

經集註》163～4）若無無量的生命力，何可悉知悉見乎。

故而「如來說三十二相，即是非相，是名三十二相。」（《金剛般若波羅蜜經集註》128～9）如來此說乃基於同時觀照相與非相，更通觀那形構相與非相的命名者（是名三十二相者），此中預設著無窮的生命力，方能面面顧全，周遍觀照。

因此當如來悉知悉見「是實相者，即是非相，是故如來說名實相。」（《金剛般若波羅蜜經集註》137）生命力逐級顯現，源源不絕。此即生命力真實的定義。若問「何謂生命力？」生命的定義在於暴量（das Uebermaass）的生命。（Nietzsche Werke I：41）生命力即無中生有源源不絕的創造力（Heidegger 1982：6～7）

因此所謂「離一切諸相，即名諸佛。」（《金剛般若波羅蜜經集註》140～1）實謂即一切諸相以名諸佛。同樣的教義本經不嫌重複，以層疊的語句一再強調如下：

「如來說第一波羅蜜，即非第一波羅蜜，是名第一波羅蜜。」（《金剛般若波羅蜜經集註》143）模範作者知道幻構的作品呈現三種時間形式：故事時間，言詮時間，以及閱讀時間。（Eco 1998：54）浪費時間，休茸空間理念，修飾空間印象，足以擴充言詮時間，閱讀時間，以及故事時間的關係。（Eco 1998：70～71）

情節的經營，跳脫線性的時間觀，不以重建時間為務，文本產生迷霧一樣的效應，使意義的節點輝映成趣，組成重重無盡的意義網絡。就文本之線性展開型態，此複構的意義網絡表現為音樂的旋律。每一情節之營謀，出入時間序列之間，必產生時態的變化。（Eco 1998：43）

徬徨無為（lingering）是最佳的閱讀策略。（Eco 1998：50）「徬徨無為」語出《莊子‧逍遙遊》：「今夫犛牛，其大若垂天之雲。此能為大矣，而不能執鼠。今子有大樹，患其無用，何不樹之於無何有之鄉，廣莫之野。徬徨乎無為其側，逍遙乎寢臥其下。」此即作者運用技巧，令讀者得以「凌波微步」（inferential walks）。

即使是藝術的視覺性作品，也預約了瀏覽全畫面的時間（circumnavigational time）。（Eco 1998：58）言詮時間是文本策略的結果，文本策略是讀者的反應與閱讀時間的交互作用。（Eco 1998：57）

在文藝創作中，或許不易分辨言詮時間與閱讀時間，但當大量時間用於

敘述瑣碎事物，無疑產生緩和閱讀速度的策略效果，以致讀者自然滑入作者自信足以享受文本所需的節奏。（Eco 1998：59）

徬徨無為（lingering）有時不僅為了放慢節奏，更是為了讀者能夠享受「凌波微步」（inferential walks）的美妙時刻，因而時間的日常度量流入虛無的世界，所有的時鐘皆遷化如流水。讀者在徬徨無為之中，封閉於時間的樹林裡。（Eco 1998：69）故曰：「忍辱波羅蜜如來說非忍辱波羅蜜，是名忍辱波羅蜜。」（《金剛般若波羅蜜經集註》145）「忍」之一詞透露強韌的生命力，若非無量生命力？何可如此徬徨無為？如是之章句唯有無量之時間可及，無量之時間度量即湧現無限之生命力，實現無限之生命價值。

如是章句詮表著生命力的精義，尤其它們與「布施」相繫時：「須菩提，菩薩為利益一切眾生故，應如是布施。如來說一切諸相即是非相。又說一切眾生即非眾生。」（《金剛般若波羅蜜經集註》156～7）如此實現生命力，其實發自「為利益一切眾生」的悲願，為實現此悲願故應布施。

故曰「如來所得法，此法無實無虛。」（《金剛般若波羅蜜經集註》160）因為「虛」「實」無非假名，所謂假名意謂可假借之名也。如此就可呼應上述Umberto Eco 的名言（If something cannot be used to tell a lie, conversely it cannot be used to tell the truth：it cannot in fact be used 'to tell' at all.）。（Eco1976：7）

所謂假名就是修辭格（figure），故此經文特別強調「以實無有法得阿耨多羅三藐三菩提，……如來者即諸法如義。」（《金剛般若波羅蜜經集註》197～8）「如來」自身就是一辭格，依其「如」字可知。「若有人言如來若來若去若坐若臥，是人不解我所說義。何以故？如來者，無所從來，亦無所去，故名如來。」（《金剛般若波羅蜜經集註》267～8）因此無上正等正覺應表現無量的生命力，以實現無量的悲願，「如來所得阿耨多羅三藐三菩提，於是中無實無虛。」（《金剛般若波羅蜜經集註》200）若偏執於某為實，生命力黏滯於此，想像力受到拘束，絕非真的覺悟，遑論解脫？

生命力乃無中生有，源源不絕的創造力，隱喻生命為一渾圖之整體，故曰「發阿耨多羅三藐三菩提心者，於法不說斷滅相。」（《金剛般若波羅蜜經集註》259～260）若執著斷滅相，則是生命斷滅處，故不說斷滅相。唯其為一生命整體，故曰：「云何為人演說？不取於相，如如不動。」（《金剛般若波羅蜜經集註》284）「不說斷滅相」不僅不是消極的否定，反而以歷劫重生，永恆回歸證成生命一體的真詮。

四、破琴爲箏

　　Sigmuund Freud《夢的解析》述及夢的兩重功能：認同與錯置。認同憑藉同一意義結構，猶如隱喻。錯置中意義轉譯向相關脈絡中的理念或客體，猶如轉喻。（McLaughlin 87）《金剛般若波羅蜜多》不僅具有豐富的隱喻，更以反向拆解隱喻呈現一套《金剛經》的隱喻學。我們或許可以藉著名的偈語：「一切有爲法，如夢幻泡影，如露亦如電，應作如是觀。」（《金剛般若波羅蜜經集註》287）引出 Sigmuund Freud 原創性的詩學原理，以其對隱喻與轉喻的操作原理，解析一首具有禪機的宋詩，進而彰顯本文論述或有其可觀之處。

　　東坡〈破琴詩并敘〉之序文中曾記一首夢中詩：「度數形名本偶然，破琴今有十三弦。此生若遇邢和璞，方信秦箏是響泉。」〔註6〕邢和璞者，乃點悟房琯前身世也。「響泉」者，唐李勉自製之名琴也。

　　此詩有兩段故事，第一段「邢和璞」引房琯遊廢佛寺，因掘得婁師德與永禪師書，遂藉機點醒房琯前世爲永禪師也。此中前世與今生相對，夢昧與醒覺相對。第二段言夢中友人仲殊攜「破琴」來訪，琴雖破終不可掩其爲箏也。然爲何指箏爲琴則未知也。

　　東坡雖在夢中，卻能認知箏非琴也。房琯雖在醒中，卻不能自覺前世。若東坡醒來始知是箏非琴，則箏在此夢中爲錯置，爲轉喻。但東坡在夢中已悟是箏非琴，此箏卻以琴名，則此不琴不箏，亦琴亦箏之物，豈隱喻哉？若爲隱喻，所隱（顯）者何也？

　　「箏以琴名」即詩云「度數形名本偶然」，以此名相之錯置事件，破解「名—物」之間虛構之連鎖，彰顯語言之任意性，譬喻天地萬物皆辭格（figure）之旨也。此句詩義即上文所述：語言不是命名既存客體與情境，而是我們給予世界意義，遂而形成之體系。因此我們藉語言所生產的這一套意義，塑造了世界的實在性（reality）。（McLaughlin 86）語言是概念化的經緯，以及價值的系統，我們乃經由語言體驗所謂實在性。（McLaughlin 86）

　　「不琴不箏」則承上述旨趣而來，以虛無之作用解放想像力之黏滯束縛。因東坡深知本經「應無所住而生其心」的命題乃基於反向拆解「誤置具體性的謬誤」，是即「如來無所說」之玄義（《金剛般若波羅蜜經集註》123）故曰「此生若遇邢和璞，方信秦箏是響泉。」明知「秦箏」非「響泉」，因「度數

〔註6〕　宋詩夙非所長，辱蒙宗濤師之命，就師所著〈蘇東坡夢中作詩之探討〉報告一得之愚，故不揣淺陋，作獻曝之言云。

形名本偶然」故作此說。房琯因遇邢和璞而自認前生爲永禪師，即是一偶然，是名永禪師。所以東坡此詩之意，並非否定房琯自認永禪師爲前世，而是秉「菩薩應如是布施，不住於相。」之旨，反諷房琯之黏滯於衍義，束縛於辭格，不解「誤置具體性的謬誤」，自陷於傷懷也。

「亦琴亦箏」更承上述旨趣而來，以虛無之作用解放想像力之黏滯束縛，並非消極之取消主義，反彰顯無量之生命力，故塑造世界而旋轉乾坤也。此因東坡上應「聞是章句，乃至一念生淨信者，須菩提，如來悉知悉見，是諸眾生得如是無量福德。」(《金剛般若波羅蜜經集註》61～2) 居士以高妙禪悟，類比神佛之周遍法界，亦因東坡之生命境界高於房琯，生命力與創作力強於次律也。

東坡在夢中將錯就錯，以箏爲琴，而且還是一具破琴，實得《金剛經》隱喻學之三昧也。然房琯在醒中，自以爲認得前世，甚且爲此欷歔，在《金剛經》隱喻學觀照下，反而不如東坡之荒唐琴夢也。

參考書目

1. 日本東京大藏經刊行會：《大正新脩大藏經》，臺北，世樺印刷企業，1998。
2. 朱棣（集注）：《金剛般若波羅蜜多經集註》，臺北，文津出版社，1989。
3. 李霖生《華嚴詩學》，臺北，文史哲出版社，2002。
4. 李羨林〈原始佛教的語言問題〉《季羨林文集》（江西教育出版社，1998）第三卷，頁 400～410。
5. ———〈再論原始佛教的語言問題〉《季羨林文集》（江西教育出版社，1998）第三卷，頁 411～439。
6. 吳汝鈞《佛學研究方法論》（臺北：臺灣學生書局，1996 增訂版）
7. 陳寅恪〈禪宗六祖傳法偈之分析〉《金明館叢稿》二編（北京：三聯書店，2001）頁 187～191。
8. ———〈論禪宗與三論宗的關係〉在《講義與雜稿》（北京：三聯書店，2002）頁 431～439。
9. Aristotle : *Metaphysics,* in the Loeb Classical Library, LCL271, trans. by Hugh Tredennick, Cambridge, Harvard university press, 1989.
10. Bakhtin, M. M.: *The Dialogic Imagination*, trans. by Caryl Emerson and Michael Holquist, Austin: University of Texas Press. 1998.
11. Eco, Umberto : *A Theory of Semiotics*, Indiana University Press, 1976.
12. _____ *Six Walks in the Fictional Woods*, Harvard University Press, sixth printing, 1998.

13. Hegel, Georg Wilhelm : Werke: in 20 Bd., Suhrkamp Verlag Frankfurt am Main, Bd. 3, 1986.

14. Jakobson, Roman : *On Language,* Harvard University Press. 1995

15. Nietzsche, Friedrich : Nietzsche's Werke （Leipzig ：Druck und Verlag von C. G. Naumann, 1905） Band I.

16. Tillich, Paul :*Systematic Theology*, vol. 1.The University of Chicago Press, 1951.

17. _____ *Theology of Culture*, Oxford University Press, 1964.

《靈山》：文學虛無的歸宿

一、搖落深知宋玉悲

　　相對於經典小說故事性的趣味，高行健的《靈山》多了哲學散文的辯論。因為小說的開放性格給予作者創新的餘裕，我們不便於一開始就執著教條，議論《靈山》的文學成就。但是正如作者在《靈山》裡所說的「文學又必須忠於生活，忠於生活的眞實。」〔註1〕語言若是存有（Sein）的居所，文學似乎必須還生命一個歸宿。

　　詩學的原理如果在於：「以語言爲媒介形構意象，以意象表現生命的理解。」那麼文學作品理應成爲我們生命意義寄頓之所。雖然語言終究是社會契約的虛構，但託不得已以養中，誰云不可？因此，文類（genre）豈不決定了我們生命的風格，足以彰顯生命的意境。我們對生命的理解固然經由文學而得以表現（representation），生命理解的高下其實也決定於文學表現的成就。因爲以「我」爲「我思」的前件的語言系統裡，「我的思想」實仰仗「我的語言」而演繹其邏輯，我們眞實存活於其中的宇宙是我們差能論述的宇宙。

　　《靈山》一直透露著作者對文類的省思，而其作品也表現著出入各種文類的嘗試，所以本文先由小說與史詩的分類嘗試，展開我們對《靈山》的推理與玩味。但是最終我們要回到寄頓生命理解的文學歸宿，藉此爲《靈山》找尋文學評論上的定位。

　　鑑於臺灣學術情境的現實，建議閱讀與評論本文宜注意下述前提：首先

〔註1〕 高行健《靈山》（臺北：聯經，2000 年 12 月精裝限定版），頁 471。

為因應《靈山》特定的寫作情境，以及它所獲得特殊社群的肯定，本文不免偏重西歐主流的詩學脈絡。在此又涉及何謂「西歐主流的詩學」？本文之所以選擇黑格爾（G. W. F. Hegel）與尼采（Friedrich Nietzsche）的詩學為理論的框架，當然基於個人對西方詩學與所評論的文本《靈山》的認知。如果你問Jacques Derrida 或 Michel Foucault 呢？欲將一眾當紅的二十世紀詩學大家置於何地？我想為了避免游談無根而徒然搬弄支離破碎的術語，基於個人對詩學源流的理解，將 Jacques Derrida 或 Michel Foucault，或一眾當紅的二十世紀詩學大家置於黑格爾（G. W. F. Hegel）與尼采（Friedrich Nietzsche）（或加上海德格 Martin Heidegger）智慧的 Symposium 中。

其次，《靈山》明顯提示的文類（genre）意識，引導我們在其駁雜的敘事脈絡之間，拾起一條理論的線索。而 M. M. Bakhtin 在文類與小說研究上的貢獻，以及他在黑格爾與尼采的 Symposium 中的傑出表現，說明了本文為何藉 M. M. Bakhtin 的理論地圖以展開我們的評析。

基於以上兩點前提，本文乃有以下三層布局：首先參考《靈山》啟示的文類梗概（generic skeleton）切入文本，亦即回到理解的分類學基線，而以「小說」為分類的起點。前文已聲明這個決定乃根據文本《靈山》的啟示，如此遂得以 M. M. Bakhtin 綿密的小說理論與文類學，鋪張開本文評論的基準線。但是逡巡各種小說類型之餘，雖然本文選擇了最切近《靈山》的文類，卻廢然而返。

因為《靈山》複雜的表現，無論支持或反對其小說屬性，我們都必須釐清其間小說與非小說的特徵。因此提出了另一層分析，亦即以小說與史詩為分類參考。此時我們不僅參照 M. M. Bakhtin 關於「史詩」的定義，更進而將詩學的評論布置於黑格爾（G. W. F. Hegel）知識的饗宴裡。

M. M. Bakhtin 關於「史詩」的定義約有三點：（1）以民族「絕對的過去」為主體（2）是民族的傳說，而非某個作者個人的經驗與自由創作，成為史詩的敘事資產（3）一段「絕對的史詩距離」將傳述史詩者（吟遊詩人，說書人）的生活世界，與其所傳的史詩世界（民族絕對的神聖的過去）隔開。〔註2〕

上述的定義足以知史詩既有之特徵，卻未點明其所以然。黑格爾對史詩的界定正好解決了這個問題，首先他說明史詩表現的是民族精神的世界觀

〔註2〕 M. M. Bakhtin,（1998）The Dialogic Imagination, trans. by Caryl Emerson and Michael Holquist, Austin: University of Texas Press. p.13.

（Weltanschauung），而表現民族世界觀的媒介是史詩人物的位格。史詩中的人物只是具體實現了民族的世界觀，而非個人的意志。〔註3〕

黑格爾的定義更切近詩學的首要課題，亦即表現（representation）。我們藉著他的界定，遂能將議論的焦點對準了能指（signifier, signans）與所指（signified, signatum）綁起的意義軸線。〔註4〕

繼續搜尋的結果卻使我們再度迷失於文類的叢林，也無法確認《靈山》的文學根本，因為文本裡倏忽隱現的「否定的精靈」，〔註5〕總使我們迷失。《靈山》虛無的論述使我們無法將它留在上述的文類之中，因此啟發了另一種可能，亦即是否它歸屬於那虛無主義陶成的悲劇？虛無主義陶成的悲劇，這是尼采開示的議題，所以本文的第三重布局在於尼采的詩學，尤其在於其悲劇的論述。

許論《靈山》的切入點原本多元，本文的抉擇或許个是最佳的決定，但是基於學術議論的要求，我們在前言裡為自身採取的觀照點辯護，於是布置了上述的前提，並且點出了本文的三重布局。每一前提皆作成可供辯論的命題，也可以接受任何人以《靈山》的文本加以古證（Principle of Falsification）。因此任何不能針對詞的定義，命題的真偽，以及論證的謬誤參與討論的言語，我們只好視之為非學術性的主觀感想，甚或只是偏執的囈語，而與本文無關。

二、玉殿虛無野寺中

「這不是一部小說！」「那是什麼呢？」他問。（高行健，頁469）

小說的特性使文學意象的時間座標產生激烈的變化。小說為了建構文學意象而開啟了新領域，此新領域乃與全面開放的「現在」產生最大交際的領域，文學與現實在此頻繁的互相滲透。新型式的小說隨時改寫著小說的定義，大匠如 James Joyce 者，又先後樹立起新的典範。小說是唯一還在發展中的文

〔註3〕 Georg Wilhelm Hegel, （1970）Werke: in 20 Bd., Suhrkamp Verlag Frankfurt am Main, Bd. 15. S.330. 黑格爾的詩學主要在於其《美學講義》的第三卷，他甚至還將小說（Roman）界定為現代布爾喬亞的（bürgerlichen）史詩。Bd. 15. S.392.
〔註4〕 Roman Jakobson, （1995）On Language, Harvard University Press. pp.407-421. 在此選 Roman Jakobson 而非 Ferdinand de Saussure，應收後學轉精之妙。
〔註5〕 Johann Wolfgang von Goethe, （1949）Faust, Ullstein Verlag. S.49. Mephistopheles 在午夜的書齋，首次向 Faust 表白自己的身分。

類，而且小說也是唯一比寫作與書籍年輕的文類。小說仍暴露在現代史的生動觀照下，我們雖然看見許多個別的小說示範，卻尚未形成小說永恆的經典規範。（M. M. Bakhtin,（1998）ibid., p.11.）所以說「小說必須有個完整的故事。」（M. M. Bakhtin,（1998）ibid., p.3.）這種說法不知依據何種前提而來，未免失之武斷。至於高行健在《靈山》之中，正演繹著小說的創新特性。

作者藉著「他說」：「戰國的方誌，兩漢魏晉南朝北朝的志人志怪，唐代的傳奇，宋元的話本，明清的章回和筆記，自古以來，地理博物，街頭巷語，道聽塗說，異聞雜錄，皆小說也，誰也未曾定下規範。」（高行健，頁 469）其實這種列舉式的定義方式，原本無法因應其所界定對象，況且對象又具有創新的內容特質。但是作者最後加上一句排斥「任何規範」的按語，似乎又拯救了這種列舉式定義莫大的漏洞，甚至符應了上述關於小說的認知。

然而「皆小說也，誰也未曾定下規範。」這種說法恰巧表現了作者行文裡不時透露的「虛無」思想。所以當他說「他寫小說只是耐不住寂寞，自得其樂，……小說對他來說實在是掙錢謀生之外的一種奢侈。」（高行健，頁 471）遂被指為「虛無主義」。高行健以他對小說的理解，詮釋他對文學的理解，甚至藉此定義人生。

先不議論虛無與真實這一組概念的意義，僅就定義方式言之，待定義之對象，其內容固然因創新與多變而難以執著，但不妨礙其具有確定的形式界限與範型。因此單純列舉個別的小說創作，固然無法滿足我們對小說定義的要求，斷言其並無任何規範，也一樣是文學的自我否定。

「在我那個環境裡，人總教導我生活是文學的源泉，文學又必須忠於生活，忠於生活的真實。……而生活的真實則不等於生活的表象，……」（高行健，頁 471）根據這一段自白，是否意謂作者試圖從本質上為文學，也為自己的作品下定義？表面上高行健又回到虛無主義的議題，卻又聲稱他是站在真理這一邊的，與真實相對的是「表象」，因此透露出高行健的形上學傾向，薰染著某種「本質與表象」的對立思維。但是文學的實質工作不正是以表象為意義的媒介，如果否定表象的真實，崇信形而上的本質，如何能夠以社會契約虛構的語言為媒介，藉記號以形構啟發想像的表象呢？

如果「生活的真實」乃文學最終的判準，其具體界線何在？況且文學表現的基本模式正在於「不壞假名以說諸法實相」，單純宣布自身敘事的真實性無法證成其文學的正當性。所以我們還是要回到能指（signifier, signans）與所

指（signified, signatum）繃起的意義軸線，於確認其名實之間遮撥顯隱的脈絡。

因此即《靈山》文本的歷史論述，我們在各類型小說之間還有一點選擇的餘裕。因爲《靈山》相當多的情節裡，其時空體（chronotope）〔註6〕循生理時間與歷史時間的線索發展，強烈暗示著心靈的成長，因此將作品的文類帶到了教育小說（der Bildungsroman）〔註7〕的範疇邊緣。

首先我們要檢視教育小說裡，主角藉歷史地理名物形構的風土性（die Lokalität）知覺。（M. M. Bakhtin,（1996）p.34.）首先他說「那分優閑，那種灑脫，自然是本地作風。這裡是人家的故鄉，活得沒法不自在，祖祖輩輩根就扎在這塊土地上，用不著你遠道再來尋找。」（高行健，頁1）

然而《靈山》傳說故事的情節自始就因爲主角未明，以及歷史地理上的曖昧，顯示它們與歷史時間的隔閡：「你坐的是長途公共汽車，……來到南方山區的小縣城。」「你也還應該知道，那浩翰的史書典籍中，從遠古卜卜的《山海經》到古老的地理志《水經注》這靈山並不是眞沒出處，佛祖就在這靈山點悟過摩訶迦葉尊者。」（高行健，頁1）

與歷史時間的隔閡，說明作者並不試圖寫作歌德式的「教育小說」。雖然他的故事時時連繫著一些歷史地理的名物，例如「永寧橋：始建於宋開元三年，一九六二年重修，一九八三年立。這該是開始旅遊業的信號。」（高行健，頁6）但是南朝宋武帝劉裕所建之宋，或宋太祖趙匡胤所建之北宋與南宋，並無年號曰「開元」者。又或「開元」僅指開國建元，則在劉宋與趙宋之間猶有揣測的餘地。

又如「我是在青藏高原和四川盆地的過渡地帶，邛崍山的中段羌族地區，見到了對火的崇拜，人類原始的文明的遺存。無論哪一個民族遠古的祖先都崇拜過給他們帶來最初文明的火，它是神聖的。」（高行健，頁10）它指涉的是「前於（a priori）歷史」的遠古。因此那種教育小說裡，主角藉歷史地理名物形構的風土性（die Lokalität）知覺，在《靈山》裡並不存在。

作者透過時空體的持續不變，進一步隔絕故事的歷史性與風土性「……從前清以來就未曾有過多大變化。」「世世代代生活在這裡鄉里人卻不知道這裡的

〔註6〕 借自愛因思坦的相對論，亦即空間──時間條件合一。M. M. Bakhtin,（1998）
ibid., p.84.

〔註7〕 M. M. Bakhtin,（1996）Speech Genres and Other Late Essays , trans. by Vern W.
Mcgee，Austin: University of Texas Press. p.24. ,33.

歷史，他們甚至不知道他們自己。就這鎮子上一個個天井和閣樓裡住的些什麼樣的人家，一生又一生又怎樣打發，要不加隱瞞，不用杜撰，統統寫出來，小說家們就都得傻眼。」（高行健，頁 42）「這故事講了一千年了，你在她耳邊說。」「還會講下去，她像是你的回聲。」（高行健，頁 33）所以引用歷史地理的名物掌故說故事，故事終究是故事，並未襲取教育小說的風土性。

其次，除了主角擬似風土性的知覺，作者又提供了另一條線索，就是「童年」。雖然童年以告白（confessions）形式表現，但是倒敘的方式使生理時間與歷史時間產生類比的聯想：「你於是來到了烏伊鎮，一條鋪著青石板的長長的小街，你就走在印著一道深深的獨輪車轍的石板路上，一下子便走進了你的童年，你童年似乎待過的同樣古舊的山鄉小鎮。」（高行健，頁 17）盧梭（Jean-Jaacques Rousseau）的《告白》（Les Confessions）似乎點染著同樣的氣氛。

然而主角曖昧的童年使角色隔絕在屬於邏輯虛構的位格裡。「你赤腳在印著深深的獨輪車轍的青石板上……，從童年裡跑出來了，跑到如今，那一雙光腳板，汙黑的光腳板，就在你面前拍打，你拍打過沒拍打過光腳板這並不重要，你需要的是這種心象。」（高行健，頁 19）我要，所以我在。這樣的表現使得《靈山》童年的告白與歷史時間脫鉤。

作者在《靈山》裡，不僅借專業「說書人」（高行健，頁 32）與業餘說書人之口說故事，書中的「你」與邂逅的「她」也交換著故事。在「你」「我」「她」「他」的漫遊與相遇之地，故事更隨著一井一樹一橋一屋，汩汩流出。第十三章述及「朱花婆」（高行健，頁 75）第十五章「盜墓世家」（高行健，頁 86）第二十章「彝族民歌」（高行健，頁 119～120），不勝枚舉。

記憶揉進一地之風土方志，但是因爲主角不統一，我們並未發現「你」「我」「她」「他」任何位格的成長，在故事與故事交迭之間，主角所承載的時間度量又與歷史時間無涉，所以無法歸類於教育小說的範疇。

在這些充滿風土人情色彩的故事裡，其實並不缺少「主人公」，所以對話者所質疑的「缺乏主人公的故事」（高行健，頁 470）乃指上述民族傳說之餘，小說中以人稱代詞爲主詞的，正在說出的故事，以及正在發生的正在說出故事的故事。

但是高行健以缺乏實指內涵的位格爲「說故事的人」，產生了民間故事的匿名效果，亦即上述「缺乏人物刻畫」「沒有鮮明形象」的主角。擬似民間傳說的《靈山》，因此不是個人專斷妄作的小說，而擬似創作基礎更豐厚的民族

傳說。繼而應提出史詩的其它特性，例如史詩與現世疏離，造就了史詩的絕對時空，亦即史詩存在于不容置疑的世界。(M. M. Bakhtin, （1998）ibid., p.13.）

三、獨留青塚向黃昏

作者說「從歷史的眞實到做人的眞實，我實在不知道這許多眞實有什麼用處。可我竟然被這些眞實糾纏住，在它們的羅網裡掙扎，活像只【隻】落進蛛網裡的蟲子。幸虧是那誤診的大夫救了我的命。」（高行健，頁 13）那是他從生死交關的臨界情境下（critical condition）：〔註 8〕「死神同我開了個玩笑，……生命之於我重又變得這樣新鮮。我早該離開那個被污染了的環境，回到自然中來，找尋這種實實在在的生活。」（高行健，頁 12）從生死交關的臨界情境脫身，啓發了他探索生命眞理的意志。以臨界情境啓發終極關懷，滿可以作爲文學的定義，進而演繹文類的梗概（generic skeleton）。

「你找尋去靈山的路的同時，我正沿長江漫游，就找尋這種眞實。」（高行健，頁 12）所謂「這種眞實」指的是緊接這一段文章的上文「他還能唸好多咒語，……他確信這種咒語……黑山法……鬼打牆……把人引向絕境，那就是死亡。他唸著一串又一串咒語，……火舌黏著燉羊肉的鐵鍋，將那雙眼睛映得一閃一閃，這都眞眞切切。」（高行健，頁 12）因此所謂眞實乃此處所表現的「情眞意切」，一種類比於宗教情感的終極關懷（ultimate concern）。〔註 9〕但是他是否能就此將生命引渡至完美的可能呢？亦即藉傳說的形式轉渡爲史詩？

「眞實是無法論證的，也毋須去論證，讓所謂生活的眞實的辯士去辯論就得了，要緊的是生活。」（高行健，頁 17）因此在文學表現上，他開始經營一種違常的文類「歷史同傳說混爲一談，一篇民間故事就這樣誕生的。眞實只存在於經驗之中，而且得是自身的經驗，然而，那怕是自身的經驗，一經轉述，依然成了故事。」（高行健，頁 10）他所說的眞實存在於下述的故事中，而故事也成爲他在表現眞理時的主要媒介。例如作者由「他坐在火塘前喝酒，……」（高行健，頁 17）開始，接著談及了「灶神」、「民歌」、「巫術」與現代醫學的「誤診」，以及一個民間傳說，最後回到了「眞實的只是我坐在這

〔註 8〕 借自自然科學的概念，意謂同一存有物存在條件改變使得存在形態改變的關鍵刻度

〔註 9〕 Paul Tillich,（1951）Systematic Theology, vol. 1.The University of Chicago Press. pp. 12～14.終極關懷與臨界情境構成較週延的神學論述。

火塘邊上，在這被油煙熏得烏黑的屋子裡，看到的他眼睛裡跳動的火光，眞實的只是我自己，眞實的只是這瞬間的感受，你無法向他人轉述。」（高行健，頁 17）以及聽著鄉野傳說，心理的回應如「那門外雲霧籠罩下，青山隱約，什麼地方那湍急的溪流嘩嘩水聲在你心裡作響，這就夠了。」（高行健，頁 17）眞理歸諸傳說，是否意謂小說回歸史詩的文類學轉向？

《靈山》裡故事情節上的隔絕，卻將我們的推理引向虛無主義，而非史詩神聖的過去，例如全書的緣起與漫遊的結尾：

> 「你自己也說不清楚你爲什麼到這裡來，你只是偶然在火車上，閑談中聽人說起這麼個叫靈山的地方。」（高行健，頁 2）
>
> 「他子然一身，游盪了許久，終於迎面遇到一位拄著拐杖穿著長袍的長者，於是上前請教：
>
> 『老人家，請問靈山在哪裡？』
>
> 『你從哪裡來？』老者反問。
>
> 他說他從烏伊鎭來。
>
> 『烏伊鎭？』老者琢磨了一會，『河那邊。』
>
> 他說他正從河那邊來的，是不是走錯了路？老者聳眉道：
>
> 『路並不錯，錯的是行路的人。』」（高行健，頁 495～6）

《靈山》裡，一章往往從無知（例如第二十五章弄不清誰更眞實）與不確定的視覺意象（例如第二十三章做了個夢）開始，再以陰暗的視覺意象（例如第二十三章那黑色的來潮退去）幽遠的視覺意象（例如第二十二章失重的感覺）或視覺意象不可知（例如第二十六章無相也虛妄）作「不是刻意結束的結束」（例如上一章總與下一章的人稱相異）或「不能定義爲結束的結束」（例如第二十六章）。以多樣的意象表現了「他們的故事」與現實生活的情節間的距離與隔絕。

史詩絕對的時空乃證立現世人生的正當性，〔註 10〕由史詩世界的完美啓示沉淪此世的人類，在美好的古代人間曾經實現如此的完善。如此美好啓示

〔註 10〕 Friedrich Nietzsche, Die Geburt der Tragödie, §3. 在此引用的篇章，未能精確的標示頁碼，實因長年於哲學系講授「尼采哲學」，愚雖絕不敢專家自許，但終因過於傾心而不能矜持本位，所以在此只好一方面依賴原著既有的節碼（§），尚足以顯示其大概；一方面實因引文並非原典本文，而是一己閱讀心得的濃縮；如果不作註腳，難逃剽竊之嫌；如果逕自牽附出處，則有僞冒之罪；因此折衷，略示先哲啓迪之機。

著無限的可能，史詩藉虛擬的過去，啓示人間美好的未來。但是史詩昭示的完美，絕非單純毗連的靜態光景，而是歷遍渾沌（chaos）的漫遊之後，建立生命的動態秩序（cosmos），這才是史詩的宇宙論（cosmology）。〔註11〕

　　其次，因爲《靈山》裡的故事缺少一帶領民族復興的，歷劫不毀的英雄，所以也無法成就其史詩。〔註12〕作者仕《靈山》裡，借專業「說書人」（高行健，頁 32）與業餘說書人之口說故事與故事交迭，以「說故事的人」產生了民間故事的匿名效果，原本可以導向史詩的巧安排，惜因未見統一的英雄典範（paradigm），《靈山》終究不能歸類爲史詩。

　　作者以各種說故事的人，權充吟唱史詩的吟遊詩人。《靈山》以序列參差的故事集（oeuvre）〔註13〕表現擬似史詩原型的民族傳說形式，提供讀者三種透視法（perspectives）。〔註14〕首先《靈山》集結了史詩不容置疑的絕對時空體（chronotope）（M. M. Bakhtin,（1998）ibid., p.84.），顛覆了讀者對小說同現世開放的想像向度。其次，《靈山》渾沌散列的故事集，顛覆了讀者對史詩世界完美可能性的憧憬，因爲史詩那絕對的世界確保著現世秩序的完美可能性，散亂的故事集喪失了《啓示錄》的地位。第三，各擁其土的故事集結成冊，沒有突破讀者怠惰的線性閱讀，未能令觀照的焦點散列紛呈，但故事集的不連續性顛覆了讀者將日常生活正當化的期許，卻沒有將讀者的想像引渡到「散點透視」「一步一景」的中式園林世界。所以《靈山》在文類的歸屬上，又再度落空，語言格局的迷失導致生命的理解漫無所歸。

四、雲雨荒臺豈夢思

　　試圖建立小說敘事的秩序，或許僅意謂著學者解讀小說與詮釋小說的「神

〔註11〕 Cosmos 原有秩序義，cosmo-logy 不妨理解爲有關這世界的秩序性論述，宇宙論不過是人對所處世界的秩序，充滿憧憬的表述。Stephen Hawking 的人事原則 anthropic principle：我們以我們存在的方式觀看我們存在的宇宙。弱人事原則：智性生命的發展的必要條件僅存在於空間與時間某一有限區域內。強人事原則：許多不同的宇宙，以及宇宙裡許多不同的區域，都存在其自身的原始完型，或許還有一套自己的科學律則。智性生物問，爲何宇宙如我們所見？答案是宇宙不如此，則我們不會存在於此。Stephen Hawking,（1989） A Brief History of Time, BantamBooks. pp.130-1.

〔註12〕 Georg Wilhelm Hegel,（1970）Werke: in 20 Bd., Suhrkamp Verlag Frankfurt am Main, Bd. 15. SS. 339-353.

〔註13〕 Michel Foucault,（1969）L'Archéologie du Savoir, Editions Gallimard, pp.33～35.

〔註14〕 Alison Cole,（1992） Perspective, Dorling Kindersley.

話」。〔註 15〕所謂「寫小說起碼的常識」，並非表述文學的現實，而在表現解讀小說的欲望。「正像故事一樣」，說明作者試圖將自己的作品塑造成「史詩（epic）」，因爲史詩的源頭在於民族的傳說，而非一二人個別的經驗，更不是私人經驗衍生的自由聯想。（M. M. Bakhtin, （1998）ibid., p.13.）

但是這種企圖終究不能實現，單從下述引文就可知高氏論述的內在矛盾：「眞實只存在於經驗之中，而且得是自身的經驗，然而，那怕是自身的經驗，一經轉述，依然成了故事。」（高行健，頁 17）「眞實的只是我自己，眞實的只是這瞬間的感受，你無法向他人轉述。」（高行健，頁 17）後句含有濃厚的虛無主義色彩，而且是否定一切的劣義的虛無主義。〔註 16〕所以故事情節的淡入與淡出，隔絕生活的回饋，使《靈山》的傳說無所掛搭，亦無所傳承，因而喪失了史詩民族傳說的本質。

作者「壓根兒沒主義，才落得這分虛無」的說辭，其實無法導致所謂虛無之勝義。例如最終章：「我還可以以爲這眨動的眼皮中也許並沒有什麼意義，可它的意義也許就正在這沒有意義之中。

……

我不知我此時身在何處，我不知道天堂裡這片土地又從何而來，我四周環顧。

我不知道我什麼也不懂，還以爲我什麼都懂。」（高行健，頁 525～6）又說：「……我就只好不懂裝懂。裝做要弄懂卻總也弄不懂。」

（高行健，頁 526）

這一段省思瀰漫著無聊的不可知論者的情懷。因此作者根本否定了民族傳說（national tradition）的價值，於是史詩也喪失了源頭活水。

虛無主義（nihilism）有劣義與勝義之判，劣義之虛無主義只是單純否定一切事物的價值，乃至於否定生命的價值。勝義之虛無主義旨在藉虛無之進路，顛覆一切既存的價值，以利重新評估一切價值。〔註 17〕尼采所揭示的正典的虛無主義（klassische Nihilismus）不僅不是無聊頹廢的虛無蒼白，反而在於顛覆形上學的神權統治，盡此一身的沉淪，成就超人（der Übermensch）類

〔註 15〕 Laurence Coupe, （1997）Myth, London & New York: Routledge, pp.1～13.黑格爾視爲史詩典範的 The Iliad 與 The Odyssey，亦被世人視爲神話學的素材。

〔註 16〕 Martin Heidegger, （1961）Nietzsche, zweiter Band, SS.33～43.所謂尼采的虛無主義，乃綜結於海德格的講義。

〔註 17〕 Umberto Eco, A Theory of Semiotics, Indiana University Press. pp.6～7.

型的悲劇英雄。人間的悲願並非因為無底的虛無感而墮入人生多苦的宿命，而是因為過度豐盈的生命遂耽溺於無盡的苦行。如此，在文學的領域還可以期待一種悲劇小說的表現形式。

如果按單線發展的因果理則，人世間的無常，實在是非理性，並產生絕望無助的痛苦。於是難免讓人從心底發出希望未曾出生的悲歎，無奈之餘，則感傷不如當下了斷殘生。無盡變滅的無常世界，其實是我們親切地經歷。生命力若洶湧的大海，人生的經歷則恍如波濤，而眾神的世界則是波光映耀的華麗光景。人生的切實經歷雖如單純的表象，卻與生命大海同一。至於眾神的世界，不過是單純表象的表象。因為一物若不能用來說謊，則它將無法說出真理，甚至無法說出任何事物。〔註18〕《靈山》不僅無法忘情於真實，因而輕忽表象。它所著重的真實還困於一己的感受，然而藝術的領域應避免任何主觀的欲求，超脫自我的陷溺，並令個體的意志與欲望沉寂下來。詩以「我」為表意的媒介，但是這個「我」乃是同於大通的「我」，而不是經驗領域裡，時——空——因果條件規劃的「我」。（高行健，頁 37）空洞的位格不是真正的缺失，問題在於《靈山》裡非常濃厚的肉感意象，以「肉感意象」自我封閉的主角：「在海拔兩千五百公尺觀察大熊貓的基地，到處在滴水，被褥都是潮濕的。」（高行健，頁 40）因為雨霧隔離，加上天光未明，阻斷了視覺。而無處不在的潮濕，人只剩下周身表層的觸覺：「天將亮時分，又聽見兩聲槍響，來自營地下方，都很沉悶，回響在山谷裡拖得很長。」（高行健，頁 29）

「說不分明的期待」「隱約的願望」「邂逅」「奇遇」景「黃昏」音「清脆的搗衣聲」（高行健，頁 36）「你不知道她從哪裡來，又回哪裡去。」「她逕自走了，消失在小街的盡頭，像一則故事，又像是夢。」（高行健，頁 23）。「我信步走去，細雨迷濛。」「清寂無人」「只有溪水總不遠不近在什麼地方」（高行健，頁 28）「細雨不斷」「谷壑朦朧」「沉悶隱約」遮蔽視覺與聽覺，觸覺的意象將知覺向皮膚表層收斂，甚至收縮進身體內部，固然表現清新的個體性自白（confessions），但絕非史詩中足以認同的英雄形象，因此喪失了史詩的特質。然而清醒的個體意識並非全然無效：

須知超人沉淪的悲願，其智慧超脫推理的邏輯，更解脫單純自我壓抑的道德律，也無求於知識分解所生的悅樂。學術社群集結的權威，塑造了缺乏音感

〔註18〕Friedrich Nietzsche, Die Geburt der Tragödie, §5.

的群眾，只能理解沉悶枯燥的推理，無法歡唱生命的旋律。過度豐盈的生命在善惡之外的歡樂與光榮，即創造即毀滅。無常的世界唯有在藝術中才能獲得解救，而在藝術中，世界萬物皆只是表象而已。悲劇神話絕非爲了使人生更舒適，或者更正確。〔註19〕

「都不過是一些追憶，這鈴聲只固守在你心裡，又像是在你腦門上響，肺腑撕裂的痛楚難以忍受，心臟瘋狂搏動，七上八下，腦袋就要炸裂開來。……生命是脆弱的，又頑強掙扎，只是本能的固執。」（高行健，頁523）當生命的知覺停留在身體的內感覺，生命的理解也包裹在單純的自我意識裡，因此與歷史性的意義網絡失去聯繫，身體甚至不再是生理學（physiology）的身體，「自我意識」也遠離存有學（ontology）的議論，最後連「我」都逸出了「我思想，我存在（cogito ergo sum）」的語句，生命或將實現沒有主詞的命題。〔註20〕

但是《靈山》卻將自我意識劃歸觸覺意象：「……絕無聲響，你墮入更加幽深的黑暗，重又感到了心的搏動，分明的肉體的痛楚，這生命之軀對於死亡的恐懼是這樣具體，你這副拋棄不掉的軀體又恢復了知覺。」（高行健《靈山》同上，頁525）

「你睜開眼睛，光芒令你刺痛，什麼也看不見，只知道還在爬行，

〔註19〕Friedrich Nietzsche, Die Geburt der Tragödie, Versuch Einer Selbstkritik.
〔註20〕當人們說：『我思。』這裡有一個曲解，人們誤以爲『我』是『思』的條件。但這裡的『我』是那個著名的 ego，而這個 ego 仍然只是一個建議，一個主張，一種說法，絕不具有什麼『直接確定性』。也許有一天我們會習慣，沒有主詞的陳述。自我意識的否定，當下所欲的對象就是生命。自我意識定義爲反映無限統一的形構，生命就是這統一形構。生命的本質是消融一切差異的無限形構，是徹底的以自我爲中心的軸心運動，是動健不息地無限性形構的兀然靜止。生命乃是自身發展著的，同時消解著其發展過程，並在運動中簡單地保持著自身的整體形構。自我就是欲望，確信對方不存在，肯定對方的不存在就是其眞相，它消滅獨立存在的對象。對方的存在因而也得到了確認。如果沒有對方的存在，自我意識也沒有可以消滅的對象。自我意識有另一自我意識與之對立，它走出自身，因而喪失了自身，因爲它發現自身爲異物。同時它又消融了那異物，因爲它發現對方缺乏眞實的存在，反而在對方之中看見自身。它必須消融另一獨立的存在，以確立自身的存在。由此它消融了自身，因爲它的對方就是它自己。自我意識透過消融自身而反回自身，它因消融它的對象而與自身統一了。同時它也讓對象反回其自身的自我意識，因爲對象就是它自己。孤獨的旅人，在狼嗥的曠野，唯有擁抱自己取暖。自我意識消融對象時也消融了自己在對象中的存在，因而解放了對象。必要時，甚至燃燒自己取暖。李霖生《超越善與惡》（臺北：臺灣書店，1998年），頁70～72。

　　惱人的鈴聲竟成了遙遠的記憶……在視網膜上炫耀，……失去了自
　　主的能力，都是徒然……不肯冥滅，黑森森的空洞，一個骷髏的眼
　　窩，貌似深邃，什麼也沒有……」（高行健，頁 523～4）

為了鎮壓生命無常遷化變滅所帶來的痛苦，不使人生迷失於虛無之中，神祇
幻化無盡的夢想，為人生締結和樂的盟約。世界萬有的無常變滅，與神話啓
示的完美夢想，在和平條約的制衡下，經藝術家的解放而大赦天下。個體實
存的原理形構的世界在崩潰之際，演繹出藝術的實相。生命的音樂旋律在變
形的慶典中響起，世界竟在毀滅中得到救贖。〔註21〕

　　如果空洞的位格向萬物流轉的宇宙開放，則《靈山》或將實現虛無主義
之勝義：「況且虛無似乎不等於無，正如同書中我的映象，你，而他又是你的
背影，一個影子的影子，雖沒有面目，畢竟還算個人稱代詞。」（高行健，頁
471）人稱代詞雖空虛，卻提示了相對的想像自由。明知人稱代詞只是假名，
但是「不壞假名以說諸法實相」適足以證立文學的正當性。

　　因為當人類沉浸於生命最深劇的毀滅與痛苦中，只有藝術可以拯救他，
使他免於墮入頹廢的虛無。由此，藝術拯救了生命。在藝術創作泯滅日常生
活的界限所帶來的狂歡裡，一種令人暈眩的元素使人們過去一切經驗皆沉睡
不起。失憶的斷層割開日常現實的世界，以及藝術創造的真實世界。一旦日
常現實的世界重新進入意識層，禁欲苦行與意志的自閹，挾帶著厭煩繁衍開
來。知識扼殺行動，所以行動需要幻象的掩護。〔註22〕這又是《靈山》無法
了悟的真與幻，所以它乞靈於記憶，並且崇信真實，並且耽溺痛苦帶來的存
在感。

　　正典虛無主義之下，悲劇英雄的宿命在於，他以自己的知識將自然投入
毀滅的深淵之際，他自身也必將承受自然的銷蝕。人的智慧是背叛自然的罪
行，遍覽《靈山》並未顯現背叛自然的悲劇英雄。藝術創作的歡樂祝聖了所
有的不幸，藝術家所喜好的變化僅僅是黝黑的悲傷淵潭上，天光雲影迴光反
照的燦爛景象。個體化是所有苦難經歷的根本原因，而苦難經歷是他自身客
觀化的潛能。

　　《靈山》裡肉感的個體意識固然經歷痛苦，卻無以致力消融個體於大化
流行的生機。個體意識在自己身上體現隱藏於事物裡的根本衝突，此時他將

〔註21〕 Friedrich Nietzsche, Die Geburt der Tragödie, §2.
〔註22〕 Friedrich Nietzsche, Die Geburt der Tragödie, §5.

遭指控犯了褻瀆之罪，而且他必將歷經苦難，〔註 23〕如今卻淪為表演給雜誌藝評家看的推理劇，以病痛/哀傷為表意的媒介，而不是以行動/情節為表意的媒介，則難免以理性主義之「道德病理學排膿程式」，將悲劇的功能詮釋為清洗腸胃式的病理治療（die Katharsis），〔註 24〕讓人在作品結尾尋找情感的宣洩。《靈山》在布局中設置文類的懸疑，再穿插哲思的散文小品，最後以西方基督教義的符碼，構成西方基督教文化色彩濃郁，卻又蘊涵東方禪意的圖畫意象，在在表現出作者的寫作特質。

無明確規範的故事行列，似乎以虛無之名提示了創新與想像的自由。但是受限於作者明顯的「劣義虛無主義」，既顛覆了小說「向現實開放」的特性，卻又顛覆了史詩建構「民族神聖過去」的特性。在史詩與小說間漫無所歸的《靈山》，其實因為其在「本質知識」的進路缺乏進展，而虛無的位格又破壞了族群神聖的過去，《靈山》裡徒具人稱代詞的存有者（entity），既無法傾身於異族陌生上帝的末日救贖，〔註 25〕更無緣長吟「下學而上達，知我者其天乎！」〔註 26〕怯懦的自我不僅未能浪跡天涯，反而自我封閉於生命第一手的觸覺裡，尤其局促於體腔裡的內感覺，不解何以「盡心知命以知天」，無從「存心養性修身以立命」。〔註27〕書中人稱代詞承載的主角，屢屢耽溺於自身肉感的意象，而虛幻的男女關係卻又否決了自我突破個體形象的管道，〔註 28〕不能「未知牝牡之合而朘作」。〔註29〕《靈山》之旅終究只能是「此身飲罷無歸處」，逐步消聲匿跡的自我，從小說的世界與史詩的宇宙裡，漸漸縮回肉感意識圈禁的自我。即使小說暴露在現代史的生動觀照下，尚未形成其永恆典範，

〔註 23〕 Friedrich Nietzsche, Die Geburt der Tragödie, §9.
〔註 24〕 Friedrich Nietzsche, Die Geburt der Tragödie, §22.
〔註 25〕 Cf: James Joyce, Ulysses, chapter 18.女人活色生香的頹廢獨白裡，遍計歡媾之餘還惦記著末日審判時，天主是否存在。
〔註 26〕 《論語‧憲問》曰：「莫我知也夫。……不怨天，不尤人，下學而上達，知我者其天乎。」
〔註 27〕 《孟子‧盡心》上曰：「盡其心者知其性也，知其性者則知天也。存其心，養其性，所以事天也。殀壽不貳，脩身以俟之，所以立命也。」
〔註 28〕 Cf: James Joyce, Ulysses, chapter 18.表現雖不神聖卻能自在的男女關係，實際上是更具普效性的末世救贖，讓凡夫俗子在日用尋常間獲致安身立命之道。《靈山》第七十二章末，雖模仿 Ulysses, chapter 18.意識流的筆法，但不理解出身愛爾蘭天主教會的 James Joyce，終究止是皮相之談。
〔註 29〕 《老子》章五十五：「含德之厚，比於赤子。毒虫不螫，猛獸不據，攫鳥不搏。骨弱筋柔而握固，未知牝牡之合而朘作，精之至。」

〔註 30〕因此肯定《靈山》的小說性，然而如若「文類（genre）決定我們生命的風格，足以彰顯生命的意境。」則《靈山》迂迴的文學表現，不過是人生的幽闇中冗長無聊的自慰罷了。

〔註 30〕M. M. Bakhtin,（1998）ibid., p.3.

萬商帝君之流亡

【摘要】

　　生命之弱勢在於無法說出自身存在之正當性。陳映眞小說《萬商帝君》，以世紀末臺灣殖民主義現象爲本事，批判資本主義於人性之異化（alienation）。上帝是基督教徒終極之價值判準，資本主義興起，價值判準迥異昔日，然而信徒仍然相信積聚財富是爲了榮耀上帝。陳映眞《萬商帝君》由一殖民地之弱者顚倒衣裳，強扮海盜帝君，以出言不遜爭生存權，荒唐中見眞情，流亡間有生機。產品交換者實際關心的問題，首先是他用自己的產品能換取多少別人的產品，就是說，產品按什麼樣的比例交換。

　　爲什麼勞動表現爲價值，用勞動時間計算的勞動量表現爲勞動產品的價值量呢？一些公式本來在額上寫著，它們是屬於生產過程支配人而人還沒有支配生產過程的那種社會形態的，但在政治經濟學的資產階級意識中，它們竟象生產勞動本身一樣，成了不言而喻的自然必然性。勞動時間的社會的有計劃的分配，調節著各種勞動職能同各種需要的適當的比例。

　　陳映眞也啓示了以語言與言語救贖之道。那就是繼續言語，繼續說出整個宇宙，你也再生了宇宙。浪費時間，休葺空間理念，修飾空間印象，足以擴充言詮時間，閱讀時間，以及故事時間的關係，此即再生之餘裕。敘事節奏明快乃敘事學之常軌。敘事學固然以明快爲常軌，卻不意謂喪失悠然自得之敘事規範。需要讀者自己動起來。任何敘事作品都必然且致命的快轉，因爲建構一個由無數事物組成的世界，你無法縷述此世界中的一切事物。所以你並非複製世界，而是在虛構與閱讀中，以你的形象創生了你的宇宙。

　　關鍵詞：時間，人類勞動時間，價值，價值形式，帝國主義。

生命之弱勢在於無法說出自身存在之正當性。尼采說：人生與世界只有作爲美學現象（ästhetisches Phänomen）才獲得了他們的正當性。（Nietzsche Werke I：45）〔註1〕「萬商帝君」由一殖民地之弱者顛倒衣裳，強扮海盜帝君，以出言不遜爭生存權，荒唐中見眞情，流亡間有生機。

陳映眞小說《萬商帝君》，以世紀末臺灣殖民主義現象爲本事，批判資本主義於人性之異化（alienation），啓人深省。萬商帝君之流亡始於帝國主義魔影狂飆之下，臺灣沉淪殖民地宿命之哀歌。列寧著書倡言帝國主義乃資本主義最高發展階段，〔註2〕臺灣數百年殖民地現象亦資本主義流風餘孽也。

本文藉陳映眞小說《萬商帝君》，析論全球資本主義潮流下，殖民地人民所處之劣勢。殖民地乃於帝國架構下，相對於宗主國而言。解析今之殖民地，又不能脫離資本主義之現實。本文僅依馬克思《資本論》（Das Kapital）第一卷第一章第四節「商品拜物教」，演繹帝國宰制之機關。

一、問題：上帝已死

上帝是基督教徒終極之價值判準，資本主義興起，價值判準迥異昔日，然而信徒仍然相信積聚財富是爲了榮耀上帝。產品交換者實際關心的問題，首先是他用自己的產品能換取多少別人的產品，就是說，產品按什麼樣的比例交換。（Marx 89）掌握最高價值判準者是否仍是上帝，在商品交易中上帝是否仍然存在於數碼交錯之間。如果上帝未死，爲何世間如此多不平事？爲何黎民悲歌有動地之哀？

所謂弱勢，因爲我們無能掌握價值判準。上帝是價值之終極判準，所謂弱勢，因爲我們無權解釋上帝的神諭，我們甚至無能定義誰是上帝。如果所有政治鬥爭皆是神學的戰爭，〔註3〕我們失去詮釋上帝的權力，就注定了爲人奴隸的命運。身處帝國統治下的殖民地，弱勢的宿命引我們逐漸喪失說出自己的能力與權利。此篇論文追問的就是語言再生之機，殖民地人民的覺醒。

〔註1〕 ---- denn nur als ästhetisches Phänomen ist das Dasein und die Welt ewig gerechtfertigt : ----（Nietzsche's Werke. Band I : Leipzig Druck und Verlag von C. G. Naumann 1905. S. 45.）

〔註2〕 列寧〈帝國主義是資本主義的最高階段〉《全集》（北京：人民出版社，1963年一版3刷）第二十二冊，頁179～297。

〔註3〕 J-J. Rousseau Oeuvres completes III., Éditions Gallimard p.460.

　　陳映眞小說命名《萬商帝君》，其實深染商品帝國主義風味。試覘全書最具典範意義的章句，由臺灣莫飛穆國際公司行銷經理，綽號香港劉之日誌記載「美國莫飛穆」責成「臺灣莫飛穆國際公司」（Moffitt & Moore International, Taiwan, Inc.）舉辦的國際行銷會議，萬商帝君林德旺首頒御旨曰：「我是萬商帝君爺……」「世界萬邦，凡商界，企業，攏是我管轄哦！」〔註4〕一句世界萬邦，已道盡其帝國主義本質，遑論由一個綽號「香港劉」的經理，於臺美斷交之際，低聲詛咒 irrational nationalism 非理性的民族主義之餘，於其記載之國際盛會裡，突兀之插曲。正因其突兀，遂以諷刺映出商品拜物教之性格。我們必須先找到商品拜物教的上帝，或者宣告上帝已死。

　　小說中的萬商帝君太子，由精神異常的林德旺擔任，類比基督宗教中救世主的出場情節。女祕書虔誠基督徒 Rita 發現的「帝君太子林德旺繪像」（陳映眞，頁220）恍如約旦河畔，聖約翰受到鴿子意象之天啓，發現了聖子耶穌基督。林德旺闖入冠蓋雲集的國際行銷會場，也有幾分神似耶穌闖入聖殿之神聖與瘋狂。須知當時耶穌藉法利賽人經師雲集爲背景，以聖父之名火拼猶太教經師，竟是宗教革命顚倒眾生之激情演出。

　　然而上帝已死，馬克思著重商品拜物教（Fetischismus）所啓示的超越世界，所以他說商品的神秘性質不是來源於商品的使用價值，而是來自物（Ding）的意象，不是神（Deus）的顯靈。同樣，這種神秘性質也不是來源於價值規定的內容。（Marx 85）所謂使用價值目的在於滿足現實的需求，甚至屬於生理學所謂的需求。而價值規定的內容與價值形式相對，形式（form）的意義可以追溯到亞里士多德的形上學。商品的神祕性質是抽乾產品的實用性質之後，形而上的抽象形式，可以用符號表現的抽象形式。

　　價值規定的內容與價值形式相對，勞動產品一旦獲得商品形式就具有的神祕宗教性質究竟從何而來呢？顯然是從這種形式本身來的。人類勞動的等同性，取得了勞動產品的等同的價值對象性這種物的形式。（Marx 86）價值對象性也就是價值的客觀性，與人類勞動所具有的主體性相對。這種客觀性具體實現於一個客觀意象上，亦即一個「物象」之上，稱之爲物的形式。

　　同爲虛構之作（fiction）不免令人審視拜物教之美學現象，文學之美學形構或可簡述如下：以語言形構意象，以意象表現生命的理念。前引尼采警句：宇宙與人生唯有成爲美學現象，始獲得存在的正當性。如今既曰：人類勞動

〔註4〕　陳映眞《萬商帝君》（臺北：洪範書店）2001年初版。頁234～5。

的等同性，取得了勞動產品的等同的價值對象性這種物的形式。（Marx 86）人類勞動之等同性乃商品拜物教神學之核心理念，寄寓物之意象，隱然滿足了上述文學之美學形構，因此必須先陳述文學創作與閱讀在萬商帝君流亡逆旅，安頓人生之大義。

盧梭說：向來都是神爲了人而戰，何曾有人爲神而戰。（J-J. Rousseau 461.）因爲人總是以神之名相攻伐。上帝已死，文化密碼丕變。論及文化密碼，「劉福金/香港劉」的謎語自始即訴說著作者揭露眞理的特權。（Genesis. I. 26.; II. 19.）用羅馬拼音的書寫方法表現自我存在的實在性（reality），所謂用父母音讀自己的名字，其實還是委屈的道出殖民地的身分認同。資本主義商品拜物教內涵的封印，幾乎剝奪了人原始的創作能力，亦即剝奪了人基本的生存權。所以生命之弱勢，在於無法說出自身存在之正當性。

二、歷史：重估一切既有的價值

產品交換者實際關心的問題，首先是他用自己的產品能換取多少別人的產品，就是說，產品按什麼樣的比例交換。（Marx 89）這種評價活動都是出於對終極價值的嚮往與憧憬。《萬商帝君》裡：林德旺瞧不起林戈，有工作狂的陳家齊必須擊敗只懂穿著的劉福金，瓊要出家以征服全世界，林德旺不惜變身爲宗教狂熱的萬商帝君太子，都是爲了榮耀神的全知全能全善。

深染帝國風釆的資本主義，以帝國的語言與帝國的文化薰染各地，各國原有的土著神祇紛紛隱退或變身，此即終極價值所面臨的變遷，也是世人對於一切既有價值之重估。以下就是重估一切既有價值的歷史軌跡。

自己的產品能換取多少別人的產品，當這些比例由於習慣而逐漸達到一定的穩固性時，它們就好象是由勞動產品的本性產生的。實際上，勞動產品的價值性質，只是通過勞動產品作爲價值量發生作用才確定下來。（Marx 89）所以這比例尺必須是抽象的尺度，方可放諸四海皆準。《萬商帝君》裡競爭的遊戲，提供了小說懸疑的魅力。遊戲的魅力源自它的虛構性，符號世界裡建立了虛擬的勝負，我們竟也喪失了痛苦的觸感。《萬商帝君》裡競爭的遊戲固然只是符號的轉換與詮釋策略的競飆，但絕非無關痛癢之事。符號轉換之際，也是生死交關，也是生命榮枯。

價值量不以交換者的意志、設想和活動爲轉移而不斷地變動著。在交換者看來，他們本身的社會運動具有物的運動形式。不是他們控制這一運動，

而是他們受這一運動控制。(Marx 89)這具有物象的尺度,將象的具體內容抽空,徒留純形式的遺蛻,以表現物化的人際關係,也是與人生疏離的人際關係(alienation)。

正因為商品拜物教透過共相(universal)建構一種普世價值,所以「H. K. 把他所最珍貴的東西:例如『鄉土文學』;例如他的臺灣情感,也拿出來交換。」「一個優秀的 Marketing Man,應該學會不惜以任何東西,包括他自己的宗教,去換取消費者對產品的認識、意識、興趣、需要,以及,先生們,最終掏出錢來,完成購買的行動。」(頁 162)沒有不可以販售之物乃資本主義之真理,問題在於如何決定價格。

價值量由勞動時間決定是一個隱藏在商品相對價值的表面運動後面的秘密。這個秘密的發現,消除了勞動產品的價值量純粹是偶然決定的這種假象,但是絕沒有消除這種決定所採取的物的形式。(Marx 89)《萬商帝君》全文一貫對時刻表、流程表等等具有同步化同一化效果的計時器,不厭其煩的描寫。時刻表與流程表也是考績的依據,是計算個人勞動力價值的基礎。(頁 128)我們獲得了計算個人勞動力價值的基礎,卻也失去了體力透支之際神魂超拔的痛切感觸。

商品價格的表現基於分析人類勞動力的勞動時間,才導致價值量的決定。人類勞動力的勞動時間不能交易,所以需要一個物的形象,於是生命的價值再度剝落,只有商品共同的貨幣表現才導致商品的價值性質的確定。(Marx 90)

當人們詢問:What time is it?你低頭注視自己的腕錶,你以為報出數碼就是時間,但是時間當下呈現,而時間過去,兩者或皆呈現於時間之未來。然而未來的時間包含於時間之過去。如果一切時間皆永恆呈現於當下,則所有時間將萬劫不復。那些本來可以存在卻沒有發生的一切是一種抽象作用的產物,滯留在一持續存在的可能性之中,一個純然思辨的世界。那些原本可以存在的與那些已經存在的,指向同一個終點,一個常在的當下。﹝註5﹞價值是人類勞動時間之當下呈現,人類勞動時間包含時間當下呈現與時間過去,而兩者皆呈現於時間之未來。未來的時間既已包含於時間之過去,只因如果一切時間皆永恆呈現於當下,則所有時間將萬劫不復。貨幣正是那些本來可以存在卻沒有發生的一切,是一種抽象作用的產物,滯留在一持續存在

﹝註5﹞ T. S. Eliot, Four Quartets, Burnt Norton, I.

的可能性之中，一個純然思辨的世界。價格則是那些原本可以存在的與那些已經存在的人類勞動，指向同一個終點，一個常在的當下的人類勞動。

正是商品世界的這個完成的形式——貨幣形式，用物的形式掩蓋了私人勞動的社會性質以及私人勞動者的社會關係，(Marx 90) 在商品生產者的社會裡，一般的社會生產關係是這樣的：生產者把他們的產品當作商品，從而當作價值來對待，而且通過這種物的形式，把他們的私人勞動當作等同的人類勞動來互相發生關係。(Marx 93) 所以林德旺承受了很大的倫理衝突，一向支持他的姐姐，竟然要他帶著錢，永遠離開家鄉。人際倫理簡化為物際關係，此即萬商帝君流亡之序曲。

對於這種社會來說，崇拜抽象人的基督教，特別是資產階級發展階段的基督教，如新教、自然神教等等，是最適當的宗教形式。這些古老的社會生產機體比資產階級的社會生產機體簡單明了的多，但它們或者以個人尚未成熟，尚未脫掉同其他人的自然血緣聯系的臍帶為基礎，或者以直接的統治和服從的關係為基礎。(Marx 93) 基督教雖未成為萬商帝君太子的救贖，卻預告了英文才是救贖之道。因為建立在抽象人類勞動時間之上的評價，是一種社會契約的記號化產品，亦即一種新的修辭學。

創作世界裡的「揭露真理的特權」(alethic privilege) 為文學作品提供詮釋的參數。(Eco 1998：91) 我們藉敘事方略 (narrative schemes) 賦生命以形貌 (shape)，並印證了存在性預設 (existential presuppositions) 的勢力有多大。(Eco 1998：99) 詞與理念之間並無天然的關聯，反之它們的關係建立在任意性上。因為語意與理念間這種任意性，嚴格說起來一切語意皆是衍義，並無本義存在。所有言語不過是一套修辭學體系。語言不是命名既存客體與情境，而是我們給予世界意義的體系。因此我們以語言生產的這一套意義，塑造了實在性 (reality)。語言是概念化的經緯，價值的系統，我們經由語言體驗所謂實在性。(McLaughlin 86)

我們如何可能經由語言體驗所謂實在性 (reality)？這不是一個科學的問題，而是修辭學。語言之異於鷇音者幾希？〔註 6〕記憶裡腳步聲的回音，直下那我們未曾涉入的甬道，指向那扇我們從來未曾開啟的門，那扇進入玫瑰花園之門。我的言詞如是迴盪於你的心底。但是我不知為何攪動一扇玫瑰葉上的塵與灰。我們是否應該追躡？其他的回聲定居在花園裡。鷇音響起，

〔註 6〕 典出《莊子》齊物論。

催促著，快，快去尋找它們，快去尋找它們，在那隱約的角落。通過那第一道門戶，進入我們最初出生的世界，我們是否應將追隨畫眉鳥的謊言，進入我們最初出生的世界。它們已經在那裡了，儼然，隱隱，輾轉卻無痕，溜過枯葉，在秋陽餘溫裡，穿過亮晃晃的空氣，而戲音的召喚，呼應著隱藏在灌木叢裡的聽不見的音樂，而看不見的視線交錯，因為玫瑰看起來一身自知傾倒眾生的模樣。看賓客雲集，送往迎來，所以我們款款移動，還有他們，魚魚雅雅，延入無人空巷，進入黃楊木圍籬。視線墮入乾涸的水池，涸盡這水池，乾淨的水泥，褐色的池沿，而池裡滿是陽光之水，蓮花升起，靜靜的，靜靜的，光的心臟閃著熠熠的星火直達表面。而這池面熠熠的星火已在我們的身後，反映著一池時光的火花。一朵雲晃過，池水登時淨空了。戲音呼喚快去，因為葉片後藏的盡是孩童，亢奮的匿著，壓抑著笑聲。戲音呼喚，快快快去：人類無法承載太多真實的存在（reality）。時間過去而時間未來，過去未能實現的與過去已經存在的，指向同一個終點，一個常存的現在。〔註7〕

這種物的形式其實提供了計算價值的途徑，於是我們先回到生命與時間的基本原理：生命的意義湧現於時間的地平線，時間的意義表現於時間的度量，時間的度量因計時器之不同而各異，計時器各自演說著屬於自己的故事。資本主義社會用勞動的持續時間來計量的人類勞動力的耗費，取得了勞動產品的價值量的形式。（Marx 86）這是資本主義社會裡，人性異化的基因。豐富多樣的生命僅以抽象的數位符號系統計算，生生不息的生命力轉譯為無再生性的數碼，生命的史詩只殘餘面無表情的歲月刻痕。

價值形式投射於未來，且以符號表現之。《萬商帝君》中 C. F.試映會是加持人類勞動產品，使之成為商品形式的拜物教儀式。（頁 151～170）為商品創造需求宛如《舊約‧創世紀》裡，天主以自己的形象創造了人。（Genesis II. 27）這套理念不僅顛覆了供給與需求平衡的理論，更清楚點明商品價值並不依於使用價值，而依於一個未實現的夢，一個憧憬，一個救贖的信息。

信息乃人類言語事件（speech event）之核心，言語事件可以六個變數表現事件中語言的超時間向度：〔註8〕

〔註7〕 T. S. Eliot, Four Quartets, Burnt Norton, I.
〔註8〕 Jakobson, Roman　On Language,（Harvard University Press. 1995.）72～75.

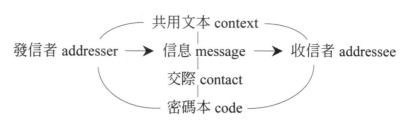

共用文本 context

發信者 addresser ⟶ 信息 message ⟶ 收信者 addressee

交際 contact

密碼本 code

　　發信者（addresser）與收信者1（addressee）之間的媒介（media）是信息（message），人際的信息結構是「signans/signatum」。如果將商品視爲一個信息，它的結構可以轉譯爲商品＝「價值/使用價值」，價值形式也就是它的社會形式，我稱之爲社會契約形式。

　　可見，商品形式的奧秘不過在於：商品形式在人們面前把人們本身勞動的社會性質反映成勞動產品本身的物的性質，反映成這些物的天然的社會屬性，從而把生產者同總勞動的社會關係反映成存在於生產者之外的物與物之間的社會關係。（Marx 86）《萬商帝君》中 C. F.試映會中 Rolanto 義大利製造鐵板烤爐如果是單純的勞動產品可能全無價值，也可能價值連城，重點在於它的價格如此不可測，無法量產，並難以謀利。但是香港劉從共用文本中擷取鄉土意象（頁 158），藉此建構文化認同的密碼。

　　《莊子‧齊物論》所謂：「以指喻指之非指，不若以非指喻指之非指也；以馬喻馬之非馬，不若以非馬喻馬之非馬也。天地一指也，萬物一馬也。」「指」是「所指」，則「非指」是「能指」，單純以「所指」無法說明「能指」所承載的意義。「能指/所指：符號/意義」形構的對應機制能夠運作，其實基於「Signifier'：Signifier"」間約定「Signifier'＝非指：Signifier"＝指之非指」。〔註9〕

　　「能指'」與「能指"」的關係乃相因而生，所謂「是非」原本是「彼此」的對立。一般所謂「能指 as/and 所指」（Signifiers/Signified）其實是「Signifier'＝非指：Signifier"＝指之非指」間的約定，可以簡化爲「Signifier'：Signifier"」能指之間的約定關係，這就是所謂「語言的民間社會」。由於這種轉換，勞動產品成了商品，成了可感覺而又超感覺的物或社會的物。（Marx 86）

　　正如一物在視神經留下了光的印象，不是表現爲視神經本身主體的興奮，而是表現爲眼睛外面物的客觀形式。但是在視覺中，光確實從一物傳導到另一物，即從外立客體射入眼睛。這是物理的物間關係。「相反，商品形式

〔註9〕　參見：李霖生〈金剛經的夢幻詩學〉（玄奘人文社會學院：第二屆「佛學與文學研討會」，2004 年 5 月）

和它借以得到表現的勞動產品的價值關係，是同勞動產品的物理性質以及由此產生的物的關係完全無關的。這只是人們自己的一定的社會關係，但它在人們面前採取了物與物的關係的虛幻形式。」（Marx 86）

廣告影片中臺北回來的大轎車，以及鐵板燒這種臺北的飲食形式，像轉喻一樣推論出使用像臺北生活水準一樣的商品消費。（頁 158）本土化所具有的宗教情愫，足以說明商品形式所具有的神祕宗教性質。人類勞動的等同性就是臺北回來的大轎車，鐵板燒這種臺北的飲食形式，以及像臺北生活水準一樣的商品消費之間轉譯的同一中介。

勞動的那些社會規定借以實現的生產者的關係，在資本主義社會裡，取得了勞動產品的社會關係的形式。（Marx 86）使用價值那難以計算的價值內容，一旦藉商品的價值形式得以計算，就如同能指與所指的關係一旦得以建構起來，能指既規定了所指的意義，也可能限定了所指的意義。所指一旦只是能指之能指，天地萬物一旦商品化，則一切都將納入商品系統之中，屆時天地萬物將可販賣（salable）。

三、方法：永劫回歸

上述產品交換者實際關心的問題，首先是他用自己的產品能換取多少別人的產品，就是說，產品按什麼樣的比例交換。（Marx 89）《萬商帝君》對每一角色的描述與評價都離不開他們的學經歷（例如頁 127），他們的服飾（頁 129），語言表達能力（頁 223～252）。這些廣義的語言系統藉著語言系統的共時性與歷時性，編織著一個又一個隱喻與轉喻。〔註10〕

由於生產者只有通過交換他們的勞動產品才發生社會接觸，因此，他們

〔註10〕 所謂「提喻」（synecdoche）乃以部分的感知替代了整體的直觀。其所指相同，但能指不同。（Nietzsche's Werke Band XVIII 250）所謂「隱喻」（metaphor）則是能指相同，所指不同。（Nietzsche's Werke Band XVIII 250）隱喻（metaphor）意謂其衍義與本義共享同一意義的範疇（category of meaning）。因此隱喻可以說是意義壓縮後的類比（compressed analogy）。所謂明喻（simile）是詞的直接比對，隱喻則須讀者建構範疇與類比的邏輯。因此明喻少有啟發讀者想像的餘裕，明喻比隱喻少了分文學的風流蘊藉。（McLaughlin 83）所謂「轉喻」（metonymy）則是因果兩項的置換。（Nietzsche's Werke Band XVIII 250）轉喻（metonymy）建立在較具空間性意義脈絡的並存關係網中，而不似隱喻講究意義結構的分享。轉喻將讀者引往事件與情境的歷史世界，隱喻則將關係建立在詞的一切用義為基地的深層邏輯上。（McLaughlin 83～84）

的私人勞動的特殊的社會性質也只有在這種交換中才表現出來。由於交換使勞動產品之間、從而使生產者之間發生了關係。因此，在生產者面前，他們的私人勞動的社會關係就表現為人們之間，物的關係和物之間的社會關係。（Marx 87）

所謂物際關係並非指涉物質實在性或實體的世界觀（Weltanschauung），所謂「實體」即古典科學唯物論預設有一確定當下呈現的瞬間，一切物質在當下呈現的瞬間中都同樣真實。現代物理學則沒有這種獨特的當下呈現的瞬間。你在整個自然界都可以為同時瞬間這一觀念找到意義。但對各種不同的時間性觀念來說，瞬間則具有不同的意義。因為相對於觀察者的身體，而非他的心靈，作為一個極常見的儀器以利於度量時間。（Whitehead 118）勞動產品作為價值，只是生產它們時所耗費的人類勞動的物的表現，（Marx 88）只是一個便於記認的記號時間，一個社會契約的產物。

閱讀如同參與賭局，賭局實基於共用的文化密碼。閱讀一創作必須具備一些管理創作世界的經濟性判準的觀念，這些判準預設於文本中。（Eco 1998：112）

何謂「故事」（story）「情事」（plot）「詮表」（discourse）？故事的時間結構類比於日常生活的線性向度，具有「不可逆」的一次性。「情事」的時間結構則錯落倒敘。（Eco1998：33～34）每一情事之營謀，出入時間序列之間，必產生時態的變化。（Eco 1998：43）「情事」的時間結構實乃倒敘（flashbacks）與預告（flashforwards）交錯進行的機制。（Eco 1998：29）

模範作者知道幻構的作品呈現三種時間形式：故事時間，言詮時間，以及閱讀時間。（Eco 1998：54）言詮時間是文本策略的結果，文本策略是讀者的反應與閱讀時間的交互運用。（Eco 1998：57）但是商品拜物教卻只有一種共相的時間，亦即抽象的人類勞動時間。抽象的人類勞動沒有故事，幾何化的人類勞動時間也沒有情節。

文本的內容以情事與事情為主，而以「詮表」（discourse）為其表現（representation）部門。敘事性文本可以沒有情事，卻不能沒有故事或詮表。（Eco 1998：35）

林德旺喪失了以英語閱讀與表達自我的能力，他的讕語沒有故事與詮表，於是他墮入無可救贖的地獄。（頁 171～209）他既無法塑造自己生命的意義，更無法獲得跨國企業的認證，他不僅無法藉認同使人格聚焦，而且逐漸

破碎的人格正一點一點風化。所以表現爲錯置與拼貼的「萬商帝君」，向記憶窮搜枯腸的線索，才弄出這麼反理性的*神經錯亂的「帝君太子」。（頁 220～1）

　　孤島上的魯濱遜吧。不管他生來怎樣簡樸，他終究要滿足各種需要，因而要從事各種有用勞動，（Marx 90）他的賬本記載著他所有的各種使用物品，生產這些物品所必需的各種活動，最後還記載著他制造這種種一定量的產品平均耗費的勞動時間。（Marx 91）

　　中世紀人們在相互關係中所扮演的角色，人們在勞動中的社會關係始終表現爲他們本身之間的個人的關係，而沒有披上物之間即勞動產品之間的社會關係的外衣。（Marx 91～92）

　　因爲產品交換實際的問題，首先是他用自己的產品能換取多少別人的產品，就是說，產品按什麼樣的比例交換。（Marx 89）勞動時間的社會的有計劃的分配，調節著各種勞動職能同各種需要的適當的比例。另一方面，勞動時間又是計量生產者個人在共同勞動中所佔份額的尺度，因而也是計量生產者個人在共同產品的個人消費部分中所佔份額的尺度。（Marx 93）

　　它們存在的條件是：勞動生產力處於低級發展階段，與此相應，人們在物質生活生產過程內部的關係，即他們彼此之間以及他們同自然之間的關係是很狹隘的。這種實際的狹隘性，觀念地反映在古代的自然宗教和民間宗教中。（Marx 93～94）

　　在文藝創作中，或許不易分辨言詮時間與閱讀時間，但當大量時間用於敘述瑣碎事物，無疑產生緩和閱讀速度的策略效果，以致讀者自然滑入作者自信足以享受文本所需的節奏。（Eco 1998：59）

　　在閱讀活動裡，徬徨無爲（lingering）是最佳的閱讀策略。（Eco 1998：50）「徬徨無爲」語出《莊子·逍遙遊》：「今夫犛牛，其大若垂天之雲。此能爲大矣，而不能執鼠。今子有大樹，患其無用，何不樹之於無何有之鄉，廣莫之野。徬徨乎無爲其側，逍遙乎寢臥其下。」此即作者運用技巧，令讀者得以「凌波微步」（inferential walks）。徬徨無爲（lingering）有時不僅爲了放慢節奏，更是爲了讀者能夠享受「凌波微步」（inferential walks）的美妙時刻，因而時間的日常度量流入虛無的世界，所有的時鐘皆遷化如流水。讀者在徬徨無爲之中，封閉於時間的樹林裡，（Eco 1998：69）卻充滿再生產的契機。

　　浪費時間，休葺空間理念，修飾空間印象，足以擴充言詮時間，閱讀時間，以及故事時間的關係，（Eco 1998：70～71）此即再生之餘裕。敘事節奏

明快乃敘事學之常軌。敘事學固然以明快爲常軌，卻不意謂喪失悠然自得之敘事規範。敘事明快說明任何文本都是懶惰的機器，需要讀者自己動起來。任何敘事作品都必然且致命的快轉，因爲建構一個由無數事物組成的世界，你無法縷述此世界中的一切事物。（Eco 1998：3）所以你並非複製世界，而是在虛構與閱讀中，以你的形象創生了你的宇宙。

四、系統：超人

超人本義即在超越善惡是非之人。既曰產品交換者實際關心的問題，首先是他用自己的產品能換取多少別人的產品，亦即產品按什麼樣的比例交換。（Marx 89）Umberto Eco 謂模範讀者是一組文本指令，藉著文本的線性展示表現爲一組語句或其他信號。（Eco 1998：15～16）Eco 的模範讀者則是詮釋策略的原動力，而且這原動力由文本自身衍生出來。（Eco 1998：16）模範作者與模範讀者是一組在閱讀中互相釐清對方面目，互相創造對方的存有者。（entities）此一規則不僅適用於敘事文本，甚而適用於所有文本。（Eco 1998：24），自然包括交易的文本。

只有當實際日常生活的關係，在人們面前表現爲人與人之間和人與自然之間極明白而合理的關係的時候，現實世界的宗教反映才會消失。（Marx 94）

只有當社會生活過程即物質生產過程的形態，作爲自由結合的人的產物，處於人的有意識有計劃的控制之下的時候，它才會把自己的神秘的紗幕揭掉。但是，這需要有一定的社會物質基礎或一系列物質生存條件，而這些條件本身又是長期的、痛苦的歷史發展的自然產物。（Marx 94）

爲什麼勞動表現爲價值，用勞動時間計算的勞動量表現爲勞動產品的價值量呢？一些公式本來在額上寫著，它們是屬於生產過程支配人而人還沒有支配生產過程的那種社會形態的，但在政治經濟學的資產階級意識中，它們竟象生產勞動本身一樣，成了不言而喻的自然必然性。因此，政治經濟學對待資產階級以前的社會生產機體形式，就象教父對待基督教以前的宗教一樣。（95～96）只有當實際日常生活的關係，在人們面前表現爲人與人之間和人與自然之間極明白而合理的關係的時候，現實世界的宗教反映才會消失。（Marx 94）

只有當社會生活過程即物質生產過程的形態，作爲自由結合的人的產物，處於人的有意識有計劃的控制之下的時候，它才會把自己的神秘的紗幕

揭掉。但是，這需要有一定的社會物質基礎或一系列物質生存條件，而這些
條件本身又是長期的、痛苦的歷史發展的自然產物。（Marx 94）

　　因為小說讓我們在此真理備受爭議的世界，獲得舒適的生活感受，而且
現實世界似乎更具教導性。創作世界裡的「揭露真理的特權」（alethic privilege）
為文學作品提供詮釋的參數。（Eco 1998：91）

　　模範讀者（model reader）異於現實讀者（empirical reader），現實讀者利
用文本作為激情的容器，而這些激情或來自文本之外，或由文本偶然激起。
（Eco 1998：8）超人也就是模範讀者之超越文本。模範讀者閱讀陳映真詳盡
描述之殖民地文學，是超人之超然物外。超人之超然物外，保住了模範讀者
之再生產力。

五、未完：權力意志

　　權力意志就是生命的意志，生命的意志就是生命生生不息的本質，所謂
生命就是更多的生命力。產品交換者實際關心的問題，首先是產品按什麼樣
的比例交換。（Marx 89）我們藉敘事方略（narrative schemes）賦生命以形貌
（shape）。（Eco 1998：99）馬克思所謂宗教世界之義，意即人腦的產物表現
為有生命的，具有人際關係與社會關係的獨立存有物。在商品世界裡，人工
的產物產生了獨立的社會關係。他稱其為拜物教。勞動產品一旦以商品形式
生產，就薰染上拜物教性質，因此拜物教與商品生產分不開。（Marx 86～87）

　　勞動產品只是在它們的交換中，才取得一種社會等同的價值對象性，這
種對象性是與它們的感覺上各不相同的使用對象性相分離的。（Marx 87）如果
思想的各個層面都是衍義，則知覺與了解的力量其實深植於語言中。因為使
用物品當作價值，正象語言一樣，是人們的社會產物。而它們的價值視你如
何虛構它們的故事而定，生產力的價格則視你如何詮表你的生產力而定，而
你的生產力正全面數碼化。

　　同樣因為語意與埋念間這種任意性，理性所思考的領域只剩下主體交互
影響與運作的界面，亦即社會契約。正如尼采所言：言語全然是修辭藝術的
產物。言語並不企圖傳授真理，卻專注於主體的意欲與趣味傳與他人。〔註11〕
社會契約界定能指之間的關係，嚴格說起來一切語意皆是衍義（figures），並

〔註11〕Nietzsche, Friedrich. Nietzsche's Werke Leipzig：Alfred Kröner Verlag, 1912 Band
　　　　XVIII 249.

無本義（meaning）存在。所有言語不過是一套修辭學體系。（McLaughlin 85
～86）

上述引文說明「詞與理念」「商品形式與勞動產品」之間並無先天（a priori）
的關聯，反之它們的關係建立在社會契約上。

因此就以上述《萬商帝君》C. F.一節為例，香港劉雖然披肝瀝膽將自己的
信仰拿去換消費者的認同，一個揮斥八極的帝國意識形態才是真正的統治
者。陳家齊言道：「一種統一在國際性統一規格的物質和精神商品下的現代性」
（頁 165）「我們跨國企業體正在全世界範圍內，進行一項和平、無聲的革命：
相應於我們跨國企業商品在品質上的統一性，我們創造了一個沒有文化、民
族、政治、信仰、傳統的差別性的，統一的市場。」（頁 166）

言語者並不感知事實，而是體察一時的刺激。他不傳遞感覺，卻只呈現
感覺的倒影。感覺因心靈的衝擊而綻放，但不固執於事物自身。（Nietzsche's
Werke Band XVIII 249）我們所開展出的意象預告了一個被動的世界，而我們
透過語言將形貌賦予此世界。這一發現在人類發展史上劃了一個時代，但它
決沒有消除勞動的社會性質的物的外觀。彼此獨立的私人勞動的特殊的社會
性質表現為它們作為人類勞動而彼此相等，（Marx 88）

語言的任意性與社會契約性，說明語言此一能指系統純然是因緣和合所
生。關鍵問題在於心靈活動如何透過聲音形象表現出來？（Nietzsche's Werke
Band XVIII 249）語言不是獨立自主的存有物（entity），它是社會與政治生活
的部分組織。它塑造我們的知覺，但也受到我們社會脈絡的塑造。（McLaughlin
87）所以常識所謂的實在，並不存在於能指系統的另一端，而存在於能指這
一端，所謂實在還是因緣和合所生。並非事物移入意識，而是形象移入意識。
意識所對之形象，是人工精心說服之計謀（πιθανόν）。（Nietzsche's Werke Band
XVIII 249）

言詞僅僅晃動於時光裡，音樂也僅流動於時光裡。言詞在沉重的負擔下，
在模糊的緊張，失足，滑行，毀滅，衰亡之下，伸直，蜷曲，甚至破碎。言
詞既不停駐於空間，也不肯靜靜挺立著。曠野裡的言詞受到情緒猛烈的攻擊，
受到葬禮舞踊哭泣的陰影攻擊，抑鬱譫妄哅哅哀鳴的攻擊。但是唯有方生始
得方死，言詞在言語後潛入沉默。言詞與音樂唯有藉著形相始得卓然自立，
如一隻青花磁膽瓶一樣在它的卓然自立中永遠遷流。〔註 12〕修詞的語言不是

〔註 12〕T. S. Eliot, Four Quartets, Burnt Norton, V.

命名既存的（preexisted）客觀對象與情境，而是我們透過語言符號將意義的體系賦予世界。這種思索是從事後開始的，就是說，是從發展過程的完成的結果開始的。（Marx 89）

　　事物之絕對本質不可知，我們於事物僅知其諸多方位。語言即修辭，它傳達的是意見，而非知識。（Nietzsche's Werke Band XVIII 249）因此我們以語言生產的這一套意義，塑造了六合之內萬物的眞實性（reality）。語言才是概念化的經緯，修辭學形構了價值的系統，我們經由語言體驗所謂實在性。（McLaughlin 86）﹝註13﹞形象的細節是運動，而且是十層樓高高之上的修辭格。慾望自身不是它自身渴望的運動，愛情自身不運動卻是運動的目的。孩童隱藏在灌木叢裡，笑聲響起，快，就在當下，多荒謬啊，那些往來屈伸的荒廢的悲哀時光。

　　「萬商帝君太子」林德旺的出身，相對於城市資產階級，乃是寒素的破落農民，但因爲英語能力的門檻，也是晉身爲管理者必須跨越的障礙。負面例證顯示他連基本英文都有疑問，卻字字考究。（頁 143，179）無言可說的太子，夜行於陌生的都市。（頁 178）對林德旺而言，馬內夾 Manager 像是一個神奇的咒語。收集的徵人啓事，荒唐翻譯的「馬內夾」（頁 206～7）模擬（mimēsis）乃虛構的世界以現實的世界爲基礎，以現實的世界爲背景。（Eco 1998：93）所有藉拜物教儀軌與咒語，尋求自我認同（self-identification）的模擬流於符號的複製（copy），而非具有再生性（reproductivity）的模擬（mimēsis）。但是陳映眞也啓示了以語言與言語救贖之道。那就是繼續言語，繼續說出整個宇宙，你也再生了宇宙。

參考書目

1. 列寧〈帝國主義是資本主義的最高階段〉《全集》（北京：人民出版社，1963 年一版 3 刷）第二十二冊，頁 179～297。

2. 李霖生〈金剛經的夢幻詩學〉（玄奘人文社會學院：第二屆「佛學與文學研討會」，2004 年 5 月）。

3. 陳映眞《萬商帝君》（臺北：洪範書店）2001 年初版。

4. 郭慶藩：《莊子集釋》臺北，木鐸出版社，1984 年。

5. Aristotle *Metaphysics,* in the Loeb Classical Library, LCL271, trans. by Hugh

---

﹝註13﹞ 主要參考李霖生〈金剛經的夢幻詩學〉（玄奘人文社會學院：第二屆「佛學與文學研討會」，2004 年 5 月），頁 14。

Tredennick, Cambridge, Harvard university press, 1989.

6. －－－－ *The Poetics* （Harvard University Press, 1982）

7. *La Bible, Nouveau Testament, Évangile selon Jean*, XV, 13：Personne n'a de plus rand amour que de donner sa vie pour ses amis. Éditions Gallimard, 1971.

8. Bakhtin, M. M. *The Dialogic Imagination*, trans. by Caryl Emerson and Michael Holquist, Austin：University of Texas Press. 1998.

9. Eco, Umberto *A Theory of Semiotics*, Indiana University Press, 1976.

10. －－－－－*Six Walks in the Fictional Woods*, Harvard University Press, sixth printing, 1998.

11. Eliot,T. S. *Four Quartets*, Burnt Norton.

12. Heidegger, Martin *Nietzsche IV：Nihilism*, trans. by Frank A. Capuzzi, （Harper & Row, Publishers, 1982.）

13. Jakobson, Roman *On Language,* （Harvard University Press. 1995.）

14. Kant, Immanuel *Immanuel Kants Werke,* herausgegeben von Ernst Cassirer （BERLIN 1922） VERLEGT BEI BRUNO CASSIRER BAND.III

15. McLaughlin, Thomas.："Figurative Language." In *Critical Terms for Literary Study,* edited by Frank Lentricchia and Thomas McLaughlin.（The University of Chicago Press. 1995.）

16. Martinet, D'André *Le Langage* （Éditions Gallimard 1968）

17. Marx, Karl *Das Kapital*, Bd. I （Dietz Verlag Berlin 1987）

18. Nietzsche's Werke （Leipzig：Druck und Verlag von C. G. Naumann, 1905） Band I XVIII.

19. Peters, F. E. *Greek Philosophical Terms* （New York University Press, 1967）

20. Rousseau, Jean-Jacques *Du Contrat Social* Œuvres complètes, （Éditions Gallimard 1964）

21. Whitehead, A. N.：*Science and the Modern World,* Harvard university Press, 1969